大连外国语大学
托尔斯泰研究（资料）中心丛书

Мои воспоминания

托尔斯泰次子回忆录

〔俄〕伊·托尔斯泰 著
梁小楠 等 译
辛守魁 校

北京大学出版社
PEKING UNIVERSITY PRESS

图书在版编目（CIP）数据

托尔斯泰次子回忆录 /（俄罗斯）托尔斯泰著；梁小楠等译. —北京：北京大学出版社，2016.3
ISBN 978-7-301-26701-1

Ⅰ. ①托⋯ Ⅱ. ①托⋯ ②梁⋯ Ⅲ. ①回忆录 – 俄罗斯 – 现代 Ⅳ. ①I512.55

中国版本图书馆CIP数据核字（2015）第315058号

书　　　名	托尔斯泰次子回忆录 Tuo'ersitai Cizi Huiyi Lu
著作责任者	〔俄〕伊·托尔斯泰 著　梁小楠等 译　辛守魁 校
责任编辑	李 哲　朱房煦
标准书号	ISBN 978-7-301-26701-1
出版发行	北京大学出版社
地　　　址	北京市海淀区成府路205号　100871
网　　　址	http://www.pup.cn　新浪微博：@北京大学出版社
电子信箱	zhufangxu@yeah.net
电　　　话	邮购部62752015　发行部62750672　编辑部62754382
印　刷　者	北京宏伟双华印刷有限公司
经　销　者	新华书店
	720毫米×1020毫米　16开本　15.25印张　232千字 2016年3月第1版　2016年3月第1次印刷
定　　　价	45.00元

未经许可，不得以任何方式复制或抄袭本书之部分或全部内容。
版权所有，侵权必究
举报电话：010-62752024　电子信箱：fd@pup.pku.edu.cn
图书如有印装质量问题，请与出版部联系，电话：010-62756370

序 言

2010年6月4日，纪念托尔斯泰逝世100周年全国学术研讨会在大连外国语大学召开，来自北京大学、复旦大学、南开大学、北京师范大学、南京师范大学、四川大学等十几所高等院校以及其他科研、出版单位的五十余名托尔斯泰文学研究专家、学者参加会议。学者们提议，鉴于现在俄罗斯对托尔斯泰的研究有不少进展，新的一百卷本全集正在出版，我国应该尽快设立托尔斯泰研究中心，对一百卷本全集开展翻译和研究工作，以丰富我国学者及读者对伟大作家的认识和了解。2010年7月，在前任校长孙玉华教授的主持下，经过调研和论证，学校决定成立托尔斯泰研究（资料）中心。2010年9月，时任俄罗斯总统梅德韦杰夫访华时来我校参观了托尔斯泰研究（资料）中心。

该中心是国内建立的首个开展俄罗斯伟大作家托尔斯泰作品的翻译及研究的机构，意义非凡。中心聘请李明滨教授、辛守魁教授作为顾问，开展中心工作的筹划和研究事宜，俄语系大部分骨干教师参与了中心的翻译工作。中心拟定近期主要有三个方面的工作：1. 指定专人收集俄罗斯托尔斯泰研究的新资料，跟踪收购百卷本全集，并关注国内研究的新资料，开展以新版百卷本全集为中心的资料汇编和研究工作；2. 进行托尔斯泰丛书编辑工作并推出丛书，内容包括托尔斯泰研究和俄罗斯文学与文化研究；3. 面向俄罗斯文学学术型研究生举办讲座、进行专题研究，为我国培养作家托尔斯泰研究人才做准备。

中心现已完成《托尔斯泰妻妹回忆录》（49万字）、《托尔斯泰次子回忆录》

（23万字）两本书稿的翻译并交付出版。至2018年，中心将完成《托尔斯泰年谱》（80万字）的翻译工作，该书是俄罗斯著名的托尔斯泰研究专家古雪夫毕生完成的主要成果。全书卷帙浩繁，预计分为四册出版，作为托尔斯泰诞辰190周年的纪念。

中心将继续关注托尔斯泰研究和俄罗斯文学与文化研究，重点将放在跟踪新版托尔斯泰百卷本全集的出版，继续编译各新出卷册的新资料，分册汇集出版，以供国内同行参考使用。

据新版百卷本预告，该全集由俄罗斯圣彼得堡"普希金之家"、莫斯科托尔斯泰博物馆和托尔斯泰故居"雅斯纳亚·波良纳"三家机构主持编辑，并邀英、德、法、意、美、加、日七国专家参与工作。新出版的百卷本分成5类：1. 文学作品18卷；2. 作品稿本17卷；3. 文章及论文20卷（其中某些卷又分为2、3或4册）；4. 日记和札记13卷；5. 书信32卷。百卷本的出版是个长期的工程，对其中提供的新资料进行提取和翻译、汇集和出版，是本中心未来长远的主要任务。我们将继续按计划开展资料收集和研究工作，努力为我国开展托尔斯泰研究尽绵薄之力。

大连外国语大学
托尔斯泰研究（资料）中心
2015年1月10日

目录
CONTENTS

01　传说／001

02　孩子们的评价　童年印象　妈妈　爸爸　奶奶　汉娜　三个杜妮亚莎　开始学习　学校／007

03　童年印象／016

04　仆人　尼古拉厨师　阿列克谢·斯捷潘诺维奇　阿加菲娅·米哈伊洛夫娜　玛丽娅·阿法纳西耶夫娜　谢尔盖·彼得罗维奇／020

05　雅斯纳亚·波良纳的房子　祖辈们的肖像　父亲的书房／027

06　爸爸　宗教／032

07　教学　儿童游戏　建筑师的错　普罗霍尔　安卡馅饼／038

08　姨母塔尼娅　舅公科斯佳　季亚科夫一家　乌鲁索夫／045

09　萨马拉旅行／055

10　游戏　父亲的小把戏　阅读　学习／061

11　骑马　小绿棒　溜冰／066

12　打猎／072

13　《安娜·卡列尼娜》／080

14　信箱／085

15　谢尔盖·尼古拉耶维奇·托尔斯泰／103

16　费特　斯特拉霍夫　盖／112

17　屠格涅夫／120

18　迦尔洵／130

19　最初一些"危险分子"　亚历山大二世遇刺　间谍／135

20　19世纪70年代末　转折　公路／141

21 迁居莫斯科　休塔耶夫　人口调查　买房　费奥多罗夫　索洛维约夫 / 159
22 体力劳动　靴子　割草 / 165
23 作为教育者的父亲 / 175
24 我的婚姻　父亲的信　瓦涅奇卡　他的死 / 188
25 救济饥民 / 194
26 父亲在克里米亚生病　对死亡的态度　向往受苦　母亲的病 / 201
27 玛莎之死　日记　昏迷　虚弱 / 207
28 姑母玛莎·托尔斯泰娅 / 216
29 父亲的遗嘱 / 223
30 离家出走　母亲 / 228

译后记 / 238

01 传　说

　　雅斯纳亚·波良纳！是谁赋予你这漂亮的名字？是谁第一个看中你这神奇的角落？是谁第一个热情地用自己的劳作使它变得高尚？这都发生在什么时候？

　　是的，你确实是明亮的，光芒四射的。东边、北边、西边都被茂密的科兹洛夫禁伐林围绕，你整日都能被阳光普照，享受着阳光。

　　太阳从扎谢卡林的边缘升起，夏天稍稍偏左一些，冬天靠近林边一些。一整天，直到晚上，太阳都徘徊在自己深爱的波良纳的头顶，一直到扎谢卡林的另一边才落下。

　　尽管也有没有太阳的日子，尽管也有大雾和雷雨天气，但是在我的印象中你总是明亮晴朗，甚至有些奇幻。

　　但愿我在雅斯纳亚·波良纳看到的这束阳光能给我的回忆录爱抚地镀上一层金色。

　　雅斯纳亚·波良纳以前曾经是保卫图拉免遭鞑靼人入侵的警戒哨所。当敌人的马队临近时，人们用树木设置障碍，也就是说砍掉树木，把树梢方向面对敌人。这样就形成了不可通过的密林，任何马队都不能通过。在树林间的地带，人们挖了深壕并筑起了围墙。

　　在雅斯纳亚·波良纳和图拉之间，这样围墙的遗迹至今还清晰可见。

　　数个世纪已经过去了，鞑靼人的入侵早就已经被遗忘。扎谢卡林变成了国家的财产，而雅斯纳亚·波良纳成了保尔康斯基公爵家的村庄和庄园。玛丽娅·尼古拉耶夫娜·保尔康斯卡娅出公爵小姐出嫁时,雅斯纳亚·波良纳就过户到了托尔斯泰伯爵家。1828 年 8 月 28 日在雅斯纳亚·波良纳,托尔斯泰家的小儿子列沃奇卡诞生了,他就是后来最伟大的作家——列夫·尼古拉耶维奇·托尔斯泰。

讲述我个人的回忆之前,我先引用几个家族传说。我所收集的这些传说部分源自我父亲的讲述,部分来自其他人。

在离雅斯纳亚·波良纳二十俄里的地方,索洛索夫卡村里住着一个讨人喜欢的亚历山大·巴甫洛维奇·奥夫罗西莫夫,但他不久前去世了。关于这个典型的"十足的俄罗斯老爷",我或许能写出一整本书。有时,他借着"邻居"之名拜访他十分尊重的列夫·尼古拉耶维奇,但是我和他更加亲近,是在成年之后了,我们经常在图拉见面。他就是父亲在《活尸》中描写的那个茨冈爱好者的原型,《送葬曲》就是他写的,这首歌是由他作词的那些著名的、充满热情的茨冈歌曲之一。有一次我从图拉回雅斯纳亚,在旅店的楼梯上奥夫罗西莫夫叫住了我。

"伊留沙,到你父亲那去?"

"是的。"

"去吧,去吧。请跟他说:列夫·尼古拉耶维奇是真正的诗人。"奥夫罗西莫夫说道,"你知道,他是真正的诗人。"

"好,萨沙叔叔,我会说的。"

这就是萨沙叔叔,我和兄弟们都这样叫他。有一次,我问他,我父亲和别尔斯一家是怎么认识的。

"这是一段古老的友谊。最先和别尔斯一家认识的不是他,不是你父亲,而是你祖父,已过世的尼古拉·伊里奇,和你妈妈的祖父,已过世的亚历山大·米哈伊洛维奇·伊斯列尼耶夫。而这是怎么回事呢,我讲给你听。"

萨沙叔叔故意带着些许沙哑的嗓音讲述道,像是很多旧式老爷都爱用的那种嗓音那样。

"我已过世的父亲,帕维尔·亚历山德罗维奇·奥夫罗西莫夫送给你祖父尼古拉·伊里奇·托尔斯泰一只黑色的花斑猎犬。尼古拉·伊里奇去扎谢卡林的时候碰到一群狼,这群狼一直穷追不舍。当然,他抄近路就走了二十俄里左右。离开家时,这只猎犬也死乞白赖地跟着他。第二天这只猎犬又跑到了谢尔吉耶夫斯基附近的克拉斯内的亚历山大·米哈伊洛维奇·伊斯列尼耶夫家的庄园。看，它跑到哪儿去了！亚历山大·米哈伊洛维奇一看，这是奥夫罗西莫夫家的狗，于是就把那猎狗连同一封信送到索洛索夫卡我已过世的父亲那儿。父亲帕维尔·亚历山德罗维奇看了看并回信给亚历山大·米哈伊洛维奇：这条猎狗已经不是我的了，我已把它送给了尼古拉·伊里奇伯爵。就是从那时候起，尼古拉·伊里奇伯爵和伊斯列尼耶夫一家认识了，就通过这条奥夫罗西莫夫家的黑色花斑猎狗。"

我对曾外祖父伊斯列尼耶夫的记忆只是通过奥夫罗西莫夫的讲述。他活到八十多岁，我还记得，他是一个戴着小圆便帽的老头，和爸爸一起骑着快马。

听人们说，他是一个特殊的玩牌者。他无论输赢都会全身心投入，对牌的热情一直保持到他的终年。

他所有的孩子都是他和科兹洛夫斯卡娅公爵夫人私生的，所以他们的姓伊斯拉文是杜撰出来的。

有这样一个传说，有一次，科兹洛夫斯基公爵在和伊斯列尼耶夫玩牌的时候提议，用玩牌让他所有孩子合法化："你要是赢了牌，你所有的孩子都将是科兹洛夫斯基公爵家合法的孩子。"

亚历山大·米哈伊洛维奇赢了这牌，但是却高傲地拒绝了使孩子们合法化的提议。

关于祖父母的传说很少。关于尼古拉·伊里奇，我只知道他曾经是个军官，1813年或是1814年被法国人俘虏，在巴黎和拿破仑单独谈过话。他是猝死的，那时候我父亲九岁。

祖母玛丽娅·尼古拉耶夫娜，是保尔康斯卡娅公爵夫人所生，她名气小一些。她去世的时候，父亲刚刚两岁，他也只是从自己亲人的讲述中了解她的。

都说她个子不高，不漂亮，但是她特别善良，有天赋，长着一双大而明亮、炯炯有神的眼睛。

还有一个传说，说祖母最会讲故事，爸爸说，他哥哥尼古拉继承了她的天赋。

爸爸讲述任何人时都没有像讲述自己"亲爱的妈妈"一样，充满着爱和崇敬。他有某种特殊的感情，温柔而亲切。从爸爸的话语中就能听出他多么珍惜对她的记忆,这种记忆对我们来说是神圣的。

最有趣的传说就是关于被称为"美国人"的托尔斯泰。

他是我父亲的堂叔。有很多关于他的传说,听得出来,肯定有些夸张的成分,可能有些事情是杜撰出来的。但是我讲的这些,都是我亲耳听到的。

有一次,他开始着手环球旅行,去美国,当然是乘坐帆船。在途中托尔斯泰因给船长制造了麻烦而被赶下船,船长将他留在了一个荒无人烟的岛上。在那里他生活了一年多,结识了一只大母猴子,甚至有人说,这只大猴子成了他的妻子。

最终船回来了,大船后面紧跟一艘小艇。在那段时间母猴已经依恋上了他,看见他离开,就跳进水里,追着小船。那时这个托尔斯泰平静地拿出了枪,对准它,开枪打死了自己忠实的女友。传说还补充道,他把母猴的尸体从水中拖出来,带到船上,叮嘱人们把它烤了吃掉。

童年时,我学过伊洛瓦伊斯基编写的历史。令我震惊的是,讲述各种古老的神话传说时,他在每一章节结尾都加一句:"但所有这些都属于神话传说。"我担心,这也是一个传说,托尔斯泰从船上被扔到阿留申岛的某个地方,而那个地方并没有猴子。格里鲍耶陀夫在《聪明误》中谈到他:"从阿留申回来。"

还有一些关于他的传说。当他旅行回到俄罗斯时,他带回了一条巨大的鳄鱼,这条鳄鱼只吃活鱼,特别喜欢吃鲟鱼。那时候托尔斯泰走访了所有的亲朋好友,借钱买这种鱼。

"你把它打死吧。"有人劝他。

但是这么简单的解决这个问题的方法,托尔斯泰不能接受。可能,最后要不是这条鳄鱼自己死的话,他终究会因它而破产。

他非常有天赋,是位出色的音乐家和大力士。当他指挥乐队情绪激昂时,他会抓起大的青铜烛台当作指挥棒,继续指挥。

有一次,在舞会上他的一个朋友走近他,把他叫到一边,请他做自己决斗的见证人。托尔斯泰当然同意了,决斗在第二天早上八点开始,他们商定七点整他的朋友带着枪来找他,一起去城郊。

他们也是这样做的。七点钟朋友来找托尔斯泰,看见托尔斯泰还躺在床上睡觉，被震惊了。

"快起来，穿衣服。"

"干什么？去哪儿？"

"难道你忘了，八点钟我要去决斗，你已经答应做我的见证人了！"

"你要决斗？和谁呀？"

朋友说出了名字。

"和某某？哎，别着急，我早就把他打死了。"

原来，夜间托尔斯泰去找那个人，把他叫了出来，在黎明的时候把他打死了，然后回到家里安心地躺下睡觉。

"美国人"托尔斯泰的女儿普拉斯科维娅·费奥多罗夫娜嫁给了莫斯科省省长佩尔菲里耶夫。有一段时间我父亲和她非常要好，父亲的哥哥谢尔盖·尼古拉耶维奇甚至有些爱上了她，在自己的胳膊上烫上她姓名的开头字母：法语字母 P.T.，而这两个字母的法语发音会让人有不好的联想。

由于一次偶然的怪异游戏，普拉斯科维娅·费奥多罗夫娜在自己的房间里养了一只猴子亚什卡，人们都说世界上她最爱的就是它了，关于这只猴子亚什卡是爸爸给我们讲的。

我小时候听的关于爸爸和谢廖沙伯父（谢尔盖·尼古拉耶维奇·托尔斯泰）的童年和青年的故事，不知算不算是传说。

这些传说时间上已经非常近了，因此它们已经没有什么"神话"色彩了。

在姐姐塔尼娅的《问题之书》中提到，对于"你出生在哪"这个问题父亲是这样回答的："雅斯纳亚·波良纳的皮沙发上。"

这个珍贵的皮沙发是核桃木做的，我们三个大一点的孩子都是在那上面出生的，沙发一直都放在父亲的房间里。

父亲出生并度过童年的那栋房子，很可惜，我从来都没近距离看过。它位于两个厢房之间，被父亲的亲戚瓦列里安·彼得罗维奇·托尔斯泰五千卢布的纸币给卖了，后来被拆毁。那个时候父亲在高加索服兵役，卖老房子这事我真的不知道。

父亲不愿意讲这事，因此我从来都不敢详细打听这是怎么回事。听说，这是为了抵他输牌的债。父亲自己是这样跟我说的，一段时间他特别喜欢玩牌，输了不少钱，致使他财物上很混乱。

在这栋房子所在的地方父亲栽了很多树，有槭树和落叶松。当有人问父亲，他母亲的卧室在哪儿，也就是他出生的房间，他就抬起头，指着那棵四十岁的落叶松的树梢。

"就在那儿，在这棵树的树梢旁，我就是在那儿出生的。"他说。

这栋房子被完整地转移到离雅斯纳亚大约二十俄里的地方，我只见过一次，也只是打猎的时候路过匆匆看到的，那里一共有三十六个房间。雅斯纳亚今天的房子就是在这两所两层的石质厢房之中的一栋上建起来的，渐渐地根据家里人口的增加又增建过。

爸爸很少讲述自己的童年。有时候他回忆起自己的祖母佩拉格娅·尼古拉耶夫娜，她是个古怪的老太太，他看起来好像不是非常喜欢她。他回忆说，她喜欢在故事的伴随下入睡，为此她买了一个失明的讲故事的人。这对她来说很方便，因为在盲人面前她就不会羞于脱衣服、躺在床上睡觉了。这个讲故事的人就像舍赫列扎达，讲得单调乏味，声音含糊不清，一个接一个地讲，直到听到她的呼吸声。当她睡着时，他就悄悄地离开，第二天晚上接着前一天她睡着时的故事往下讲，"于是阿拉丁拿起自己的神灯出发了……"等，又是讲到伯爵夫人睡着。

关于妈妈的传说比较少，她所有的传说都较晚。

她是御医别尔斯的女儿，出生在莫斯科的克里姆林宫。她的传说更多地表现在现实生活中，她把这些都带到了雅斯纳亚·波良纳，一直把它们保持到生命的最后。

每天要定菜单，要穿法式后跟的小短靴；夏天要熬果酱，醋渍蘑菇；为了不让虫子蛀衣服，在衣服之间要垫上烟草，放上樟脑球；要是谁过命名日或是生日，就要做传统的甜馅饼，喝茶时要上小甜面包；来客人的话，冷盘要盛上鲱鱼和奶酪；要是啤酒洒在桌布上，要在洒啤酒的地方撒上盐；圣诞节前要准备枞树等。全家人都乐于遵守这些生活方式，更甚的是，所有这些重担主要是落在妈妈一个人身上，其余人只是享乐。

02
孩子们的评价　童年印象　妈妈　爸爸　奶奶　汉娜　三个杜妮亚莎　开始学习　学校

　　童年的回忆，是充满繁星的天空，那些数不尽的金点闪烁着，一些较明亮，一些较暗淡，一些看似较近，一些较远，但是它们都是美好的，它们同样柔和地向你眨眼睛，吸引你。童年的回忆断断续续，一些稍靠前，一些靠后，反正都一样，都发生过。这颗星星在闪烁，但是它已远去。

　　父亲在给自己的姑母亚历山德拉·安德烈耶夫娜·托尔斯泰娅的一封信是这样描述我们全家的：

　　老大（谢尔盖）浅色头发，不难看，表达上有些笨拙，有耐心，很温和。他笑时，不会感染别人，但是他哭时，我却很难撑得住不哭。所有人都说，他像我的哥哥，我不敢相信这个，要是这样就太好了。我哥哥的主要特征是既不自私也不自我牺牲，特别的中庸。他不会为任何人做自我牺牲，但是从来也不会伤害任何人，也不打扰任何人，他高兴、难过都是一个人。谢廖沙很聪明，擅长数学，对艺术也很敏感，学习很出色，跳得敏捷，会体操，但他却不够机灵，有些心不在焉。他没有什么特长，主要是靠体力，他健康的时候和不健康的时候完全是两个小孩。

　　老三伊利亚，从来都没生过病，大骨架，皮肤白里透红，容光焕发，但学习不好。

他总是想别人没让他思考的事，自己能想出游戏，精细而节俭。"我的东西"对他来说很重要，热情而暴躁，现在还会打架，但是他非常温柔并且敏感。他富于感情，喜欢静静地吃东西和安静地躺着。当吃茶藨子果冻和荞麦粥的时候，他会感到满足。他各个方面都很有个性，哭的时候同时也会发脾气，令人讨厌，笑的时候会令所有的人都笑。所有被禁止的东西对他来说都是充满诱惑力的，他能马上就弄清楚。不大的时候，他就能听出怀孕的妻子感觉到的胎儿活动。他喜欢了很长时间的游戏，就是往自己的夹克下面放上什么圆的东西，用颤抖的手抚摸并且微笑着自言自语："这是小宝宝。"他还会一边抚摸着被毁坏的弹簧家具隆起的地方，一边说："这是小宝宝。"

不久前，在我编写《识字课本》里故事的时候，他自己想出了一个："一个小男孩问：上帝是否会走路？ 上帝就惩罚他，让他一生都在走路……"如果我死了，而且要是伊利亚身边没有一个他所喜欢的严厉的导师，那么他也会死的。

夏天我们去游泳，谢廖沙骑马，我让伊利亚坐到我的马鞍子上。早晨我一出来，他们两个都在等我。伊利亚戴着帽子，拿着床单，整整齐齐的，容光焕发。而谢廖沙却不知是从什么地方跑来的，喘着气，没戴帽子。"去找帽子，要不然我不带你去。"谢廖沙跑过去，又跑回来，但是没找到帽子。"没办法，不戴帽子我就是不带你。给你个教训，你总是丢三落四的。"他就要哭了，我带着伊利亚离开，等着，看他是否会后悔。没什么，他肯定会照样神采飞扬地谈着马。妻子碰到谢廖沙哭了，他在找帽子，没找到。她突然想起来了，他的哥哥大清早出去捕鱼，带走了谢廖沙的帽子。她给我写了一个纸条说，谢廖沙在丢帽子这件事情上肯定是没有过错的，让他把便条放进我的纸袋里。（她说对了）在浴场的桥上我听到飞快的脚步声，谢廖沙跑来了。路上，他竟然丢了纸条。他开始号啕大哭，这样伊利亚和我都有些忍俊不禁了。

塔尼娅，八岁，大家都说，她长得像索尼娅。我也相信这一点，但并不是因为她俩相像是件不错的事儿，而是事实上塔尼娅的确像索尼娅。如果她是亚当的大女儿，就不会再有比她再小的孩子了，她或许是不幸的小女孩。她最满意的事就是和小孩儿一起玩，显然在抱着或摸小孩的身体的时候找到了生理上的满足。现在她认真考虑过的愿望——就是有一些孩子。近日我们带着她去图拉，给她画像。她开始让我给谢廖沙买小刀，给这个买那个，给那个买这个。她知道一切别人喜欢的东西，我什么也没给她买，她一分钟都没想过自己。在我们回家的路上，"塔尼娅，你睡了吗？""没睡呢。""你在想什么呢？""我在想，我们回去之后会怎样。我要问妈妈，列利亚是否好呀，我怎么给他，再怎么给他，谢廖沙是怎样装作不高兴的，而事实上他会很高兴。"她不是很聪明，不喜欢脑力劳动，但是大脑机制很好。她将是一个漂亮的女人，如果上帝赐予她一个丈夫，那就是给那个变成新型女人最大的奖励。

老四列夫，长得很好看，很灵敏，记忆力好，温文尔雅的小男孩，各种各样的衣服都能穿，好像为他定做的一样。别人做的所有事他做起来都很灵活，很好，但我还不太理解。

老五玛莎，两岁，她临终时索尼娅守护在身边。

体弱多病的小孩儿，像牛奶一样，全身白白的，白色的卷发，大而深邃古怪的蓝眼睛，严肃而深沉地表达着某些奇怪的东西，非常聪明，但是长得不漂亮，这将又是一个谜。她将受苦，将会去探索，却什么也找不到，但是将会永远寻找那些深奥的。

老六彼得（死于1873年——原注），身材高大，块头很大，可爱的婴儿，带着包发帽，他总是跑来跑去，结果胳膊脱了臼。抱着他的时候，妻子总是急匆匆的，很兴奋，但我怎么也弄不明白。我知道，体能的储蓄量是很大的，需要能量的时候是否还会有呢，我不知道。所以我不喜欢两三岁的小孩，弄不明白。

这封信写于1872年，那时候我六岁。我的回忆差不多始于这个时候，比这还早的只零星地记些了。

我四岁时，只有我们四个孩子：谢廖沙、塔尼娅、我和廖瓦。我还记得是怎样给廖瓦（我们都叫他列利亚）接种天花疫苗的，我记得在楼上拐角的那个房间里，人们把他弄疼了，他疯狂地喊叫。

之后的事我还记得，在通往阳台的那个房间里，在古老的红木桌子旁，爸爸和一个人站着讨论普法战争。他是站在法国人那一边的，相信他们一定会赢，那个时候我四岁左右。

我还记得，我和谢廖沙是怎样弄到锡做的酒瓶帽的，在楼下带拱顶的那个房间里，把这些瓶帽剪成钱币。谢廖沙比我大三岁，他已经会写字了，在上边刻了"1870"。

我们这些孩子一开始是住在楼上拐角那间屋子里，妈妈和爸爸在自己的卧室。爸爸的书房在大凉台下面，在楼下和它挨着的就是塔吉雅娜·亚历山德罗夫娜和娜塔莉娅·彼得罗夫娜的房间。

妈妈没有自己的房间，在客厅的角落里有个小的写字桌，她要在那张桌上定菜单，记下要买的东西，抄手稿。她到底抄什么，我很长时间都没弄明白，我只知道，这是必需的、非常重要的东西。

爸爸白天去自己的书房"工作"，这时候我们不应该吵闹，谁也不敢进去找他。他在那里"做"什么，我们当然不知道，但是从小的时候起我们就习惯尊重他，怕他。

妈妈就不一样了，她是我们自己人，她也怕爸爸，她要为我们做所有事情。她关心我们的饮食，会为我们缝制衬衫和内衣、织补袜子，我们因为晨露而弄湿皮鞋的时候，她会责骂我们，她还要抄稿，这一切都是她一个人做的。要是发生了什么事情就说，"我去找妈妈"，"妈妈，塔尼娅欺负我"。"把她叫到这儿来"，"塔尼娅，不要欺负伊留沙，他还小"。"妈妈在哪？"在厨房，或是在缝制东西，或是在育儿室，或是在抄稿。她轻快的脚步时常穿梭于各个房间，各个地方的事她都来得及做，操心所有的事情。我那时候不知道，妈妈经常坐着抄稿抄到凌晨三四点钟，她总共亲手抄过八次《战争与和平》。可能，她抄父亲编写的《识字课本》《阅读读本》和长篇小说《安娜·卡列尼娜》的次数更多。

我们谁都没想过，妈妈什么时候会累，或是心情不好，或是为她自己着想。妈妈是为我、为谢廖沙、为塔尼娅、为列利亚、为我们大家而活的，她不可能、也不应该有另一种生活。

　　我现在六十多岁了，在回忆妈妈时我经常想：她是一个多么令人惊奇的优秀的女人、非凡的妈妈、卓越的妻子。由于她，丈夫后来能成为一位伟人，站在普通人高不可攀的高度，这不是她的过错；他能这样前进，以至于后来她不知不觉落后他很远，这不是她的过错；80年代中期他想改变自己的生活而离开她，她不能承受和他分居而劝说他留下，这不是她的过错；那时候她要照顾八个孩子，其中一个还在吃奶，这也不是她的过错。

　　父亲娶我母亲的时候，他已经三十五岁了，而她才十八岁。对于他来说她那时候差不多还是个孩子，还是索涅奇卡·别尔斯，很长一段时间对他来说，她都是索涅奇卡。年龄的差别从来都没有消失过，我五十岁的时候，我母亲七十岁，我对于她而言还仍然是童年时的那个伊留沙，这就像我父亲和我母亲的关系一样。她的青春、激情、温柔和非凡的自我牺牲精神都不求回报地给了他，给了他二十年的幸福家庭生活。他没期待过，也不可能期待更好的妻子了；他依照自己的方式培养她，向她灌输那时候他认为是对的观念；他把她美化成自己小说中的人物形象，像娜塔莎和朵丽娅的形象中多多少少都有她的影子。他是否知道会有那么一天，他会放弃自己原来的理想而追求生活中其他更高、无形体的东西。

　　他要是不娶她，或许不会拥有前二十年幸福的婚姻生活；要是索涅奇卡·别尔斯从娜塔莎·罗斯托娃突然变成真正的基督教传教士，简化成柏拉图式的婚姻，那时候他或许不会幻想扩大自己的财产，在萨马拉巴什基尔人那买一块便宜的土地，让她生十三个孩子。

　　这跟后来父亲的样子会相差甚远！

　　我记得，爸爸有时候去莫斯科办事，那时候他在莫斯科还穿一件男士长礼服，这是当时法国最好的裁缝艾耶缝制的。我还记得，他从莫斯科回来，欢天喜地地跟妈妈讲述，他去了莫斯科总督弗拉基米尔·安德烈耶维奇·多尔戈鲁科夫公爵家。公爵对他说，等塔尼娅（那时她才七八岁）长大了，他要为她举办舞会。这在现在看来是多么令人吃惊呀！更令人吃惊的是，多尔戈鲁科夫确实兑现了自己的诺言，塔尼娅确实在他那里参加了舞会。但就是那个时候，父亲正在承受着精神的转变，彻底脱离上流社会和舞会。

我说这个不是谴责谁，而只是想辩驳一下他们的观点，无论是父亲的观点，还是母亲的观点。"理解一切，原谅一切。"

我经常从父亲的嘴里听到这些话。

从我很小的时候起，到我们家搬到莫斯科这段时间，也就是到1881年，我所有的生活差不多都没有离开过雅斯纳亚·波良纳。

我们是这样长大的。

在家里最重要的人是妈妈，所有的事都靠她，她要跟尼古拉厨师定菜单，她放我们去玩，她总是用母乳喂小孩，她整天匆忙地在各个屋里跑来跑去，可以和她耍脾气，虽然有时候她也会生气，惩罚我们。

她知道的比任何人都多。她知道，每天应该洗脸，在午饭的时候应该喝汤，应该说法语，应该学习，不应该用膝盖爬，不应该把胳膊肘支在桌子上，如果她说，不要去散步，马上要下雨了，果然这雨马上就下了，应该听她的话。我咳嗽时她会给我喝甘草或是"丹麦国王"药水，因此，我非常爱咳嗽。妈妈把我放在床上，把我一个人留下，然后离开去楼上和爸爸四手联弹。我久久不能入睡，假装生气，开始咳嗽，直到奶娘去找妈妈才停下来。她长时间不来，我就生气。

她要是不跑来往小杯子里滴整整十滴药水给我，我是怎么都睡不着的。

爸爸是世界上最聪明的人，他什么都知道，但不可以跟他耍脾气。

再后来，会读书时，我才知道，爸爸是作家。是这样的：我曾经好像是喜欢上了几首诗，问妈妈："这些诗是谁写的？"她跟我说，这些诗是普希金写的，普希金是伟大的作家。我开始难过自己的父亲不是伟大的作家，那时候妈妈就对我说，我父亲也是伟大的作家，我因此很高兴。

午饭的时候，爸爸坐在妈妈对面，他自己有一个圆的银勺。当住在楼下的塔吉雅娜·亚历山德罗夫娜身边的老太太娜塔莉娅·彼得罗夫娜往自己的杯子里倒上克瓦斯的时候，他就拿起她的杯子立马喝掉，然后说："对不起，娜塔莉娅·彼得罗夫娜，我不是故意的。"我们所有的人都高兴地笑了，我们奇怪，爸爸完全不怕娜塔莉娅·彼得罗夫娜。通常有甜点、果子冻的时候，爸爸就会说，用它好好粘几个盒子，于是我们就跑去找纸，爸爸就会用纸做成盒子。

妈妈为这事生气，那他也不怕她。

有时候和爸爸在一起非常愉快。

他骑马骑得最好，跑得最快，没有谁再比他强了。

他几乎从没惩罚过我们，而他盯着我的眼睛的时候，他就会知道我所有的想法，我很害怕这个。

我能在妈妈面前说谎，但是欺骗爸爸我就做不到，因为他总是立刻就能看出来，任何人任何时候都不能跟他撒谎。

我们所有的秘密他都知道。在丁香花丛下玩过家家游戏的时候，我们有三个大秘密，除了谢廖沙，塔尼娅和我谁也不知道这些秘密。爸爸突然走过来说，我们三个秘密他全都知道，这三个秘密都是以字母"Б"开头的，这是对的。第一个秘密是妈妈很快就生小孩了，第二个是谢廖沙爱上了"男爵夫人"，而第三个我现在不记得了。

除了爸爸和妈妈，我们这儿还有亲爱的姑母塔吉雅娜·亚历山德罗夫娜·叶尔戈利斯卡娅，她和娜塔莉娅·彼得罗夫娜一起住在楼下拐角的那个房间，那里摆着一个非常大的披着白色银饰的圣像。

姑母总是躺着，我们要是去她那儿，她就从小绿瓶子倒出果酱招待我们。

她是谢廖沙的教母，我们几个中她最爱谢廖沙。

后来她去世了，有人带我们到她的房间，那时她躺在棺材里，脸色蜡黄。在她和黑色圣像周围点着很多蜡烛，非常非常的可怕。妈妈说，不要害怕，她和爸爸都不怕，我们还是缩成一团站在妈妈旁边。

姑母的房间很矮，窗户对面有一口井，很深很深，这个井也很可怕。妈妈说，不要靠近它，因为可能会掉进去淹死，一旦水桶掉进去，就很难弄出来。

那个英国女人汉娜是什么时候来的，确切地说，我不知道，我那时候可能还很小。

她既是家庭教师又是保姆，在我们这住了很长时间，可能有十年左右。我从奶娘玛丽娅·阿法纳西耶夫娜的手里就被直接交给她照管了。总是温和、善良、愉快的汉娜留给了我快乐的回忆，我们喜欢她、听她的话。我是怎么学会英语的我不记得了，好像我是同时开始说英语和俄语的。"洗手，准备吃早饭"和其他儿时生活用过的单词自然而然就会了，从来都没有背过这些词。

圣诞节的时候，在枞树晚会上，她给我们做李子布丁。把布丁放到摆满朗姆酒的桌上，整个桌子烛光闪闪。当我们和她一起在花园散步的时候，我们应该好好地管住自己，不要在草地上弄脏自己。一旦让杜妮亚莎和我们一起去，我们离开她跑向灌木丛，她喊我们："孩子们，沿路走，沿路走。"从那时起，我们就叫她"沿路走的杜妮亚莎"。另一个杜妮亚莎是女佣，她经常忘事，我们就叫她"忘事的杜妮亚莎"。而第三个杜妮亚莎，是管家阿列克谢·斯捷潘诺维奇的妻子，我们叫她是"妈妈找你有事的杜妮亚莎"。

她住在楼下的厢房，门总是锁着，当我们和妈妈一起去她那时，我们就敲门喊："杜妮亚莎，妈妈找你有事。"

这时候她就打开包着漆布的门让我们进去。我们喜欢在她那儿喝加了果酱的茶，她给我们一小碟果酱，她只有一把小银勺，很小，很薄，上面全是咀嚼的牙印。我们知道，为什么勺子是这样的：像猪在食槽里找食吧唧嘴。

以前我还小，后来到五岁的时候，开始和妈妈学读书写字。

开始我学会了使用俄语，后来用法语和英语。

算术是爸爸亲自教我的。

我听说过，以前他是怎样教谢廖沙和塔尼娅的。我非常害怕上这门课，因为有时候谢廖沙要是不理解什么东西，爸爸就对他说，他是故意不想理解的。那时谢廖沙就会睁着一双充满恐惧的眼睛，哭了起来。有时候我也会有不明白的地方，爸爸就生我的气。刚开始上课时他总是很和善，甚至还开玩笑，到后来，当课程变难的时候，他开始解释，而我开始害怕，就什么都不懂了。

我记得，六岁时，爸爸是怎样教农村孩子们的。

在阿列克谢·斯捷潘诺维奇住过的被称作石头厢房的"那间房"里教他们，有时候在我家楼下。

这些农村孩子来我们这儿，他们人很多，来的时候，前厅散发着一股短羊皮袄的气味。爸爸、谢廖沙、塔尼娅和科斯佳舅公一起教他们，上课的时候总是很愉快很活跃。

孩子们完全放松，想坐哪就坐哪，窜来窜去。回答问题时，不是一个一个单独回答，而是大家一起，互相打断，齐心协力地回忆起读过的东西。如果有一个人落下了什么内容，第二个、第三个立马跳过来，故事或是习题大家又一起做。

爸爸特别看重自己学生语言的形象性和独创性。

他从来都不要求一字不差重复书面句子，特别鼓励说出自己的东西。

我记得，有一次他叫住一个正跑向另一个房间的小男孩。

"你去哪？"

"去找舅公，'咬'一小块粉笔。"

"去吧去吧，我们不是教他们，而是要向他们学习。"当小男孩离开的时候，他对一个人说道，"我们谁会这么说呢？要知道他不说'拿'或者'掰'，而形象地说'咬'，因为人们就是从大块的粉笔上用牙咬下一小块的，而不是掰断它。"

一次，爸爸让我教一个小男孩字母表，我非常努力地教，而他就是一点儿也不懂。我生气了，开始打他，于是我们打了起来，两人都哭了。

爸爸走到我跟前，对我说，以后再也不让我教了，因为我不会教。当然，我很委屈地去找妈妈，并跟她说，不是我的错，因为塔尼娅和谢廖沙的学生优秀，而我的学生笨而且可恶。

03 童年印象

童年！为什么你的印记如此清晰、如此明亮？我现在已经六十多岁了，侨居国外，远离我所爱的一切，而这一切还总是在我眼前浮现，我能闻到你的香味。香味，是的！不仅仅是间接意义的，而且甚至是直接意义的。小孩身上的五种感觉起首要作用的，除了视觉，嗅觉当然是主要的。

如果我想回到过去，任何东西都不会有记忆的气味那样清晰地让我感受它。

五月初，妈妈从皮箱里拿出我们夏天穿的亚麻上衣和长裤，让我们试穿，满屋都散发着樟脑味。

我们长高了，一些衣裤应该放长一些，谢廖沙的一些衣服要改给伊利亚，伊利亚的衣服要改给列利亚。卸下了冬季的窗扇，房间里变得更明亮，弥漫着夏的气息。

我们穿着夏天的衣服跑到房前的草坪上摘花，黄色有气味的毛茛。林荫路上的小溪刚刚干涸，沟里某些地方还有积雪。鼬瓣花已经开了，再过一两天紫罗兰也要开花。带有浓郁芳香的紫罗兰，只有一个地方有，就是房前的丁香丛中间。我们已经忘了不可以弄脏膝盖，在草地上爬着，从草丛中摘下几束矮小的花，当把它们带进房间里。它们散发的香味如此强烈，以至于妈妈会说，夜间不能把它们拿到卧室。

有人说，羊肚蘑长出来了。白天我们套上多座马车，一起去扎谢卡林。泥土还很松软，车轱辘走过的地方陷进去很深，是不可以靠近树林边缘走的，那里还有雪。我们从敞篷马车上跳下来，互相追逐着跑向森林，那里散发着一股腐烂的叶子的气味。我们互相喊着，要是有人找到羊肚蘑就叫其他人过来，我们跑到一起，在树叶中翻找，翻过大的树墩、枯枝，鼬瓣花和林中的紫罗兰已经没人注意了，除了这些小小的长着长腿的羊肚蘑，其他一切都忘了。它们好像在故意躲着你，用叶子和苔藓将自己藏起来，藏在枯枝里。当我们最终找到并把它放在篮子里的时候，我们就欢呼雀跃。它们散发着这样的味道，就像叶子，像整个森林和我弄黑的双手散发着的味道。

夏天！清早我们迅速起床，穿上衣服就跑向马厩，那里散发着马和干草的气味。马车夫菲利普·罗基奥诺维奇已经给马备好了鞍，在玫瑰色眼睛的白色"科尔皮克"马上为我备上了毡鞍垫，一匹烈性的吉尔吉斯小"沙里克"马给谢廖沙骑，爸爸骑的是血红色英国大母马"沸洛沸洛"。我们骑上马，走到房前。

爸爸已经在台阶上等马了，我们要骑马去沃隆卡河游泳。我们不走大路，而是走林间小路。晨露打湿了的树枝总是拍打着脸颊，你要用手按住帽子，弯腰趴在马前额上。我们把马拴在洗澡附近的白桦树上，快步从桥上跑过，迅速地脱掉衣服。浴场分为两部分，一部分是小小的浅水塘，供小孩子用的；另一部分是大的，供大人用的。你要先跳进小水塘，钻进水里，水散发出一股特殊的河水的味道，这种味道是只有俄罗斯的河流才散发出来的。人们都说，水散发的是鱼腥味。这好像不对！鱼，可能有时候散发出水的味道，只是难闻多了，而水却有自己的味道，纯净而清新。

爸爸已经从水面游到水里了，谢廖沙也是。

"伊留沙，游到这儿来。"

我们鼓足勇气浮上水面，快速地游向岸边。我由于紧张而瞪大眼睛，水钻到嘴和鼻子里。但总算游到了，现在已经不那么怕往回游了。

我们穿上衣服，爸爸把我扶上马，我们在山上驰骋。

在家和浴场之间的半路上有一块不大的林间空地，夏天这里会长满勿忘草，有时一片浅蓝色。在这块林间空地的一角，靠近庄园的边上，长着几棵橡树。橡树下的土壤有些奇怪，是黑色的，上面有一层小块金属。这样的土壤只有在这片林间空地的一些地方才有，大概这里什么时候曾炼过矿石。

我们去游泳的路上，骑马走过的那条小路正好穿过这几棵橡树，有些地方被突出的粗糙的树根隔住。

多少次，当我骑马穿过这些橡树的时候，我都由于碰上了树干而撞痛了膝盖。

那时候父亲远没有想到，四十年后，在一个寒冷的十一月的一天，雅斯纳亚的农夫们带着铁锹和铁钎子来到这，铲开黑土，然后一大群人将他的遗体带到这儿来，放到坟墓里。

他最终是否找到了珍爱的小木棒，他是否知道上面写的神奇的话语？我愿意相信答案是肯定的。

我不再岔开了。往前回忆，回到我的童年。

别人给我一个捕蝴蝶的网。尼古拉·尼古拉耶维奇·斯特拉霍夫送给我一本神奇的小书——带图的《蝴蝶册》，并教我把蝴蝶晒干后制作标本收藏。每一个蝴蝶都涂上颜色，并且附有拉丁名。我从早到晚在森林和草地上跑着抓蝴蝶，谢廖沙也是。他有一本描写甲虫的书，我们也抓甲虫。正值夏季，我们在齐腰高的草地上跑，不是，这不是草，这差不多都是成片的鲜花——黄色的、玫瑰色的、红色的、蓝色的、白色的，多么漂亮，多么香啊！有些地方开始割草，农妇和农家姑娘们身着彩色的无袖长衫，围着红色头巾，翻动着干草，堆成一堆。

我们各自向不同的方向跑开，然后全力跑向草垛。干草发出窸窸窣窣的声音，并散发着味道，气味醉人。我们爬上载重的大车，就去了干草棚。

天哪，我这么多美好的回忆都和干草的味道紧密相连！

和父亲一起割草，已经是 80 年代了。我们在沼泽岸边的干草堆上过夜，在狩猎季节的农村草棚子里过夜。干草的这种味道，育儿室里也有。在育儿室我们的床垫也是用干草铺的，也会发出窸窸窣窣的声音，散发着干草的气味，特别是每月一次用新鲜的干草铺床垫的时候。

夏天，赤脚的农家姑娘们用小盘子或木碗带来白蘑菇和草莓。

她们来了，默不作声地在台阶旁排成队，楚楚可人的样子。

"索菲娅·安德烈耶夫娜，她们带来了浆果。"

妈妈出去，开始讲价。

"给你十戈比，你的这盘便宜点，给你七戈比，给你五戈比。"

系着盘子的围巾解开了，所有的浆果都掉入了一个大盘子里，立刻送到冷藏室，又是一种味道，一种奇妙的气味！像是鲜白蘑菇和鳞皮扇菇的味道！榛蘑的味道！密环菌的味道！

妈妈在花园的椴树下煮果酱，火盒里燃烧着，散发出煤的气味。果酱熬得黏稠了，略带红色的浮渣向上漂浮，周围嗡嗡地飞着蜜蜂和黄蜂。我们也像这些蜜蜂一样，等待着凝皮儿，要把甜味吸过来。

"凝皮儿要就着茶吃，"妈妈严厉地说，"现在在午饭前不可以破坏食欲。"

"妈妈，只是一点点，只是尝尝。"

"不可以，我都跟你们说过了。"

但是我们知道，这"不可以"没有任何意义，最终我们都吃到了凝皮儿，甚至还有少许的果酱。

秋天临近。八月份浆果开始熟了，开始挑选最好的浆果，收拾从树上掉下来的果子。四十俄亩的花园里的一块三角地上，长了一些好的格鲁绍夫卡苹果和阿尔卡特苹果。大花园阿姆秦卡打谷场旁的新花园里有黄色的阿尔卡特苹果，这是爸爸喜欢的，为了他我们也会摘回去。但是在花园的某个幽静的角落，我们每个人会有自己的"储藏室"。大花园里主要是草舍，园艺工人在那里休息，整个庄园散发着苹果和干秸秆的香味。游泳结束，蘑菇正值旺季，谁采的蘑菇最多呢？雅斯纳亚·波良纳周围五俄里范围内，没有一块角落我没多次爬过。我小时候采蘑菇、捕蝴蝶多次爬过的地方，后来也是带着枪和狗去打猎的地方。

你往篮子里放几个棕色的苹果，会一整天忘记世间的一切，非常高兴。为什么？那个时候我不知道，现在我理解了这种快乐，这是生活的乐趣，是自己和周围人的生活乐趣。

强烈的、纯洁的、没有任何东西能使之暗淡的童年的快乐。

04

仆人　尼古拉厨师　阿列克谢·斯捷潘诺维奇　阿加菲娅·米哈伊洛夫娜　玛丽娅·阿法纳西耶夫娜　谢尔盖·彼得罗维奇

我赶上了仆人伺候我们的那个时候，他们是我们家以前的农奴。现在他们所有人都已经过世了，但是我想回忆一下他们的故事。

浮现在我眼前，和我童年最初的回忆密不可分的是我奶娘的形象——玛丽娅·阿法纳西耶夫娜·阿尔布佐娃，她是沃耶伊科夫家以前的农奴。关于这个沃耶伊科夫家族我只知道，在祖父尼古拉·伊里奇死后沃耶伊科夫在雅斯纳亚·波良纳当了一段时间的监护人，他监护后，很多东西都没了。老头子尼古拉厨师说，以前我们家有很多银制器皿，而在沃耶伊科夫来了之后一件也不剩了。后来是另一个疯癫的沃耶伊科夫住在雅斯纳亚·波良纳，那时候妈妈已经嫁过来了。关于他，我记得，他曾把一条疯狗从屋子附近拖出去，那狗也不咬他。

玛丽娅·阿法纳西耶夫娜是典型的奶娘，身材矮小，圆滚滚的，头戴一顶黑色包发帽，善良，平凡，有时候爱唠叨，照顾我们五个大孩子。

不知为什么我总记得她双手叠放在膝盖上，坐在桌旁，桌上点着脂油做的小蜡烛。蜡烛冒黑烟的时候，奶娘就拿个镊子，夹掉烛花。有时候她直接用手，把手指舔上吐沫，取出后再舔一下手。

"奶娘，要牛奶。"

"你是怎么了，伊留沙，上帝保佑，要睡觉了，躺下。"

04　仆人 尼古拉厨师 阿列克谢·斯捷潘诺维奇 阿加菲娅·米哈伊洛夫娜 玛丽娅·阿法纳西耶夫娜 谢尔盖·彼得罗维奇

"牛奶、奶、奶。"

这次喊声更大了，还带着眼泪。

奶娘怕我把塔涅奇卡吵醒，于是给我拿了一杯。

妈妈跟我说，我喝完牛奶的时候，总是把杯子扔到地上。我做这件事情非常灵巧，并且很快，不可能有人当场发现我的行为。最终，他们给我买了一个银杯，后来这个银杯在妈妈的小柜里保存了很长时间。它已使用旧了，由于我总是把它扔到地板上，它已经遍体鳞伤。

我是怎样扔的杯子，我已经不记得了。

玛丽娅·阿法纳西耶夫娜有仓库的钥匙，所以我们喜欢跑去找她，跟她要一种好吃的杏仁。

她儿子，谢尔盖·彼得罗维奇·阿尔布佐夫，在我们家当了很多年仆人，后来（1881年）曾和父亲一起去过奥普塔小修道院。他是个细木工，得了狂饮病，留着火红色的短鬓角。

她的另一个儿子帕维尔是鞋匠，住在农村，是我父亲开始酷爱上了鞋匠手艺的启蒙老师。

我小的时候，雅斯纳亚·波良纳另一个人物就是厨师老头，他叫尼古拉·米哈伊洛维奇·鲁缅采夫。

在我出生之前的二十几年间，他曾经是尼古拉·谢尔盖耶维奇·保尔康斯基公爵家的农奴长笛乐师。农奴乐队每晚在椴树林荫路上演奏，妈妈出嫁的时候，她还看到过花园里的长凳，这个乐队在那上面演奏过。

后来，尼古拉掉了门牙，"吹奏乐器的嘴子"也随着丢了，于是把他送到厨房打杂儿。

我经常想象苦命的尼古拉精神上的悲剧：夏天他在又黑又湿的厨房里削土豆皮，听着传到他耳边的某个华尔兹舞曲，倾听着他熟悉的长笛的旋律，而这个旋律如今是另一个比他更幸运的人吹奏的，他没牙的嘴上，长出了深深的、痛苦的皱纹。

当父亲结婚，把年轻而没有经验的索菲娅·安德烈耶夫娜带到雅斯纳亚·波良纳的时候，尼古拉已经是他的厨师了。父亲结婚前他每个月拿到五卢布的薪水，而母亲来后给他加到六卢布。靠着这份薪水他活到生命的最后，也就是说接近 80 年代末。

尼古拉厨师是典型的农奴，他身上有所有农奴的优点和不足。

农奴解放前后的差别他一点都没发现，甚至有时候他喝多了妈妈骂他，有时候他妻子来他这里做饭，他就开始突然愤恨和咒骂"自由"。

"那时候不是农奴社会，现在才是。喝杯小酒，就已经喊是酒鬼了！那时候我们要好一些。虽然管得严，不放纵我们，但照管得好。通常，你知道，不会饿死，但现在却要把我从这赶走，我要是离开自己的老爷，去哪呢？"

他尊敬老爷都到了卑躬屈膝的地步，甚至怕他。他是我所见过的完全不为获得自由感到高兴的大多数人中的一个。

我们还是小孩子的时候，经常跑去厨房找尼古拉，跟他央求要点吃的：胡萝卜、一块苹果或是一个馅饼。他嘟囔一会儿，还是会给的，特别是他做的甜面包，非常好吃。

这些甜面包做得像馅饼，里面是果酱，为了让面不"黏在一起"，尼古拉从一个角吹进空气使它们膨胀，不是用麦秆吹的，而是直接用嘴吹的，这叫"尼古拉吹气法"。

有一次，我们的法语老师涅夫先生在花园里打死了一条蝰蛇，切断了它的脑袋，为了向我们这些孩子证明这条蛇本身没有毒，他决定把它烤熟，然后吃掉。

我们和他一起去厨房。

他走到尼古拉·米哈伊洛维奇跟前，让他看看挂在自己手上的蛇，开始用蹩脚的俄语跟尼古拉要煎锅。我们藏在门后面，等待着即将发生的事情。

尼古拉·米哈伊洛维奇很久都没弄明白，法国人跟他说的是什么。最终，当事情解释清楚的时候，他从一个角落取出煎锅，在涅夫先生头上挥着，开始冲着他喊："滚出去，异教徒，我给你老爷的锅，让你沾污，滚。前几天拿着松鼠来炸，现在又是蝰蛇，滚。"

"他说什么，他说什么？"涅夫先生问我们，尴尬地向后退，而我们就高兴地大笑着，跑去跟妈妈说这事。

亲爱的没有一点坏心眼的老头，我当时却很少珍惜你那忘我的献身精神，

04　仆人　尼古拉厨师　阿列克谢·斯捷潘诺维奇　阿加菲娅·米哈伊洛夫娜　玛丽娅·阿法纳西耶夫娜　谢尔盖·彼得罗维奇

你那艰苦、枯燥的工作，你在我们全家生活中的分量！尼古拉·米哈伊洛维奇之后是他的儿子接替他的工作——谢苗·尼古拉耶维奇，他是妈妈的教子，是个可爱可敬的人，我儿时做游戏的小伙伴。在妈妈的监督下，他细心为父亲准备素食。要不是他，谁知道，可能我父亲活不到高龄。

在生命的最后几年，父亲只有在雅斯纳亚·波良纳才感觉身体很好。每一次，当他离开家，吃他不习惯的食物，都会患胃炎，很不舒服。

阿列克谢·斯捷潘诺维奇·奥列霍夫也是一个农奴，雅斯纳亚的仆人。

当父亲在塞瓦斯托波尔时，他是父亲随身的侍童。

我记得，父亲给我讲述在塞瓦斯托波尔战役时期，他和一位战友驻扎在第四堡垒，这位战友也有一个自己的仆人。这个仆人却是个胆小的懦夫，派他去士兵伙房取饭，他总是很滑稽地弯下身子，躲闪着横飞的炮弹和子弹，而阿列克谢·斯捷潘诺维奇却不怕，勇敢地走。

因此他们从来都不会派阿列克谢去什么地方，而是派这个胆小鬼去。于是所有军官都出来看，他是怎样悄悄地、一步一步地弓着身子、贴着地面走的。

我记事时起阿列克谢·斯捷潘诺维奇就已经是雅斯纳亚·波良纳的管家，和杜妮亚莎住在"那个房子"里。

他是一个庄重沉稳的人，我们这些孩子非常尊敬他，很吃惊的是爸爸以"你"称呼他。

接下来我讲讲他的死。

老太太阿加菲娅·米哈伊洛夫娜开始是在"这个房子"的厨房里住，后来住在仆人屋子里。她高个子，消瘦的身材，长着一双大而贵气的眼睛，直勾勾的，像是女巫婆，逐渐斑白的头发，她有些令人恐惧，但是更多的是古怪。

很久以前，她是我曾祖母佩拉格娅·尼古拉耶夫娜·托尔斯泰娅伯爵夫人打扫房间的女仆，她喜欢讲述自己年轻时候的事。

"我那时候很漂亮，通常，老爷们在大房子里吃饭，伯爵夫人就叫我。夫人很严厉，但是喜欢我，她上了天堂。'姑娘，把手绢拿给我。'我回答：'马上，伯爵夫人。'他们一直盯着我看，目不转睛，我往厢房走，路上他们也看着我，夸奖我。我骗过他们几次，我去取东西，转个圈，穿过水渠。我那时候不喜欢这样，还是一个少女呢。"

在我曾祖母去世后，阿加菲娅·米哈伊洛夫娜不知为什么被派到院子里看羊。她特别喜欢羊，以至于后来的一生中都不吃羊肉。

看羊之后，她又喜欢上了狗，我对她的记忆也就是她生命的这个阶段。

狗就是她的一切，因此我们给她起外号叫"狗保姆"。

她和狗一起住在很臭很脏的地方，全心全意地照顾它们。

我们这经常有猎犬，比如猎兔狗，都是细腿善跑的狗。这个犬舍，有时候会有很多只狗，总是由阿加菲娅·尼古拉耶夫娜照管它们，一个小男孩给她做帮手，大多时候她总是笨手笨脚的。

这个独特而又聪明的老太太总能勾起我很多有趣的回忆，其中大多数是父亲对她的描述。这些回忆都很深刻，所有有趣的心理特征他都会察觉并且特别注意，这些特征大部分都是他偶然间说的，有幸却铭刻在我的记忆中。比如，他说过，有一次阿加菲娅·米哈伊洛夫娜是怎么跟他抱怨失眠的。从那时起我就记住了她，她得了这样的病："我肚子里这儿长了一棵白桦树，从肚子往上长，堵到胸口，这棵白桦树让我不能呼吸。"

她抱怨失眠，抱怨着白桦树："我一个人躺着，静悄悄地，只有墙上的钟在滴答滴答地响：你是谁，你做什么，你是谁，你做什么。我开始想：我是谁，我做什么？就这样，一整晚都想这事。"

"想吧，要知道这是了解自我，认识自己，这可是个苏格拉底！"列夫·尼古拉耶维奇非常兴奋地讲述这件事。

妈妈的兄弟斯捷潘在法学学校学习的时候，每年夏天都来我们这儿。秋天，他和父亲，还有我们一起，带着猎犬去打猎，由此阿加菲娅·米哈伊洛夫娜就喜欢上他了。

春天斯捷潘有考试。

阿加菲娅·米哈伊洛夫娜知道了这件事情，担心地等待着他是否及格的消息。

有一次，她在圣像前点上蜡烛，开始为斯捷潘的考试祈祷。

这时候她想起来，她的猎狗跑了，到现在还没回来。"天哪，它们跑到哪儿去了，冲到家禽那儿的话会闯祸的。老兄，上帝的使者尼古拉，让我的蜡烛燃烧着吧，好让狗快点回来，为了斯捷潘·安德烈耶维奇我再买一支蜡烛。我只想着这件事的时候，听到狗在草垛上摇着项圈弄得哗哗响，它们回来了，感谢上帝，这就是祈祷的意义。"

阿加菲娅·米哈伊洛夫娜喜欢的另一个人是我们的常客，年轻人米沙·斯塔霍维奇。

"哎，伯爵小姐，您这是对我做了什么啊，"她责备姐姐塔尼娅，"谁让介绍我和米哈伊尔·亚历山德罗维奇认识，让我在老年时爱上了他，罪过呀。"

2月5日，在自己的命名日那天，阿加菲娅·米哈伊洛夫娜收到了斯塔霍维奇的祝贺电报，电报是别人从科兹洛夫卡特意捎来的。

当爸爸知道这件事的时候，开玩笑地跟阿加菲娅·米哈伊洛夫娜说："你也不害臊，由于你的电报，老爷夜间冒着严寒走了三俄里？"

"老爷，老爷！电报是长着翅膀的天使把它带来的，而不是老爷……外来的犹太人发的三封电报讲的都是关于戈洛赫瓦斯吉哈的事，每天都发来电报，这不是老爷吗？而且还向我祝福，老爷是这样的。"她嘟嘟囔囔的。的确，不能不感到她是对的。因为这是一年中唯一的一封寄到犬舍的电报，它给阿加菲娅·米哈伊洛夫娜带来的幸福，当然要比各种在莫斯科为犹太银行家的女儿开舞会的消息，或是奥莉加·安德烈耶夫娜·戈洛赫瓦斯吉哈要来雅斯纳亚的消息重要得多。

阿列克谢·斯捷潘诺维奇临终的时候，完全是一个人虚弱地躺在自己的房间里，阿加菲娅·米哈伊洛夫娜长时间坐在他身旁，照顾他并跟他说话。他病了很久，好像得的是胃癌。

他的妻子，"妈妈找你有事的杜妮亚莎"，比他早去世很多年。

一个漫长的冬日的晚上，阿列克谢·斯捷潘诺维奇躺着，而阿加菲娅·米哈伊洛夫娜在他身旁坐着，喂他喝茶。他们谈论着死亡并约定，他们俩谁先死，先死的那个就告诉另一个人，死亡到底好不好。

阿列克谢·斯捷潘诺维奇变得完全虚弱的时候，十分清楚死亡的临近。阿加菲娅·米哈伊洛夫娜没有忘记那次谈话，问他，他感觉好还是不好？

"非常好，阿加菲娅·米哈伊洛夫娜。"他回答，这好像是他的临终遗言

（1882年）。

她很喜欢回忆这件事，这个故事我从她那听过，从父亲那也听过。

父亲总是极敏感地凝神倾听死亡，从中他能注意到临死的人所承受的最微小的细节。

在他的心灵深处，这个故事是和他对哥哥德米特里的记忆相连的。他和他哥哥曾经约定，他俩谁先死，先死的那个要在死之后来给另一个讲述，"那边"的生活怎样。

德米特里·尼古拉耶维奇比父亲早死五十年，但他却一次都没来找过父亲。

阿加菲娅·米哈伊洛夫娜喜欢的不只是这些狗，她那儿还有老鼠。她喝茶的时候，老鼠爬到她跟前，从桌子上捡一些面包屑。

有一次，我们这些孩子摘了草莓，合伙凑够了十六戈比买了一俄磅的糖，给阿加菲娅·米哈伊洛夫娜熬了一小罐果酱。她非常满意，很感谢我们。

"突然，"她讲到，"我想喝茶，就去取果酱，果酱罐里进了老鼠。我把它抓出来，用温水洗，好不容易洗净了，又把它放到桌子上。"

"而果酱呢？"

"果酱扔了，要知道老鼠是不洁净的，它舔过，我是不会吃的。"

阿加菲娅·米哈伊洛夫娜在90年代初去世，那时候雅斯纳亚已经没有猎犬了。她周围只有一些看家狗，她看护并喂养它们直到生命结束。

05

雅斯纳亚·波良纳的房子
祖辈们的肖像　父亲的书房

我记得的雅斯纳亚·波良纳的房子，还是父亲结婚后最初那些年的样子。

1871年，我五岁，我们的房子开始添建大厅和书房。

我还记得，泥水匠是怎样工作的，记得建房子的时候，在一角放了一个装了很多银币的小铁盒，记得在老房子上又开了几个门，特别清楚地记得怎样镶木地板。我喜欢和木匠一起坐在地板上，盯着他们是怎样镶上小的橡树木板，涂上散发香气的液体胶水，用小锤紧紧地凿细缝。

当木板镶好的时候，给地板打蜡，它看上去是那么的光滑，以至于都不敢在上面走。

当木板开始变干的时候，会经常发出嘎嘣嘎嘣的响声，像枪声一样，如果房间里没人，很吓人，我就会跑开。

大厅的每一面墙上都挂着先祖们的旧肖像。

这些肖像稍有些吓人，开始的时候我也怕，但后来就习惯它们了。其中有一幅是我曾祖父伊利亚·安德烈耶维奇·托尔斯泰的画像，我甚至喜欢上他，因为都说我长得像他。他住在格卢希耶·波良纳，也是图拉省的。

他有着和善的面孔，胖胖的脸。爸爸讲述过关于他的传说，说他把家用衣物送荷兰去洗：为此他专门准备了几辆大车，用来运送这些衣物，一年要往返多次。他的葡萄酒是法国的，水晶杯是波希米亚的；他是个特别好客的人，愉快而慷慨，周围的人都去他那做客，他供这些人吃喝，一生花掉了妻子的巨额财产。这就是《战争与和平》中的老罗斯托夫伯爵的原型，可能他要比父亲描述的更鲜明。

和这幅并排挂的是曾外祖父的肖像，尼古拉·谢尔盖耶维奇·保尔康斯基公爵，我祖母的父亲，长着浓密的黑眉毛，带着白色的假发，穿着红色的长袍。

雅斯纳亚·波良纳所有的建筑都是这个保尔康斯基建的，他是模范的当家人，聪明而骄傲，在周围人中享有很高的声誉。

另一面墙上，两扇门之间，整面墙都被一个盲老头的肖像占据着，他就是戈尔恰科夫公爵，我曾祖母佩拉格娅·尼古拉耶夫娜·托尔斯泰娅的父亲，曾祖母是伊利亚·安德烈耶维奇的妻子。

他坐在半圆桌旁，眼皮下垂，两旁放着一些手绢，他用这些手绢擦流泪的双眼。

都说他非常富有，但却很吝啬。他喜欢数钱，整天一遍一遍地数自己的纸币。

眼睛失明后，他让自己唯一的亲信，把珍贵的红木匣子拿给他，用自己的钥匙打开它，用手摸着一遍一遍地数旧而有褶皱的纸币。

这时候他的亲信悄悄地偷出钱，然后在原位放上报纸。

老头用他纤细而颤抖的双手摆弄这些纸，认为自己在数钱。

接下来挂的是一些手拿念珠的修女们的肖像，有戈尔恰科夫的母亲，莫尔德吉娜公爵夫人所生，接着是尼古拉·谢尔盖耶维奇·保尔康斯基的妻子，特鲁别茨卡娅公爵夫人所生，这个尼古拉·保尔康斯基就是那个种植雅斯纳亚·波良纳公园、修建所谓的"大街"——椴树林荫路的保尔康斯基的父亲。

楼下大厅旁，与前厅并排的地方，爸爸给自己安置了一个书房。他叮嘱在墙上做一个半圆的壁槽，放上自己最爱的已过世的哥哥尼古拉的大理石半身像。这个半身像是在国外按石膏面型做的，爸爸跟我们说，它非常像，因为是一位出色的雕塑家按爸爸的描述刻的。

他有一张善良而稍许令人怜惜的脸，头发梳得儿童般光滑，还是偏分，没有胡子，整个人看起来白白净净。爸爸的书房是用一些大的书柜隔开的，书柜里有很多各种各样的书。为了不让这些书柜倒下来，在它们之间用大方木连接，中间还做了一个薄的桦树门，门后面是爸爸的书桌和他的旧式的半圆座椅。

其中一块方木至今还是完整的，我现在或许害怕看到它，因为我知道，爸爸有一段时间很想在上面上吊。

但是自杀这件事情后面会提到，现在不便说。

墙上挂着鹿角，是爸爸从高加索带回来的一个鹿头，做成了标本。

他把毛巾和帽子挂到这些鹿角上。这面墙上还挂着狄更斯、叔本华、年轻的费特的肖像，和1856年《现代人》杂志一些著名作家的肖像，其中有屠格涅夫、奥斯特罗夫斯基、冈察洛夫、格里戈罗维奇、德鲁日宁和父亲，都还很年轻，没有胡子，穿着军官外套。

早晨爸爸从楼上一角的卧室出来，穿着睡袍，胡子揉成一堆，没有梳理，下楼穿衣服。

然后他穿着灰色上衣，焕然一新，精神抖擞地从书房出来，去大厅喝咖啡。

这时候我们开始吃早饭。

没有客人时，他在大厅里坐一会儿，然后拿起茶杯就到自己的书房去。

如果有客人或是朋友来，他开始和他们交谈，兴致勃勃，就无法离开。

他把一只手披在皮腰带里，另一只手放在胸前，拿着盛满茶的银托杯，经常在门旁站很久，有时候在一个地方站半个小时，都不会发现自己的茶早已变凉，一直说啊说，不知为什么正是在这时候谈话就特别有趣、热闹。我们所有人都知道门槛这个地方，特别清楚是什么时候爸爸手里端着茶，径直走向门边，意思是，他现在站在那，要说结束语，也就是在这里最有趣的事情即将开始。

最后，**爸爸离开去做自己的事情**。冬天我们在各个教室里跑来跑去，而夏天则跑去花园或是门球游戏场。妈妈坐在大厅里给小孩缝制衣服，或是抄写她夜间没来得及抄完的手稿。三四点前房子里十分安静。

然后，爸爸从书房出来，去游玩，有时候带着枪和狗，有时候去骑马，有时候干脆步行去公家扎谢卡林带。当挂在房子对面老榆树断枝上的钟敲响五下时，我们就跑去洗手，准备吃正餐。有时候爸爸迟到，于是大家就等他，他回来时有些难为情，并向妈妈道歉，倒上一银杯不太满的草浸酒，坐在桌子旁。

他非常饿，贪婪地吃着拿在手里的一切。妈妈让他停下来，别只吃一样粥就饱了，因为还有肉饼和蔬菜。"你的肝又要疼了。"但是他不听她的话，还要吃，还要吃，直到吃饱为止。然后他开始讲述自己的游玩经过，说他找到了一窝黑鸡，在扎谢卡林的库杰亚洛夫井后面还找到了一条新路，还说他调练的幼马怎样开始理解骑手的小腿和缰绳的意思的。所有这些都讲得很清晰有趣，时间过得很愉快热闹。

"妈妈，这是什么馅饼啊？"塔尼娅突然问道，她总是很勇敢，独立性很强。

"伊留沙的最爱——果酱馅饼。"妈妈没有发现塔尼娅经常重复的开玩笑的语调，严肃地回答道。

我和爸爸并排坐着，拿的馅饼不敢超过两个。但是果酱可以多拿点，因为现在可以用另一个馅饼把它盖住，卷成卷，就不会被发现。我刚刚准备好，想吃，爸爸悄悄地把手伸过来，把盘子移走说："嗯，现在够了。"我不知道，该怎么办，哭还是笑。还好，爸爸对着我的眼睛看了看，笑了起来，要不然我会号啕大哭的。

正餐后爸爸又会回到自己的书房去读书，晚上八点是喝茶时间，这是最美好的晚间时光了。所有的人都聚在大厅里，大人们交谈、高声朗读、弹钢琴，而我们或是听他们说话，或是打算做自己高兴的事情，战战兢兢地等待。楼梯缓步台上古老的英式钟发出咔嚓的嘶哑声音，慢慢地敲响十下。

"可能妈妈没有发现？她坐在小客厅里，抄东西呢。"

"孩子们，该睡觉了，快去吧！"

"马上，妈妈，再有五分钟。"

"快去，快去，到时候了，要不然明天你们又起不来床了，还要学习呢。"

我们不慌不忙地道晚安，找点事拖延，然后往拱门下边走。生气，因为我们还小，需要离开，而那些大人，只要愿意就可以坐在那儿，只要愿意就不去睡觉。

我们不在，他们做些什么呢？

可能现在，就在我们离开后，他们最有趣的活动开始了。

难怪爸爸喜欢说："等我长大了。"他开玩笑，是因为他什么都不需要，他已经是大人了，拥有一切，而我却总想得到这一切！

他有三把枪，几把短剑，几条狗，一匹坐骑，他从来也不学习，而我还很"小"，要睡在漆黑的育儿室，要和玛丽娅·阿法纳西耶夫娜住在一起。她已经熄灭了油脂做的蜡烛，并叮嘱我不要翻来覆去的。

要哭吗？不，不应该，最好把头蒙起来，开始睡觉。

刚要闭上眼睛，小睡一会儿，就已经是早晨了，愉快而明亮的早晨。

接下来有很多好事：马上穿衣服，跑到花园，那里有我和塔尼娅挖的地下储藏室，然后跑去切佩什附近密密的草地上捕蝴蝶。

一定要捕到"金凤蝶"，谢廖沙已经捕到一只了，我还没有捕到。然后我要去学习，但这没什么，不想这事。再后又是早饭，游泳，午饭……

生活多么美好啊！太阳多么明亮啊！窗外夜莺的叫声多么响亮啊！未来会有很多很多美好的事情……

06
爸爸　宗教

　　论出身、论教养、论举止，父亲是一位真正的贵族。别看他穿着一成不变的工作服，别看他完全蔑视所有贵族老爷式的偏见，他曾经是一位贵族，直到他生命的最后时刻他仍然是贵族。

　　文学评论家都喜欢把皮埃尔·别祖霍夫和列文看成是他的自画像。

　　可当别人问他，列文的形象是否是他对自己的描述时，他又多么的恼怒！

　　他说，作家是根据一系列人物来创造典型，因此典型从来都不可以也不应该是某一个特定人物的写照。

　　为此在1865年他对一位女贵族所提的问题"保尔康斯基公爵描写的是谁"是这样回答的：

　　"安德烈·保尔康斯基，谁也不是。他是所有小说家笔下的任何一个人物，而不是作者本人或是回忆录作者本人。如果说我的所有创作都是在复制某个形象，弄清楚他，记住他，那我会感到羞于出书的。"

　　如果说在别祖霍夫和列文身上可以找到很多与父亲相像的性格特征，那么安德烈公爵的性格特征更像他，特别是他父亲，老保尔康斯基公爵。那种贵族的骄傲，差不多是傲慢，那种表面的严肃，那种在表达温柔和爱时的动人的羞怯都像。

　　在我的一生中父亲一次都没有抚摸过我。

　　这并不意味着他不爱我，相反，我知道他爱我，通常有这样的时候，我们彼此很亲近，但他从来都没有不加掩饰地表达过自己温柔的爱，总是羞于流露。我们小的时候，每一个温柔的动作都被叫做"过分的爱抚"。

应该说，晚年的父亲开始变得特别温柔，他对我的弟弟瓦涅奇卡和他的女儿们很温柔，特别是对我已过世的妹妹玛莎。她会自然地亲近他，就像对待喜爱的老爹，她通常温柔地抚摸着他的手，他接受她的温柔也是这么的简单，并且依恋她。

但是和我们这些儿子们，不知为什么不会这样表现出来，同样爱着对方，但却不会显露出来。通常，小的时候，你要是擦伤了——不许哭，脚冻了——脱掉套鞋、跟着马车跑，肚子疼——给你一点带盐的克瓦斯就好了。他从来都不怜惜，不爱抚。如果需要同情，需要大声号哭，你就跑去找妈妈，她会放上敷布，抚摸并且安慰你。

后来，父亲老了、虚弱了的时候，有时候我想抚摸他，关怀他，就像妹妹玛莎通常做的那样，但是不可以，我感觉到，这会感到不自然，害怕这样做。

以上我只是顺便提及父亲的老爷派头和自尊心。我担心理解得不对，想解释一下，我说的是什么。

"老爷派头"这个词的意思，我指的是举止极其文雅，外表整洁，特别是对尊严感有敏锐的理解。

"贵族"这个词稍稍有点过时，"知识分子"这个词取代了它，但是我父亲年轻的时候，甚至是我少年时代，这个词表示的是完全确定的概念，具有正面意义。这个意思用一个谚语能很准确地表达："披着麻袋片，也能认出你是神父。"

通常，仆人谢尔盖·彼得罗维奇去报告父亲："列夫·尼古拉耶维奇，楼下有人找您。"

"谁呀？"

"一位老爷"，或者"一个男的"，或是"有个人"。

谢尔盖·彼得罗维奇是按照外表区分"老爷""一个男的""人"这几个词的概念的。我是在完全理解它的含义后，才把"老爷"这个词加到父亲身上的。

父亲的自尊心也是纯老爷式的，高贵的，由于这种自尊心使他不得不承受很多苦痛。年轻的时候他输了牌，钱不够；在宴会上和有钱老爷一样狂饮作乐；当他好不容易在文学上取得成就，于是又叫屠格涅夫来决斗；当宪兵来雅斯纳亚·波良纳搜查，他感到受辱，差点没永居国外；当莫斯科省长多尔戈鲁基公爵派自己的副官来找他，跟他要住在他家的教派信徒休塔耶夫的消息；当那些有敌意的人责备他鼓吹平民化，自己却还生活在雅斯纳亚·波良纳的奢华中；当政府和教会都污蔑他，称他为无神论者时……很多很多，都伤了他的自尊心，这种自尊心让他承受许多煎熬，并重新思考，可能，这种崇高的精神上的自尊在很大程度上促使他变成这样的人，就是他后半生那样。

我描述的是父亲四十五岁的样子，很明显，那时候的父亲还不是现在世人所了解的那样。

我记得，父亲在他开始写《安娜·卡列尼娜》之前，几乎就是克拉姆斯科依描述的那样。那时候他的胡子不长，深色的头发，卷曲到根部，快速而自信的动作，他非常强健，相当敏捷。从小他就教我们做体操、游泳、滑冰和骑马，这时经常表现出他惯有的严厉，"我不能"或是"我累了"对于他来说是不存在的。

"游吧。"他把我推到深水的地方，当然他会跟着，不让我溺水，但是不帮我，当我半路上呛了水，吓得瞪大眼睛游到岸边的时候，只是鼓励地夸奖我。

或者，通常我们一起骑马时，父亲催马大步疾驰，我努力地紧随其后，我感觉要失去平衡，随着马步疾驰我越来越偏了，觉得就要掉下来，应该飞起来，又做了几下无益的挣扎，于是我掉在地上了。

父亲停下来。

"没碰伤吧？"

"没有。"我强忍着用坚强的声音回答。

"再骑上。"

他还是继续大步向前疾驰，像是什么事也没发生。

＊＊＊＊＊＊

我们的宗教教育和那时的普通孩子的宗教教育没什么区别。

无论是爸爸，还是妈妈，一点都不相信教堂的宗教，但是他们不会反对它，还会去教堂祈祷，因为所有人都这样做，所有人都教孩子信宗教，他们也教我们信它。

塔吉雅娜·亚历山德罗夫娜姑母是雅斯纳亚·波良纳忠实的教徒，我很小的时候她就已经是一个年迈的老太太了，是父亲以前的监护人。

她窗旁的一角放了一些大而古老并且已经发黑的圣像，这些圣像前总是点着油灯，我们走进她的房间会感到带有一种神秘的恐惧和敬重。

她死的时候，我们被叫到她跟前告别。她的棺材就在这些圣像前的一角，神秘的恐惧感更强了。

在塔吉雅娜·亚历山德罗夫娜之后，这个房间住的是另一位姑母，佩拉格娅·伊利尼奇娜。她也是虔诚的信徒，那儿也总是点着油灯，她也是在那儿死的，躺在棺材里。

后来这个房间住了一些女仆，但是我对这个房间怀有的恐惧感永远留下了。说到这个房间，到现在我还能想象出那些可怕的圣像、那些已过世的人，闻到令人窒息的祭祀的香味。

每天晚上妈妈都让我们祈祷，为我们所有的亲人祈求平安，"爸爸、妈妈、兄弟姐妹和所有基督教徒"，节前神父会来我们家彻夜祈祷。谢肉节的时候吃薄饼，然后上卷心菜，带有很浓的素油味道的炸土豆，喝加入杏仁牛奶的茶和咖啡。

复活节前一周彻夜画彩蛋，复活节天亮时去教堂。

这简直是一个盛典，复活节大多时候都是在春天泥泞的日子中度过的。

有时候复活节早一些，我们滑雪橇（无座雪橇）。雪已经融化了一半，道路上覆盖着深褐色的马粪，隆起一个个小包，路旁一些地方被踩出新鲜的脚印，有些地方雪已经失去了原有的洁白，雪橇滑板就弄上了泥巴。融水绵绵地流入洼地，形成了条条弯弯的小溪。马儿们的尾巴被紧紧地绑在了一起。周围一片漆黑，它们在不眠之夜中瑟瑟发抖。

教堂周围可以看到灯火，周围停着多辆空马车，教堂门前依偎着乞丐和盲人。

我们穿过人群来到教堂的左边，邻居亚历山大·尼古拉耶维奇·比比科夫和他儿子尼科连卡已经站在了唱诗班歌手的席位上。农民们紧腰细褶的长外衣下是干净的亚麻布衬衣，梳着光亮的头发，农家妇女和姑娘们戴着漂亮的花头巾，脖子上戴着珠子。教堂里散发着蜂蜡、香、熟过皮子的短皮袄的味道。隆重的仪式开始了，烛焰时不时地碰到圣像壁，后边的人用一戈比粗的蜡烛轻轻地敲几下前面的人的肩说道："献给圣徒尼古拉。"前面的人也拿起蜡烛这样轻轻地敲着下一个人的肩，然后继续，直到蜡烛传到圣像壁，直到圣像前炙热的烛台上放上几十只蜡烛，摆满了蜂蜡。

"献给圣母"，"献给救世者"，"献给显灵者"……

快到十二点的时候，每个人手里都拿着点燃了的蜡烛。在教堂周围，人们开始走过长满野草的墓地。在教堂入口前，神父用带有重鼻音的嗓音宣布："基督复活了。"人群又挤进教堂，开始长时间而令人厌烦的祈祷。最终仪式结束，我们走到神父跟前互吻三次以示祝贺，我们之间也互相亲吻，和一些农民、村妇亲吻，然后幸福地回了家。

天已经亮了，马越加兴奋地往家奔跑，溪水也不再可怕。我们满心喜悦，情绪高昂，以致忘记了疲劳和困倦，只是担心，妈妈可别发现了我们并早早地让我们去睡觉。

再以后会是多么高兴啊！开斋，滚彩蛋，和所有的亲人亲吻，整个一周都不用学习。

关于上帝的概念我总是非常模糊混乱的，当然，他首先是一位老人，长长的白胡子，非常爱生气。我永远都不会原谅他对待亚当和夏娃的严厉，只因为他们两个各偷吃了一半能知善恶的、很特别的树上的苹果，就把他们逐出伊甸园，并让他们永远受苦，辛勤地劳动。依我看，这太残忍了。然后是大洪水时期，除了诺亚，他淹死了其余所有人。后来，他让亚伯拉罕杀死自己唯一的儿子，好在他及时给他指出了灌木丛中的羔羊，要不然这是多么的可怕。

我也从来都不能理解，为什么上帝这么喜欢所罗门，他做尽坏事，而且有无数的妻子。我可怜罗得的妻子和穷苦的婢女夏佳，这个女人为亚伯拉罕生了一个出色的儿子，后来亚伯拉罕却将她赶走，换了一个老太太撒拉。

我越了解圣经，就越不明白它。

开始我极力地去相信并理解，向妈妈提出了各种各样的问题，然后问正好来到我们这布道的神父，但是他的解释我并不满意，我越来越糊涂了。

最终，当我明白菲拉列特教理问答和教堂里的祈祷时，已经彻底混乱不清了。

"信仰是所望之事的确据，是未见之事的显示。"这些东西我已经懒得去理解，只是郁闷地把它们背下来。我不知道"信条"和"神圣的三位一体"，我为什么要认为这葡萄酒和饼要成为耶稣的身体，为什么我应该不断地吃这身体、喝这血。一句话，在这方面，我的头脑乱成一团，我只有努力地相信这个乱团，因为爸爸、妈妈、姑母、奶娘、尼古拉厨师和所有的人都相信它。

对耶稣基督的印象我也是模糊不清的。他是老上帝的儿子，上帝生了他，上帝对待他，就和亚伯拉罕对他的儿子差不多，他替我们人类的罪行做了牺牲。上帝的这种残忍、冷酷又是我无法理解的。

为什么要让自己喜爱的儿子做牺牲？难道全能的上帝就不能以另一种方式处置吗？重要的是基督是在施洗约翰那儿受洗的，更重要的是这种受洗有它的神奇之处，而最主要的当然是他的复活，他从棺椁中复活，又重新升天。

基督教导了什么，这并不重要。要知道，他是上帝的儿子，他和父亲的关系就像我们和爸爸的一样，谁也不敢像我们——他自己的孩子——那样对待爸爸。基督对待上帝就像对待父亲一样，而我们就不敢这样对待上帝。他惩罚我们，让我们死后进入鬼住的地狱，让我们舔烧得滚烫的平底锅，在烧红的煤炭上行走。

这种童年的想象不断地把我推进厨房，那里炉灶旁挂了一些巨大的黑色平底锅。我想起了，尼古拉厨师是怎样从炉灶下取出炙热的小煤块，用手向上抛几下，然后用它点着自己卷的烟卷。我总是被他震惊，他做这个怎么不烧手。这给了我一些安慰，开始觉得煤也不是那么可怕，但是舔平底锅，这应该是可怕的。

07

教学　儿童游戏　建筑师的错
普罗霍尔　安卡馅饼

　　我明白，自己将接受传统的旧式贵族教育，父亲也希望给自己的孩子们真正的"贵族"教育。应该让他们尽可能地多学几种语言知识，应该让他们有良好的言行举止，应该尽可能地保护孩子们免受外界的干扰。当代的中学没有一个合适的，因此要在家里教孩子们，从家里出去直接让他们上大学。

　　父亲对哥哥谢廖沙和姐姐塔尼娅一直实行这样的培养计划，而对我，可惜，只持续到中学五年级。

　　开始是爸爸、妈妈亲自教我们，妈妈教俄语和法语，而爸爸教我算术、拉丁语、希腊语。

　　所有其他方面存在的差距，在课堂上都会表现出来。同妈妈在课堂上，有时可以往窗外看，可以提出与课堂无关的问题，可以眼神呆滞，以示什么都不明白，但是在爸爸的课堂上却不是这样的，在他的课堂上要集中精力，一分钟都不能分心。他教得很好，清晰有趣，但是像骑马一样，他总是大步前进，无论如何要紧跟在他的后面。可能，多亏了他明智的启蒙，一般说来，我是个差生，但数学一直很出色，并且一直喜欢数学。

　　与此同时，我们的家庭一直在扩大。玛莎出生了，之后是彼佳、尼科连卡。妈妈有时生病，因工作又疲惫不堪，很快父母就不得不给我们请家庭教师。

　　我们的第一位家庭教师是德国人费奥多尔·费奥多罗维奇·考夫曼，他是很普通的一个人，肤浅且粗鲁。他的教育方式是纯德国式的，使用纪律和惩罚。有时候，他甚至背着父亲，自己坐着敞篷马车离开，让我和谢廖沙在角落里跪上整整几个小时。他是第一个使我厌恶学习的人，后来，这种厌学的想法怎么都甩不掉。费奥多尔·费奥多罗维奇在我们这住了三年左右。在他之后来了一个瑞士人瑞伊先生，他年轻，红脸膛，总是拿葡萄酒在自己的房间里喝，也是一个粗鲁笨拙的人。

我永远不会原谅他的这种惩罚："重写一页"，"重写两页"，等等。一到星期天就得写满满的一整本练习本，反正是无望了，整个星期天都没了，你不写也是一样。而其他的兄弟姐妹跑着玩门球，去游泳，捡蘑菇……瑞伊先生只是加固了费奥多尔·费奥多罗维奇埋下的种子，于是我彻底地憎恨学习。

除此之外，姐妹们还有法语家庭教师，和在我家住过几年的俄语老师，他们帮谢廖沙准备过中学毕业考试，也教过塔尼娅、我、列夫和玛莎。音乐老师阿·格·米丘林从图拉一周来一次，塔尼娅大一些的时候，又给她找了一位绘画教师。

就这样，我们渐渐地组成了完整的家庭大学。我们的课程是按每小时排的，学期的时候，也就是冬天，我们所有的人，就像在中学一样，整天这个课堂那个课堂地来回跑。课间休息的时候我们去散步，从山上往下溜冰，滑雪橇，想出各种在屋里玩的游戏。

我们受教育的最初时期，父母最为关心的就是保护我们不受外界的影响。整个世界分成了两部分：我们是一队，其余人是另一队，我们是一些特殊的人，我们两队人是不平等的。我们——爸爸、妈妈、库兹明斯基一家、谢廖沙·托尔斯泰伯父及他的孩子们、玛莎姑母及当时一些罕见的客人，再也没有谁了。其余所有人——本质上是地位低下的人，这些人要为我们服务、要劳作，但是应当和他们保持一定距离，尤其是不能以他们为榜样。抠鼻孔的是农村的孩子，而不是我们。他们才能够双手脏兮兮的，穿着破裤子；他们可以嗑瓜子，把壳吐到地板上；他们才能够经常打架、骂人，对于我们而言，所有这些都是不成体统的。当然，妈妈很在意这些，连爸爸也生怕我们和农村的孩子交往，培养我们保持贵族风范和毫无根据的自我崇拜。这样的教育灌输给我们，我很难摆脱这些。

提供给孩子的玩具越多，他们的游戏越空洞，买来的玩具使我们养成了刻板的习惯，扼杀了孩子们的创造力。

我们每年圣诞节都会增添一次枞树上的儿童玩具，大部分的玩具都是季亚科夫一家来我们家参加枞树晚会时带来的。德米特里·阿列克谢耶维奇是父亲青年时的朋友、我的教父，他还带来了已经成年的女儿玛莎及家庭教师索菲莎。

他们带来了最好的玩具，圣诞树就是新年庆祝活动的标志。圣诞节前的一个月妈妈去图拉，带回来整整一筐农村的玩具和娃娃骨架，我们就这样叫它。妈妈、我们和一些小女孩开始给这些娃娃骨架穿衣服，为此妈妈的房间里整年都收集着各种布料的碎片、剪短的带子、成堆的丝绒和印花布。她一本正经地把一个大黑包袱拿到客厅，我们所有人都坐在圆桌旁，手里拿着针认真地缝各种小裙子、小衬衫、小女裤和小帽子，我们用金黄的丝线和条带打扮他们，我们很开心。一个傻乎乎的浓妆艳抹的裸体木头人打扮成了漂亮的小男孩和小女孩，甚至觉得他们穿上衣服后，他们的脸都变得更加聪明，每个木头人都有自己独特有趣的表情。

这些玩具是用来分给农村孩子的，一般都会准备三十到四十个。然后开始往坚果上涂金，往各种纸板制品、有彩色图案的蜜糖饼干、克里米亚苹果和糖果上系彩带，我们无论谁都不知道给自己的礼物是什么。

圣诞前夜的晚上，神父们来了，他们彻夜祷告。圣诞节这天，我们一大早就穿上节日盛装，客厅里餐桌的位置立着一株巨大的、树叶茂盛的枞树，它向整个房间散发着好闻的森林针叶的气味。

我们急忙去吃午饭，只是想快一点结束，就跑回各自的房间。

这时，客厅的门被反锁上了，大人们装饰枞树，每一张小桌上都放着给我们的礼物，我们激动不已，已经不能老老实实地坐着了，多次偷偷地跑到门口问："快准备好了吗？"我们偷偷地从门锁眼往外看，觉得时间很长很长。

午饭后，前厅里聚集了一群穿着短皮袄和长外衣的农村孩子、村妇和几个庄稼人，他们身上散发出一股熟过的皮子味和汗味。

终于一切都准备好了，大厅的门打开了，一群农村孩子硬挤入一扇门，我们跑向客厅的另一扇门。

  顶到了天花板的大枞树，由于被点燃的蜡烛和镶着金边的小饰物而显得闪闪发光，散发着针叶树和树脂的气味，沿墙放着的我们小桌上的礼物有彩色的信纸、封蜡、铅笔盒，这些几乎总是给所有人的，而且都是季亚科夫送来的礼物。还有一个大的木偶，"闭着眼睛"，如果拽在两腿间系起来的末端带有蓝色小球的两根细绳，它会喊"爸爸""妈妈"。还有，儿童餐具、小锅、平底锅、盘子和叉子，也有骑着车摇着头发出含糊不清声音的小熊、上了发条的小汽车、各种骑马的骑士、小老鼠、小火车，还有以前我们从没收过的一些东西。谢廖沙有一支能够大声发射木塞儿的枪和一只带链子的白铁表。这时大人们给农村孩子分玩具娃娃骨架、蜜糖饼干、坚果和苹果，让他们从其他的门走进来。他们一群人站在圣诞树右边，没有走到我们这边来。"亲爱的姑母，给我、给我一个木偶，您已经给万卡啦，给我的礼物还不够呢。"

  我们骄傲地向农村孩子炫耀自己的礼物。我们是一些特殊的人，因此，我们拥有真正的礼物，而他们只有玩具骨架。这是完全合乎常理的，他们应该为此感到幸运，至于他们会嫉妒我们，我的脑子里连想也没想过。

  有时，在这个时候，会从农村来一些带着手风琴化了妆的人，舞蹈开始了。有一次，爸爸竟亲自化妆成牵熊的，在大厅里牵着熊。熊是由厨师尼古拉扮的，他把浣熊皮大衣里朝外穿着。"喂，米沙，跳个舞吧；表演一下，老太婆是怎么从菜园偷豌豆的；喂，再表演一下，老头怎么从炉子上摔下来的，农村姑娘怎么擦胭抹粉的；喂，让我们摔跤吧。"熊跳了舞，爬着去偷豌豆，接下来摔倒了，最后又演摔跤。熊完成了所有动作，这些动作是当时驯化了的熊和牵熊人一般要完成的动作。

  他们来到我们的庄园时，我们往往都喜欢这些"小米沙"。后来，政府禁止戏熊，对此我感到很遗憾。

  妈妈说，我出生于1866年5月22日，这一天是个星期日，也是所有圣人日。早上她和爸爸去做日祷，回到家后，他们在庄园里遇到一位牵着熊的人，那天傍晚我出生了。是不是因此我总是那么喜欢熊呢？

  但是，收到新玩具而带来的欢乐，从来都不能持续多久，玩具带给我们自私、嫉妒等不好的情感，而且，最后，玩具很快坏掉，消失不见了。好像，我们唯一保存时间最久的玩具就是季亚科夫送给我和谢廖沙的玩具兵，有土耳其兵和俄罗斯兵，这些玩具我们玩了整整一冬天。在大厅相对的两面墙下，我们把这些玩具兵摆成军团，趴在地板上，把散弹发向敌军，然后消灭他们。

"难道列夫·尼古拉耶维奇允许他的孩子们玩战争游戏吗？"读者会问我。

"是的，当时，他没有注意到这有什么不好，也从来没想过不让我们玩这些游戏。"

另一个有趣的游戏叫做乌里维尔斯顿，是塔尼娅想出来的。当时塔尼娅读了一本枯燥的英译本小说，而决定用纸人"在剧院里"演绎这部小说。

小说的所有主人公都是我们用剪刀从时尚杂志的彩图上剪出来的，我们剪的这些小纸人，大小都小于一俄寸，小纸人的头用的是时尚插图的胳膊或脖子的一部分，躯干是用部分彩色短上衣的袖子或裙子剪成的。因此，所有小人都是彩色的，很容易区分他们。小说的主角是乌里维尔斯顿，他发生了很多意外的事情，我现在已经不记得了，但是剧本的高潮部分是主人公对一个姑娘说"我一个人很孤单"，向她求婚。这些话总是塔尼娅带有一种特殊感情替他说出来的，我们等着听这些话心脏简直停止了跳动，当然，我们也同情贫穷的乌里维尔斯顿毫无希望的爱情。

一次，爸爸正赶上我们玩这个游戏。我们趴在大厅里，像星星一样围在我们的"剧院"旁，反复地抖动着小纸人。爸爸看了一眼，拿起一本旧的时尚杂志，去了客厅。过了几分钟他回来了，给我们拿来一个纸人小男孩，他完全是用女人坦露的胸和肩剪成的，小纸人全身红扑扑的、肉色的、裸体的。

"这是谁，爸爸？"我们疑惑地问。

"这就是阿多里菲克。"

小说中没有这个角色，当然，阿多里菲克这个角色是我们虚构出来的，并发展这个角色，很快阿多里菲克成了我们最喜欢的主人公，甚至比乌里维尔斯顿更好。

童年，有很多爱好。我不知道其他人是不是这样，但是我就是这样的，毫无疑问，是这样的。是否只在一个童年，而不是在整个一生都有很多爱好呢？

关于这个后面进行解释。

我记得，我们的第一棵圣诞树放在靠近阳台的房间里，父亲生命的最后几年这个房间成了他的书房。

我还记得在刚建起的、还没装修的大厅里的那棵圣诞树。

我那时五岁。

这次大家送给我一个带有茶托的陶瓷大茶碗。妈妈知道，我早就梦想着这个礼物，过圣诞节之前就把它给我准备好了。

我看见了小桌上的茶碗，就不再看其他的礼物了，双手捧着茶碗，边跑边展示它。

当我从大厅向客厅跑的时候，我的脚绊在了门槛上，摔倒了，我的茶碗成了一堆碎片。

当然，我大哭了起来，并且装做摔得比实际要狠的样子。

妈妈急忙跑过来安慰我，对我说，是我自己的错，是因为我自己不小心造成的。

这让我很生气，开始大喊："错的不是我，相反，错的是在门上装了门槛的讨厌的建筑师。如果没有门槛，我就不会摔倒。"

爸爸听了就开始笑："建筑师的错，建筑师的错。"这让我更加委屈，我不能原谅他，他在嘲笑我。

从此，我们家有了这样的口头语："建筑师的错。"当有人想把过错转嫁给别人时，爸爸喜欢重复说这句话。

我从马上摔下来，是因为马绊了一下，或者因为马车夫没系好毡鞍垫；我学习不好，是因为老师不会讲课；服兵役时，我喝上了酒，并将此归咎于服兵役。发生这些情况时，爸爸都说："我知道，建筑师的错。"我只好表示同意，开始沉默。

爸爸有许多源自生活的口头语。

他还有一个口头语是"为普罗霍尔"。

关于这个口头语的产生，他在某封信里曾经提到过。

童年时，我学习弹钢琴。

我特别懒，总是弹得马马虎虎，只弹一个小时就不弹了，跑掉了。

突然，有一次爸爸听见，从大厅传出热情奔放的乐曲，他不相信自己的耳朵，这会是伊留沙弹的。

他走进房间，看见的确是我弹的，木匠普罗霍尔在往窗户上安冬季用的玻璃窗扇。

他立刻就明白了我为什么这么努力。

我是"为普罗霍尔"弹的。

后来这句"为普罗霍尔"在我的生活中多次发挥了很大的作用，父亲利用这句话来责备我。

父亲还有一个赞美词，他经常说的。

这就是"安卡馅饼"。

妈妈的父母有个熟识的医生安卡（大学教授），他给了我外祖母柳博芙·亚历山德罗夫娜·别尔斯一个做美味的、过命名日吃的大馅饼的配方。妈妈出嫁来到雅斯纳亚·波良纳时，就把这个配方转给了厨师尼古拉。

从那时开始，我记得，生活中所有的重大场合、重要的节日、命名日等，总是一成不变地端上"安卡馅饼"。没有这馅饼的午饭就不是午饭，庆祝活动也就不是庆祝活动了，没有撒扁桃仁的奶油鸡蛋面包，算什么命名日？喝早茶、举办晚会没有安卡馅饼怎么行？

同样就像没有枞树的圣诞节，没有滚彩蛋的复活节，没带盾环头饰的乳母，没加葡萄干的克瓦斯……

没有这些就没有什么神圣的东西了。

妈妈把许多家庭传统带入了我们的生活，所有家庭传统称之为"安卡馅饼"。

爸爸有时和善地用"安卡馅饼"开玩笑，这种馅饼意味着妈妈家庭生活基础的总概括。但是在我遥远的童年时期，他不能不重视这种馅饼，因为多亏妈妈这种坚定的家庭生活基础，我们才有真正典范的家庭生活，所有认识她的人都很羡慕这种家庭生活。

那时有谁知道，到了"安卡馅饼"使父亲不能忍受的时候，它最后成了负担，由此父亲梦想着无论如何都要摆脱它而自由自在。

08

姨母塔尼娅　舅公科斯佳
季亚科夫一家　乌鲁索夫

我母亲的妹妹塔吉雅娜·安德烈耶夫娜·库兹明斯卡娅，也就是我的姨母塔尼娅，在我们整个家庭生活中起了极鲜明的作用。她生命的最后几年是她和自己的一个孙子孤零零地在雅斯纳亚·波良纳度过的，如果不是这样，可能早就离世了。

我亲爱的姨母，我诚挚的呼唤你来装点我的这本回忆录，没有你它是不充实的。

几乎每年夏天塔尼娅姨母全家都会来到雅斯纳亚·波良纳，住在厢房里。他们全家有姨母、她的丈夫亚历山大·米哈伊洛维奇和几个年龄稍长的女儿：达莎（小时候在高加索夭折）、玛莎和薇拉——我们相处得很和睦，米莎和薇拉是我们的游戏伙伴，童年时期他们就成了我们家庭的一部分。她还有四个儿子，在我童年和少年时代，小男孩们都还小，对我没有什么影响。

我不知道还有比我的姨母更迷人的女人了，她从来都不是普通意义上的漂亮。她有一张特别大的嘴，稍微向前伸的下巴，而且眼睛明显的不端正，但是这些更突显了姨母特有的温柔和吸引力，法国人用有魅力这个词来形容她。

对于我们而言，塔尼娅姨母就是我们的第二母亲，有时妈妈和塔尼娅姨母互相喂吃奶的孩子，我不记得塔尼娅姨母不在身边的自己。

我们爱妈妈，也崇拜塔尼娅姨母；妈妈一直陪伴着我们，而塔尼娅姨母只有在夏天才和我们在一起；妈妈强迫我们学习，有时还会训斥我们，而塔尼娅姨母会带来快乐。对于我们而言，妈妈是枯燥的日常生活，而塔尼娅姨母就是节日。

还是孩子时，我们就听说过塔尼娅姨母和谢廖沙（谢尔盖·尼古拉耶维奇·托尔斯泰）伯父的浪漫故事。这个有趣故事的详细情节我不了解，但是我确实知道一些。

这还得从遥远的40年代末说起。

当时我父亲和谢尔盖·尼古拉耶维奇还很年轻：列沃奇卡二十岁，谢廖沙二十二岁。家族财产雅斯纳亚·波良纳属于小儿子列沃奇卡，而克拉皮温斯基县的以黑土著称的皮罗戈沃归谢廖沙所有，这个地方距雅斯纳亚·波良纳三十五俄里，距图拉五十俄里。

谢廖沙·尼古拉耶维奇是个美男子，以前是帝国的神枪手，迷恋茨冈人，日夜都和他们待在一起，有一段时间也吸引了弟弟列沃奇卡前往。茨冈人呆的地方也是花花公子聚集的地方，香槟成河（只喝香槟，而不喝伏特加，从来没想喝伏特加，只有看院子的人才喝伏特加）。《不是傍晚》《我再一次听见……》《蓝色的头巾》等，那时这些时髦的歌曲使他们疯狂。

图拉合唱团与莫斯科合唱团、圣彼得堡合唱团比赛，一些狂热的"爱好者"从莫斯科来到图拉就为了听费莎和玛莎的歌，在图拉人们只会唱真正的老歌。

肖邦、莫扎特、贝多芬的歌曲，所有这些都是人们臆造的，所有这些都是虚假的、枯燥的。世界上唯一的音乐就是茨冈民歌。谢廖沙伯父当时就是那样认为的，即使后来也未必改变这个观点。

最终谢尔盖·尼古拉耶维奇爱上了茨冈人玛莎·希什金娜，并和她同居生活了很多年。

与此同时，我的父亲去了高加索，参加了塞瓦斯托波尔战役，后来出了国，成为1861年解放农奴的调解人，1862年结了婚，带着年轻的妻子回到雅斯纳亚·波良纳。

这段时间谢尔盖·尼古拉耶维奇继续生活在皮罗戈沃。他没有和生活在图拉的玛丽娅·米哈伊洛夫娜正式举行婚礼，但是他们已经生了几个孩子。如果说谢尔盖·尼古拉耶维奇推迟了和玛丽娅·米哈伊洛夫娜的婚礼，那么只是因为他认为这只是一个空洞的形式，他不相信这个形式，他可以轻而易举地完成这形式。

这时他已经不再像年轻时那样酗酒了，拥有一个非常好的养马场，有猎犬，管理着产业，是个具有超强自尊心的人，同时又为和一个茨冈女人生活在一起而感到害羞，过着隐居的家庭生活，不拜访任何邻居，也不邀请邻居到自己家来。他去的唯一一个地方，只有一个，是没有妻子的地方，这就是雅斯纳亚·波良纳。

就这样，谢尔盖·尼古拉耶维奇遇到了塔吉雅娜·安德烈耶夫娜，她当时还是个未出嫁的十八岁的姑娘，他们两个立刻就疯狂地相爱了。

这就像突然刮起的飓风，所有的东西都在旋转，横扫了路上的一切，像是没有险阻、强大的自然威力，这就是那种"唯一"的爱情，从来不会被复制、不会被错过、不会被忘记。

这样的爱情不知障碍，因为爱情不可能有障碍，同样也不可能是斗争，所有反对这一爱情的斗争都是徒劳的。

他们决定结婚，婚礼的日期已经确定。

谢尔盖·尼古拉耶维奇去了图拉，为了设法结束和玛丽娅·米哈伊洛夫娜的关系，给她钱，使她的孩子有生活保障，把她带回茨冈人的营地。

当然，在内心深处，他预感到这样做不好，但是他驱散了这种想法，就像在任何情况下，他都相信自己没有别的出路。他希望这个茨冈女人最终向自己的命运妥协，他要慷慨地送给她一份"厚礼"，而他没有权利也不应该牺牲自己和塔吉雅娜·安德烈耶夫娜的幸福。

黎明前谢尔盖·尼古拉耶维奇到了房前，房子里一片昏暗，很安静。他从马车上下来，小心翼翼地向她房间的门口张望。屋子角落里，圣像的对面有一盏小油灯一闪一闪的，玛丽娅·米哈伊洛夫娜跪在地板上祷告。

这天夜里谢尔盖·尼古拉耶维奇给塔吉雅娜·安德烈耶夫娜寄了一封信，信上说玛丽娅·米哈伊洛夫娜很绝望，他不能立刻和她分开。在这之后不久他就娶了玛丽娅·米哈伊洛夫娜，使他的孩子合法化。

塔尼娅姨母为和谢尔盖·尼古拉耶维奇的爱情服了毒药，病情很危险，康复以后嫁给了自己的表哥亚历山大·米哈伊洛维奇·库兹明斯基。

如果那天夜里谢尔盖·尼古拉耶维奇没有向玛丽娅·米哈伊洛夫娜的房间张望，没看见她在祷告，他是不是会更幸福呢？

如果他娶了塔吉雅娜·安德烈耶夫娜是不是会更幸福呢？

我认为谢廖沙伯父和塔尼娅姨母之间的相互爱慕之情还没有泯灭。谢廖沙伯父来到雅斯纳亚·波良纳时，他们见面了，我还是能够从他们的眼神中看到特别的小火苗，这是不能够隐藏的。大概，他们成功地压下了一场大火的火焰，但是，他们却没能将最后一点爱情的火花熄灭。

怎么可能不爱塔尼娅姨母呢？她总是那么愉快、漂亮、聪明、机灵、与众不同，重要的是从头到脚都具有女性美。从早到晚我们都和她打门球，和她去钓鱼，和她骑着快马去打猎，和她比赛谁采的蘑菇更多，和她一起做所有的事情。她既是姨母，也是我们最好的朋友。当姨母叫我们到自己家的"那个房子"去吃午饭的时候，我们是最幸福的。

她的歌声是多么美妙啊！

现在我意识到，她的声音不大，也不十分稳定。但是，在童年，如果有人对我说，可以比塔尼娅姨母唱得更好，我是不会相信的。爸爸经常给她伴奏，像现在，我看见面前爸爸的脊背倾向琴键，努力地弹奏着，在他旁边站着一个美丽的受鼓舞的塔尼娅姨母，她高高地扬起眉毛，目光炽烈，我听见她纯净的、稍微有些颤抖的声音。伊万·谢尔盖耶维奇·屠格涅夫来到我们家时，塔尼娅姨母也唱歌了，我当时坚信屠格涅夫会说他从来没有听过比这更好的女歌手的歌（当时我不知道，屠格涅夫是著名的维亚尔多的朋友）。我很惊讶，他没怎么夸她，我把这归咎于他听不懂。

此后，我听了许多优秀歌手的歌，但是现在我可以说，他们当中的任何一个人都没有给我留下像塔尼娅姨母那样的印象，尤其是在我从童年迈向青年这个时期。

我的上帝啊，她对我都做了什么啊！

没有这些，内心激起的是一些不太明朗的、有诱惑力的感受；没有这些，你就像装满弹药的炮兵连在行走，不知道该怎样缓解隐秘的力量；没有这些，就缺少真正的吸引人的形象，这里还有那歌曲。格林卡的玛祖卡舞曲，或者《阔叶林在歌唱》，或者《那美妙的一瞬》，或者《在快乐时刻》！

夏天，窗户都开着，所有人都聚集到大厅里，爸爸坐下来伴奏，所有人都屏住呼吸，姨母的眼睛更加闪烁起来，爸爸驼起的背倾向键盘，弹着前奏和弦，姨母开始唱了。

我经常会忍不住，眼里含着泪水跑向阳台。这里有星空、月亮，还有椴树投在草地上的浓密的黑影，而在丁香丛上的夜莺又互相啼叫着。

室内还灯火通明，能去哪呢？能跑到哪去呢？

从房间里传出纯洁清脆的女高音："神性、灵感、生命、眼泪和爱情。"

你会感到这是个拥有神性的地方，有灵感、有生命、有眼泪、也会有爱情，虽然暂时我自己还不得而知；爱情是有的，我也希望拥有。痛苦又甜蜜，最主要的是害怕，因为你知道，没有办法，也不可能有办法。

无上幸福的时光，那时内在力量还没有耗尽，心灵还没有被玷污。

当时那不可知的远方，多么美好，多么吸引人。

当父亲娶妈妈时，他三十四岁，而塔尼娅姨母还是个半大孩子，基本上还是个小女孩。虽然随着岁月的流逝，年龄的差异有些缓和了，但是依然能够感受到，爸爸对待塔尼娅姨母还是很庇护的，像庇护一个小女孩，而姨母喜欢并尊敬他，像尊敬一个长者。多亏于此，他们之间建立了一种友好持久的关系，一直保持到最后。姨母由于直率而意外发火所引起的某种微小的家庭的不愉快，爸爸总是用一个善意的小幽默、小笑话就解决了，就能让她笑起来。她开始稍微有点拘谨，后来微笑慢慢舒展开，和我们一起哈哈大笑起来。与妈妈不同的是姨母理解笑话，并对其有所回应。

后来，我已经是成年人，经常给自己提出一个问题；爸爸是否爱上了塔尼娅姨母呢？现在我觉得，是爱她的。

我请求读者理解我。我所指的不是那种追求占有女人意义上的平庸的恋情。当然，我父亲对塔尼娅姨母不可能具有这种感情，我所指的是那种只有诗人的纯洁心灵中才会有的那种激情，对于这种激情来说，女人的容貌只不过是一种外壳，他自己给这种外壳穿上了奇妙的法衣，赋予它来自心灵宝库的线条和色彩。幻想是徒劳的，但只暂时是徒劳的，幻想毕竟是美好的。一旦触摸着幻想，它就消失了。如果被惊醒，美好的梦幻也就瞬间消失了。

我觉得，父亲对塔尼娅姨母就是这样的感情，法国人称为"友谊之爱"。遗憾的是，他们把这种感情庸俗化了，经常添加一些不自然的俏皮话。我甚至认为，父亲的这种感情特别纯洁，甚至他自己也不明白这种感情。他在一定程度上把自己的夫妻生活和家庭生活理想化了，以至于对他而言，某种爱情问题完全不存在。他用全部的热情来爱我的妈妈，甚至思想上从未有过背叛，但是他能否消除内心的幻想呢？

"我混淆了索菲娅·安德烈耶夫娜和塔吉雅娜·安德烈耶夫娜，把她们混合在一起，从而塑造了娜塔莎的形象。"他开玩笑地说。

毫无疑问，塔尼娅姨母比我母亲更接近娜塔莎的形象。

我读《战争与和平》的时候，看见她和姐姐在打猎，还听见她在舅公的吉他伴奏下唱歌，这就是她，塔尼娅姨母，她做的一切都像塔尼娅姨母。而我问自己，如果不爱她，艺术家能否创造出这样完美的女人形象？当然，不能，不可能不喜欢这样的幻想，所有的谜底就在于此。

还有一个小细节，使得我不止一次地思考，是什么让父亲意外地接触到《克莱采奏鸣曲》的构思。

当然，其中大部分来源于他婚后的个人生活，但是母亲从来没有给他明显嫉妒的理由，她也从来没有背叛他，"哪怕手都没有被别人摸一下"。

她曾和小提琴手一起拉过小提琴，那个小提琴手波兹内舍夫打死了自己的妻子，那个小提琴手是谁呢？

很久很久以前，大概，还是在70年代末，小提琴手伊波利特·纳戈尔诺夫来到雅斯纳亚·波良纳，他是我表姐瓦利亚（玛丽娅·尼古拉耶夫娜·托尔斯泰娅的女儿）丈夫的弟弟。

我不描述他的形象，因为在《克莱采奏鸣曲》中已经细致地描写过了。他毕业于巴黎音乐学院，并获得金质奖章，有一把优质斯氏小提琴，留着长头发，刘海儿梳得整整齐齐，扎着鲜艳的巴黎领带，走路时女性般纤秀的后背左右摇晃，长着一张庸俗好色的脸。

他拉得的确好极了，从来没有一个小提琴手给我留下这样的印象，我们称他为季帕。多半是爸爸亲自给他伴奏，有时他拉带声部的二重奏，而塔尼娅姨母唱歌。但愿亲爱的姨母能原谅我，但是，好像她稍微有点向他卖弄风情。纳戈尔诺夫在雅斯纳亚·波良纳待了几天，之后永远消失了，当然，不容置疑，有朝一日，他将唤起托尔斯泰创作最好作品的灵感。好像，他活的时间不长，死时还很年轻。

那时父亲是否吃塔尼娅姨母的醋呢？

如果可以猜测幻想，那么，当然，是吃醋的。

从表面关系看，父亲和塔尼娅姨母只是纯洁的兄妹关系。他们相对于彼此只是列沃奇卡和塔尼娅相称，他们就这样一直保持到最后。

幻想枯萎了，但是没有破碎。

※※※※※※

从童年伊始我就记得舅公科斯佳·伊斯拉文。他是我母亲的舅舅，爸爸的童年老友。

只是后来我才知道，科斯佳舅公不是我曾外祖父亚历山大·米哈伊洛维奇·伊斯列尼耶夫的亲生儿子，他整个一生都是失败的，他没有财产，也没有任何社会地位。

科斯佳舅公总是突然就来了，他喜欢用自己的到来使大家感到惊讶。有一次，我们散步回来听到大厅里有人在弹钢琴，弹得很美。

爸爸马上就猜到，"这是科斯坚卡"，就向楼上跑去。

我们走进房间，音乐就停止了，科斯佳舅公在房间的角落里用头顶地倒立着。

或者早上我们出来喝茶，就看见科斯佳舅公坐在桌子旁在傲慢地看报纸。没有人注意到，他是什么时候来的，什么时候洗的脸，那样精心地把自己漂亮的浅黄色的胡子分到两边。

科斯佳舅公是我们的榜样，他彬彬有礼，又具有上流社会的风度。

谁都不会像他那么好地说法语，谁都不会像他那么完美地鞠躬，适时地说"你好"这个词。他总是那么开心，甚至当他给我们当中的某个人提有关风度的建议时，他都表现得那么优雅，留下的只有好印象。

圣诞节前夕或者某一个重要的家庭节日他来到我们这儿，经常会住很长时间。

在我们家迁到莫斯科的时候，科斯佳舅公和妈妈一起布置房间。在妈妈步入上流社会生活的最初阶段，舅公提供了很多建议，其中许多建议对妈妈都很有益。他为自己一本正经地做了一件事而异常高兴。

他总是很喜欢我们这些孩子。

他对我说，从性格和外貌上他看到，我结合了我两位祖父——托尔斯泰和伊斯列尼耶夫的典型特征。

论才华，科斯佳舅公是个出色的音乐家。尼古拉·鲁宾斯坦曾是他的好友，他预言舅公会有辉煌的演艺前程。但是很遗憾，科斯佳舅公没有走这条路，直到生命的最后还是个不成功的人，永远是一个孤零零的物质上缺衣少食的人。

爸爸通过卡特科夫在《莫斯科公报》编辑部给他谋到一个职位，他在那里工作了相当长的一段时间，后来他找到一份在谢列梅捷夫医院当管理员的工作，1903年在那里去世了。

他去世之后没留下任何东西，甚至连穿的内衣都没有留下。实际上，他把所拥有的东西都分给了穷人。那些在上流社会沙龙里很少看到他的人，总是见他穿着讲究，但他的朋友谁都不会料到，这个帅气的有礼貌的老头只有他穿的这件衣服，其他所有的东西都分给了像他一样不幸的人。

* * * * * *

童年的最初时期，我们最喜欢的客人是季亚科夫一家。

德米特里·阿列克谢耶维奇像科斯佳舅公一样，是父亲的老友之一。爸爸曾给我们讲，他记得德米特里·阿列克谢耶维奇完全是个瘦瘦的年轻人，我们非常惊讶，这很难让人相信，因为当时我们不知道还有谁比德米特里·阿列克谢耶维奇更胖。他有个有弹性的圆圆的肚子，他能用腹部肌肉的弹力弹开一个人，就像弹皮球一样。

他到来的时候整个房子都充满了他善意的幽默，像往常一样，都很愉快。通常，你听到他的话，就会有所期待：马上要出现什么。大家都很开心，哈哈大笑，爸爸是最开心的。一次，吃午饭的时候，我们的仆人叶戈尔，"恰逢客人到来"，穿了一件红色的背心，端着牛奶杏仁酪，听到了季亚科夫的俏皮话而哈哈大笑起来，以至于把菜端到了另外一张桌子上，令我们所有人都很开心，而他自己则不好意思地跑出了大厅。

有时德米特里·阿列克谢耶维奇和塔尼娅姨母合唱格林卡的二重奏，他们的确唱得很好。

"多么好的季亚科夫啊，唱得多棒啊。"我们很高兴，请求他再唱一首、再唱一首。

季亚科夫与爸爸，除了私人的友谊之外，管理产业的共同利益也使他们彼此接近。

季亚科夫在新锡利县有个很大的管理得很好的庄园，他在那经营一个典范产业。

我记得，很久很久以前，爸爸就迷恋于管理产业，并且投注了很多精力。在我的记忆中，他栽种了一个特大的雅斯纳亚·波良纳苹果园，栽了几百俄亩的白桦树和针叶林树。70年代初那几年里，他很热衷于购买廉价的萨马拉地区的土地与繁殖成群的草原马和羊。

依我自己判断，季亚科夫从来都不是我父亲的朋友，虽然他很支持父亲。他实践的智慧和才能是用喜剧的观点来看待生活，而不是用悲剧的观点，这影响了他赞同父亲新的世界观。我用他们之间久远的青年时代的关系给自己解释他们永恒的友谊，爸爸很珍视自己的老友，喜欢用真诚热情的态度对待他们。

* * * * * *

在我生命的这段时期中，我还记得公爵谢尔盖·谢苗诺维奇·乌鲁索夫。

这是一个很古怪与众不同的人，他个子差不多是最高的。在塞瓦斯托波尔战役中他担任团长，听说，他的特点就是充满了大无畏精神。他一身白装从战壕里出来，在枪林弹雨中穿梭。

人们记得并常常讲起此事，而我则是亲耳听他讲的这个故事。在艰难的塞瓦斯托波尔被包围之后，他要把自己的团交给一个将军，是个德国人，一个迂腐的人。这个将军视察时，挑剔其中一个士兵的制服纽扣开线了。乌鲁索夫命令这个士兵："向他开枪。"士兵开了枪，当然，没有打中。

由此乌鲁索夫差点被革职，但是不知何故他得到了特赦。塞瓦斯托波尔被困时期，为了防止流血，他建议同盟者采用象棋游戏解决争端。

他是个优秀的象棋手，轻而易举的地让我父亲一个马。

我们这些孩子有点怕他，因为他的扣眼上系着乔治十字勋章，他用浑厚的低音说话，是个杰出的人。

尽管个子很高，他还是穿着高跟鞋，有时甚至由于我不穿高跟鞋而大骂我一顿。"怎么可以把自己打扮得这么难看。"他边说，边指着我的矮腰皮鞋。男人的美在于身高，应该穿带跟的皮鞋。

他借助高等数学，利用一种方法，能够计算出每个人的寿命，并坚信，他知道我父母什么时候离开人世，保守着这个秘密，没有对任何人说。

根据我自己的判断，他是狂热的东正教徒，是个神秘论者。

当父亲开始宗教探索，首先面对教会的时候，我不知道他是否影响到我的父亲。我认为有可能，这段时间乌鲁索夫起了一些作用。

萨马拉旅行

尽管三次夏季萨马拉草原旅行留下一些零星不连贯的记忆,但它还是鲜活地留在我的记忆中。

爸爸结婚前,就是1862年,去过那里,后来按照给他治病的扎哈林医生的建议,1871和1872年爸爸去那里用马奶酒治疗,最终,在1873年我们全家都去了。

之前爸爸在布祖卢克县买了几千俄亩地,于是我们就去了新庄园"小农庄"。

我不知为何特别清楚地记得我们的第一次旅行。

我们穿过莫斯科,到达下诺夫哥罗德,从那乘坐一艘神奇的"高加索与水星"号客船沿着伏尔加河到达萨马拉。

船长是一位和蔼可亲的人,原来是塞瓦斯托波尔人,是克里米亚战争时期我父亲的战友。

我们白天经过喀山。

趁客船停靠在码头时,我们三个人,爸爸、谢廖沙和我,在近郊,也就是码头附近城郊散步。

爸爸想远眺整个城市,他曾在这里生活并在大学里学习过,我们没有注意,谈话中时间不知不觉就过去了,我们已经信步走出了很远。

当我们回来时,原来我们的船早就开走了,有人给我们指了指远处河上移动的小圆点。

爸爸开始大声叹气，打听有没有其他往那个方向去的船，但是，其他所有的客船更早一些时候就开走了，我们只能留在喀山等到第二天。

但爸爸随身没有带钱。

爸爸开始叹气，而我，当然像小牛犊一样大声地号叫。

要知道妈妈、塔尼娅和所有我们的亲人都乘船走远了，只留下我们几个人。

同情的人们围过来开始安慰我。

突然有人发现一个圆点，那是我们的船，我们一直注视它，船逐渐变大，越来越大，很快就清晰可见了，船在往回开，朝我们的方向行驶。

过了几分钟船停靠在码头，接我们来了，我们继续前行。

爸爸对这位彬彬有礼的、应妈妈的请求回来接我们的船长感到特别难为情，想付一些燃柴费，除此之外，不知道该怎样感谢他。

现在，船回来接我们了，父亲比之前船开走时更大声地叹气，更难为情。

我们乘坐大的带有骑手的六套轿式马车和几辆双套树条车棚大车走了一百二十俄里才离开萨马拉。

马车里有妈妈，当时她喂我最小的弟弟彼佳（这年秋天他就夭折了），还有年龄稍小的孩子列利亚和玛莎，而我、谢廖沙和塔尼娅窜来窜去，一会儿跑到树条车棚大车的爸爸那儿，一会儿又跑到赶车人的车座上，一会儿又坐到像四轮轻便马车那样固定在轿式车厢后面的两人车座上。

在萨马拉我们住在小农庄破旧的木房子里，我们附近的草原上有两间要散架的毡房，那里住着巴什基尔人穆罕默德沙赫·罗曼内奇和他的妻子。

每天早晚在毡房附近拴着一些母马，蒙着头的女人挤完奶，她们就在毡房里，避开丈夫，在彩色的印花帷幔后做马奶酒。

马奶酒没有香味，是酸的，但是爸爸和斯捷潘很喜欢喝，喝得很多。

有时，他们来到毡房，围成半圆盘腿坐在放在波斯地毯上面的坐垫上。穆罕默德沙赫·罗曼内奇很有礼貌地用自己没有胡须的老年人的嘴微笑着，从帷幔后一只看不见的女人的手递过来一个装满马奶酒的皮口袋。

这个巴什基尔人用他特制的木制搅拌器搅拌着，拿着美纹桦木勺子，庄重地往每个茶碗里舀白色且多泡沫的马奶酒。

茶碗也是美纹桦木制的，但是都不同，有大的、浅的，还有小的和深的。

爸爸用双手端起最大的碗，一口气喝干净。

罗曼内奇喝了一碗又一碗，不一会儿就喝了八碗，甚至更多。

"伊利亚，你一点儿也不喝吗？尝一尝，什么是美味。"他边问边端了满满的一碗，"你只要一口气喝下去，自己就想喝了。"

我努力喝了几口，立刻跑出毡房把它吐掉了。马奶酒的气味和味道都让我感到厌恶。

爸爸和斯捷潘平均每天喝三次。

当时父亲对管理产业很感兴趣，特别是养马。

草原上有我们的"母马群"，每匹母马旁还有公马。

马的种类也是各不相同。

有英国跑马，有老式的汗血种马，有走马，还有巴什基尔马和良马。

后来，我们的马场马匹数量达到四百匹，但是到了饥荒年代，马匹开始减少，在 80 年代，不知怎么的不知不觉就消失了。

在雅斯纳亚·波良纳只剩下一些从萨马拉带回来的马，令人惊奇的是马驯得强壮而有耐力，我们骑了许多年，他们的后代一直活到现在。

这个夏天爸爸举办了一次赛马比赛。

他们丈量并用耕犁圈出五俄里的赛马场，通知了所有的邻居，巴什基尔人和吉尔吉斯人，这次是有奖赛马。

奖品是枪、丝绸长袍和银制手表。

在这里我应当附带说明：我们举办的赛马是在我们第二次到萨马拉旅行的时候，就是 1875 年，我可能弄混了一些东西，在这里我讲的是第二次旅行，但是这都不重要。

大约在规定时间的两天内巴什基尔人带着毡房、妻子和马来到我们这里。

草原上，紧挨着穆罕默德沙赫·罗曼内奇毡房，逐渐发展成一个毡房镇，每个毡房附近都安了烹煮食物的土炉子和拴马桩。

草原热闹了起来。

蒙着头的女人在毡房附近忙碌着，威严稳重的巴什基尔人玩得很开心，田野上回荡着驯马的吼声。

我们为比赛筹备了两天,并设宴庆祝。

为此,我们喝了很多马奶酒,吃了十五只公羊和专为举办宴会而养肥的一匹断了腿的英国小马。

每天晚上,当炎热消退,穿着别致花长衫、戴着绣花便帽的所有男人就聚到一起并且开始比赛。

爸爸比所有人都有劲,用棍子拉赢了所有的巴什基尔人。

他只是拉不动那个八普特重的俄罗斯人的头头。通常,爸爸拉着,勉强把他从地上拉到半蹲,好像,眼看那个头头就要站起来了,所有人都屏住呼吸等待着。突然,看到那个头头整个身体摔倒在地,爸爸站起来,站在我们面前,耸着肩微笑着。

一个巴什基尔人"用喉咙演奏"演得很好,爸爸每次都请求他演。

这是一门独特的艺术。

他仰面躺着,开始弹喉咙底部能够发出清脆的、尖细的带有某种金属色调的器官。你听着,却不明白这些悦耳的声音源自何处,这些声音是那样的温柔,出人意料。

只有不多的人会弹喉咙,当时甚至有人说,在巴什基尔人中这种艺术已经失传了。

赛马这天所有人都去了赛马场,女人们乘坐带篷的轿式马车,男人们骑马。

来了许多马,全长要跑二十五俄里,用时三十九分钟,我们的马跑了第二名。

在这之后我和爸爸去了卡拉雷克村的巴什基尔人那做客,他们请我们喝羊肉汤。

主人用手将羊肉撕成小块,分给所有的客人。

其中一个巴什基尔客人拒绝吃时,主人用一块像海绵一样的肥羊肉,抹了他全脸,这时那个人拿起来就开始吃了。

我们去草原上看了巴什基尔人的马群。

爸爸看中一匹浅黄色的马,当我们准备回家时,这匹马已经拴在我们的车辕上了。

爸爸很难为情，但是拒绝的话，这意味着侮辱主人，我们应该接受礼物。后来只好以俄国金币回赠这个巴什基尔人。

他叫尼基塔·安德烈耶维奇。

另一个巴什基尔人米哈伊尔·伊万诺维奇也到我们家做过几次客，爸爸喜欢和他下跳棋。

下棋时米哈伊尔·伊万诺维奇说："应该思考，一定要思考。"但是常常是，尽管思考，他还是输了。爸爸胜了他，我们很开心，哈哈大笑起来。

我们和德国人费奥多尔·费奥多罗维奇住在一间空仓库里，那里每天晚上都有老鼠吱吱叫，来回跑。

草原上，离家很近的地方，经常有一群漂亮的大鸨悠闲地溜达，成群的黑金雕在高空白云下翱翔。

好几次，爸爸、费奥多尔·费奥多罗维奇和斯捷潘试着打它们，即使很小心翼翼地走近它们，也是几乎不可能的。

只有一次，费奥多尔·费奥多罗维奇不知怎么地不被发觉地从羊群后顺利地悄悄靠近了大鸨，打伤了它。

当他拎着两只翅膀把一只活的大鸨带回家时，我们和爸爸一起跑着去迎接他。这是那样的隆重，我至今都还记得。

过去了许多年，已经苍老并步履蹒跚的费奥多尔·费奥多罗维奇来到我们家，我们和他一起再一次回忆了这件事，他也像我一样清楚地记得。

爸爸多次离开小农庄到布祖卢克和奥伦堡的集市上买马。

我记得，第一次，有人赶着一大群纯野生草原马来到我们家，把它们赶到围栏里。

用套杆套马时，几匹马跳几步就一跃跳过土质砖墙，连蹦带跳地跑到草原上。

巴什基尔人卢泰骑着我们最好的跑马飞快地去追那些马，深夜把它们赶了回来。

这个巴什基尔人驯服了最不顺从的野马。

用套杆套住马，捏着嘴，给它戴上笼头，两个男人抓着嚼子和耳朵，巴什基尔人跳起来大声喊："放开。"他没有控制住马，骑着马在草原上消失了。

过了几个小时他骑着大汗淋漓的马悠闲地走回来，马已经被他驯服了，像一匹老马一样。

第二次，爸爸从奥伦堡带回来一匹神奇的白色布哈拉良马和一对小驴，后来我们把它们都带回雅斯纳亚·波良纳，骑了好几年。

爸爸叫它们"俾斯麦"和"麦克马洪"。

第二次去萨马拉旅行是 1875 年，爸爸去布祖卢克拜访一位在洞穴里生活了二十五年的老隐士。

爸爸从当地农民的讲述中了解到了他，他们像尊敬圣人一样尊重这位隐士。

当时我强烈要求和爸爸一起去，但是由于我眼睛疼得厉害，就没带我去。

我认为，这个隐士像传道士一样没有什么特别之处，因为我完全不记得，关于他，爸爸都讲了什么。

在萨马拉省小农庄我们生活的第一年正是粮食歉收最严重的一年，我记得爸爸挨个村子走访，亲自到每一个农户家里，记录农民的财产状况。我记得，在每个农户家里他都首先问主人，他们是俄罗斯人还是莫罗勘派教徒，他饶有兴趣地和异教徒谈论宗教问题。

他最喜欢的农民谈话人是一位稳重、睿智的老人瓦西里·尼基季奇，他住在离我们最近的加夫里洛夫卡村。

爸爸来到加夫里洛夫卡村，总会留在他家和他聊很久。

我不记得他们聊了什么，因为那时我还小，无论是人们的温饱问题还是宗教话题我都不感兴趣。我只记得，瓦西里·尼基季奇不停地重复一个词"的确"，他说他"找到了沏茶的方法"，总是特意把纯的、白色的蜂蜜加到茶里。

10
游戏　父亲的小把戏　阅读　学习

自从我记事起，我们的儿童团队就分成了两队——年龄大的和年龄小的。

年龄大的一队——谢廖沙、塔尼娅和我，年龄小的一队——弟弟列利亚和妹妹小玛莎，我们这样叫她是为了区别于我的表妹大玛莎·库兹明斯卡娅。

我们年龄大的孩子总是单独在一起玩，从来不让小孩子加入我们的团队，他们什么都不明白，只会打扰我们做游戏。

年龄小的孩子要早点回家，他们容易感冒，还影响我们大声喧闹，因为他们白天要睡觉，而当年龄小的孩子中有谁因为我们吵闹而哭了，他就会向妈妈告状，而且大孩子总是错的，由于他们，我们会受到责骂和惩罚。

年龄和性情方面我和姐姐塔尼娅是最相近的，她大我一岁半，黑眼睛，很活泼，富有想象力，和她在一起总是很开心，一开口我们就能理解对方。

我和她知道的那些东西，除了我们俩谁都无法理解。

我们喜欢在大厅里绕着饭桌跑，拍一下她的肩，转身全力地躲着她跑向另一个方向。

"我在这儿，我在这儿。"

她追上来，拍我一下又跑开了。

"我在这儿，我在这儿。"

有一次，我追上她，扬起手要拍她。她立刻停住面向我，朝我挥着小手，在原地一边跳一边说："我是猫头鹰，我是猫头鹰。"

当然，我明白，如果"她是猫头鹰"，那么就不能抓她，从此，这句话就这样永久地保留下来了。当有人说"我是猫头鹰"时，就意味着不能碰他。

当然，谢廖沙不能理解这句话的含义，他开始长时间地详细询问，并思考，为什么不能抓猫头鹰，他认为这完全是不巧妙的。而我立刻就明白，这是多么聪明，塔尼娅知道，我能理解她，因此她只有这样做。

应该只有爸爸一个人能理解我和塔尼娅的意图，但不总是这样。他有自己有趣的把戏，也会教我们一些。

例如，他有个把戏"努米底亚骑兵"。

通常，我们所有人坐在大厅里，无聊的客人刚刚走，所有的人都安静了下来，突然爸爸从椅子上跳下来，向上举起一只手，围着桌子连蹦带跳地拼命跑。我们所有人跟在他后面跑，也像他那样，我们也蹦蹦跳跳地挥手。

绕着房间跑了几圈后，就上气不接下气了，我们又坐在原位，完全是另一种兴奋的、愉快的心情。在许多情况下努米底亚骑兵都做得很好，之后就忘了所有的争吵和怨气，很快眼泪就干了。

童年时代我们从父亲那听到的一些滑稽诗也很有趣。

我不知道，他是从哪儿弄来的，只记得这些诗让我们非常开心。

下面是这样的诗：

愉悦的冬日是很好，
有时稍微有点冷，
别害怕会暖和的。
当你回到家，
潘趣酒已经准备好；
难道这不是在寒冷的冬季！

另一首诗，也是用蹩脚的德语写成的，这样读：

"大夫，胡别达里大夫，

你不要可怜我。

你让我忍受饥饿的折磨，

你不让我吸烟。"

"停、停、停……"

这些诗在生活的不同情况下读起来就非常感人，有时，我们当中有人不知为什么"眼睛就湿润了"。

我们童年的这个时期，迷恋上阅读儒勒·凡尔纳的作品。

这些书是爸爸从莫斯科带回来的，每天晚上我们都聚到一起，他大声给我们读《格兰特船长的儿女》《海底八万里》《登月旅行记》《三个俄罗斯人和三个英国人》，还有一本，《八十天环游地球》。

最后这本书没有插图，当时爸爸开始亲自给我们画插图。

每天临近傍晚他就用羽笔画好适当的插图，这些插图那么有趣，比其他书里的插图更让我们喜欢。

至今我还记得其中的一幅插图，插图上画着一个有好几个头而且用蛇装饰自己的佛教女神，离奇可怕。

父亲一点儿不会画，但依然画得很好，我们所有人都非常满意。

我们焦急地等到晚上，大家一起从圆桌底下爬向他，爬到他画插图的地方时，他就停止阅读，从书下面抽出一幅图。继儒勒·凡尔纳之后，法国家庭教师涅夫给我们读大仲马的作品《三剑客》，爸爸略去了一些不能读给孩子听的段落。

我们对这些禁读页中描写主人公爱情纠葛的章节很感兴趣，想偷偷地读完这些片段，但是我们不敢这样做。

* * * * * *

在前面我提到了我们喜爱的英国家庭教师汉娜。

在她之后，我们家来了一个两颊绯红又年轻的家庭教师多拉，后来还有艾米丽、凯瑞，最后一个英国家庭教师是在我的弟弟安德烈和米哈伊尔长大后离开的。

当我们稍微长大一点，伴随我们这些孩子的，就像我上面所说，最初就是德国人费奥多尔·费奥多罗维奇·考夫曼叔叔。

我不能说我们喜欢他。

他唯一的优点也许就是，他是一个狂热的打猎爱好者。

每天早上他都会猛地掀开我们的被子大声喊："起床了，孩子们，起床了。"白天用德语书法折磨我们。

他浓密的乌发梳得光光的。

一次夜里我醒了，朦朦胧胧地看见费奥多尔·费奥多罗维奇秃着像个西瓜一样的头坐着刮胡子。我害怕了，他生气地命令我翻过身去继续睡觉。

早上我不知道，我是否在做梦，还是这就是真实。

实际上，费奥多尔·费奥多罗维奇戴的是假发，他小心翼翼地隐瞒了这一点。

费奥多尔·费奥多罗维奇之后，瑞士人瑞伊先生来我们家待了几年，在他之后就是法国巴黎公社社员涅夫先生，就是他亲自下厨房烤松鼠和狍子。

瑞伊先生和涅夫先生用俄语简称为"巴谢列夫"和"巴西涅夫"，这两个名字很适合他们两个人，因为第一个人总是穿灰色的衣服，而第二个人总是穿蓝色的衣服。

法国大赦时，涅夫先生去了阿尔及利亚，那时我们才知道，他真正的姓氏是德·孟泰里斯子爵。

提起涅夫先生，我想讲一个有趣的故事，某种程度上可以说明他的特点。

有一次，我们坐着喝晚茶，爸爸在浏览从邮局取来的《莫斯科公报》。

报上报道了有关亚历山大二世皇帝被蓄意谋杀的消息。

因为和我们坐在一起的还有一位涅夫先生，所以爸爸一边把文章从俄语译成法语，一边读。

当读到一个地方说到"但是上帝保佑了君主"，爸爸用法语读道："但是上帝保佑了君、君……"他犹豫了，很明显在寻找一个符合"君主"意思的法语词。"保持冷静。"涅夫先生非常严肃地悄悄提醒道。

所有人哈哈大笑起来，读报就此结束了。

之前，我讲过，童年时爸爸教我算术。之后，大概十三岁，我开始跟他学习希腊语。

在我的记忆中，爸爸是自学的希腊语。我记得，他情绪高昂地坚持做这件事，六个星期的时间，他就能够流利地阅读和翻译希罗多德和色诺芬的著作。

我跟他从这个色诺芬的著作开始学起。

他给我讲完字母表，立刻就让我读《远征记》。刚开始很难，我目光呆滞地坐着，有时大声哭，最终以我明白了应该学，而且学会了而结束。

就这样我学会了希腊语。

1881年，我参加波利瓦诺夫古典中学入学考试时，令所有老师惊讶的是，我完全不懂语法，读和翻译古典作家的作品却能比要求的好得多。

在此我得出论据，父亲独特的教授方法是正确的。

要知道这样说是对的，在后来，他学会了古犹太语，掌握得相当好，能自如地理解旧约的重要地方，有时会向自己的老师犹太学专家米诺尔对一些旧约章节提出自己的见解。

11

骑马　小绿棒　溜冰

我童年的最大爱好是骑马。

骑马的那段时间我记得很清楚,这本回忆录开头援引的信里,我父亲记录了这个时期,当时他把我放在自己前面的鞍子上,我们一起骑马去沃隆卡河游泳。

我记得,马奔跑时我是怎样左摇右摆的;还记得,在森林里我的帽子怎样从头上掉下去的,谢廖沙或斯捷潘又是怎样下马拾起了它;尤其记得马的气味,当走近马时,仆人谢尔盖·彼得罗维奇抱着我的腿,把我放到马鞍上,我立刻抓住救命的马鬃,双手紧紧地抓着。

后来我们骑马到浴场,把马拴到白桦树上,快步跑上小桥。

爸爸和斯捷潘头朝下直接跳到河里,而我们在浴场里手抓脚蹬地留心观察着游在水里不知为什么不沉底的小鱼和长腿的机灵的水蜘蛛。

爸爸教会了我们游泳,我们刚从浴场"游"出来,就以此向所有人炫耀。我们觉得,这是非常大的勇气。

我们最开始骑的马叫"科尔皮克"和"卡希尔斯基"。费奥多尔·费奥多罗维奇称他们为"科尔平卡"和"卡萨希尔斯基"。

骑白色的"科尔皮克"是我第一次一个人骑马,从那时起,我就自己单独骑马了。

有时爸爸带着我们闲逛,那时我们走得很远。

我不能忘记,有一次他是怎么折磨我的。

当我知道，他去骑马闲逛时，我请求他带着我。他骑的是一匹大型的英国母马，而给我骑的是一匹配有马鞍但没有马镫的萨马拉枣红马，它是我们在赛马比赛得的二等奖。

他去骑马很开心，但是他的脊背骨瘦嶙峋。

就这样我们出发了。

尽管地是平坦的，爸爸放开马快跑，我跟在他后面还是很担心。

我们越走越远，已经离家五俄里了。我很累，没有了力气，而他还是继续跑。他回头看了我一眼，问："累不累？"我当然说不累，我们又继续跑。

我们绕整个扎谢卡林走了一圈，又绕到格鲁曼特村后面，沿着一些小路、沟壑走，我们终于到家了，我勉强能够下了马，之后的三天我完全走不稳，我们家所有人都笑话我，叫我"约翰·吉尔平"。

"约翰·吉尔平"是一部英国滑稽小说的主人公。马载着他疾驰而去，他无论如何都不能使马停下来，有点恐惧地跑了很长时间，遇到各种险情。当人们把他从马上抱下来，走路时两条腿撒得很开。我们喜欢为这本书配的插图，我记得其中的一幅画的是"约翰·吉尔平"骑马奔驰，假发都掉下来了，另一幅是描绘他光着头、膝盖弯曲下马的情景。

＊＊＊＊＊＊

我还有一些有趣的回忆与骑马去浴场有关。

首先是"小绿棒"的故事。在浴场路右边，峡谷顶上，有一块地方撒满土，还有一条橡树林间的小路，这个地方在前面我常提到过。

就是这里，据爸爸讲，他的哥哥尼科连卡把一个神奇的绿色小木棒藏了起来，他把质朴的儿童传说与小木棒联结起来："如果有哪只蚂蚁能找到这根木棒，那么这只蚂蚁就会幸福，而且用爱的力量给所有人带来幸福。"

每逢经过这个地方，爸爸都喜欢给我们讲这个故事，而且讲得特别温柔。我还记得，有一次我问他，这根小木棒外形是什么样的，并打算拿着铲子去挖它。

另一段回忆是这样的。

我们打算去游泳。

爸爸来找我说:"你知道吗,伊留沙,我现在对自己很满意,我因为她受了三天的折磨,无论如何都不能让她走进屋,不能就是不能,不知怎么了就是不行。"

现在我还记得,在所有的前厅里都挂着镜子,每位女士都戴着帽子。

我只记得这个,他一直在我这走来走去,做应当做的一切。好像,一顶帽子微不足道,而在这顶帽子里,实际上就是一切。

当记忆中恢复了这次谈话的情景,我想起来,父亲给我讲的是《安娜·卡列尼娜》中安娜来和儿子见面的场景。

虽然在小说的最后版本中,这个场景里根本没有提到帽子,也没有提到镜子(只提到一块厚厚的黑面纱),但是,我认为,最初父亲描写的这个片段的情景是这样的,把安娜带到镜子前,让她整理或摘掉帽子。

我记得,爸爸兴致勃勃地给我讲述这个故事,现在我感到奇怪的是,他竟与一个当时勉强能够理解他思想的七岁小男孩分享那样纤细的艺术感受。

而且,这种情况在他身上不止一次地出现过。

有一次,我从他那儿听到一个有趣的定义,说作家是为他的写作而存在。

"你无法想象,心情是什么意思。"他说,"有时是这样的:你早上起来,精力充沛,精神焕发,头脑清醒,你开始写作,思维敏捷、连续地写。可第二天,重读一遍,又不得不全部删掉,因为一切都很好,但是没有主要的东西,没有想象力,没有才华,哪怕一点点,什么都没有,没有这些,你所有的才华都是没有任何价值的。另一次,还没睡足就起来了,神经紧张,认为今天会写得很顺利。的确,写得很美,很形象,充满想象力,可你重新阅读一遍,又觉得很糟糕,因为写得很肤浅,有声有色,但缺乏智慧。当智慧和想象力均衡的时候,才能写得很好。如果其中一个占优势,那么一切都消失了,应该丢掉重新写。"

的确,父亲在创作中,都没完没了地进行改写,在这方面,他超强的工作能力令人惊叹不已。

除了骑马和打猎,我们最喜欢的就是滑冰和玩门球。

水塘一结冰,我们就穿上冰鞋,所有课余时间都在冰上玩。

上课的时候也坐不住,总看着瞬间蒙上霜花的窗户。严寒在窗棂上布满了蕨类植物的枝条，一些花边、条纹和小星星。一大早，由于这些图案太阳就变得鲜红，房间里炉膛燃烧着，噼啪作响。户外很冷，烧炉子工人谢苗额外多抱了一捆结了冰的桦树劈柴，稀里哗啦地扔到地板上。

终于吃早饭了。"去洗一下手！"我们就往楼上跑。妈妈在茶炊旁喝咖啡，她从来不吃早饭，我们刚各自坐好，就急着出去，飞跑到楼下穿衣服，穿上短大衣、毡靴，戴上有护耳的帽子，手里拿着冰刀，沿着下坡往池塘那跑。

涅夫先生穿了一件黑色短外套，冻得紧缩着身子，不时地搓手说："哎，像个怕冷的俄罗斯人。"为什么他自己冻僵了，却怪罪于俄罗斯人怕冷，我不明白，而且对此也不感兴趣。我们穿上冰刀鞋开始滑。通往池塘的小路扫出个大圈儿，我们自己设计了迷宫、小巷和死巷，沿着这些转来转去。爸爸妈妈来了，也穿上冰刀鞋。双脚发冷，手指麻木，但是我沉默着，因为我担心，他们带我回家烤火，而所有人都迷恋滑冰。早该回家了，我们又争得几分钟，稍微多玩了一会儿。从村子里跑来的孩子们，对我们的灵活性感到惊奇。我们自尊心得到了满足，只要不摔倒，不碰伤自己的鼻子，就做出种种灵巧熟练的动作。"该回家了。"

到家才发现，尽管带着护耳，耳朵还是冻得发白。爸爸抓了一把雪，使劲地揉。啊，多疼啊！要忍住，不能哭，否则明天就得把我留在家里。

入冬之初，冰还没有冻牢固，大人们不允许我们到"深水位"的池塘上滑冰，我们只能去"低洼"处，那里比较小，主要是比较浅。

爸爸讲了一个关于这个"浅"塘的故事。

在爸爸小的时候，熟人沃洛坚卡·奥格辽夫来到我们雅斯纳亚做客。

这是个很自信的小男孩，非常傲慢，鄙视所有人都不如他。

当托尔斯泰家的孩子们带着他给他介绍公园时，他走到"浅"塘前，用傲慢的口气问："这是什么？"

"池塘。"

"怎么是池塘呢？这是水洼儿，我一下儿就能跳过去。"

孩子们故意挑动他。

"啊，那你跳吧。"

沃洛坚卡从小丘上往下跑，跳了一下。

当然，他跳到了池塘中央，如果不是当时在这里割草的女人用耙子把他拖出来，他可能就溺水了。

这件事之后，打消了沃洛坚卡的傲气。

在这个池塘上我也做过一件特别愚蠢的事，由此还受到了严重的惩罚。

我们去滑冰，和我们一起跑来的还有五个和我同龄的农村孩子，冰很薄，不是这里，就是那里，一直都能听到清脆的、响亮的、金属般噼啪的破裂声。我想要试验一下冰冻的坚固程度，把所有的孩子召集到一起，命令他们按我的口令"一、二、三"全力往上跳。

我自己却躲到了一旁。

小男孩们往上跳，他们脚下的冰裂开了，他们一起落到了池塘底部。

幸运的是，这件事发生在水位浅的地方，在池塘的边上，一切圆满结束了。

孩子们被领到我们家，烤干了衣服，喝了热茶，而我则受到了惩罚。

我们的大池塘里修建了一座木头假山，整个冬天都得清扫小路。

我们最淘气的跑步能手是哥哥谢廖沙。

有一次，在十字路口谢廖沙没来得及躲开，我和塔尼娅滑得疯快，瞬间撞在一起摔倒了。谢廖沙在下边，我们在上边。我们站起来一看，谢廖沙躺在那儿全身发青，两腿颤抖。我们马上扶起他，把他送回家。

他走得很稳健，自己提着冰刀，就是什么都不记得、不理解了。我们问："今天星期几？"

"不知道……"

他甚至忘记了，今天是星期天，所以我们不用学习了。家人马上派人去图拉请来大夫，往他的耳朵里放了水蛭，他睡了整整一个昼夜。过了一天，他就完全康复了。

另有一次，八岁的弟弟列利亚看见一个被打扫干净的大冰窟窿，上面结了薄薄的一层新冰，就开始在上面滑。幸运的是，冰在另一端裂开了，他用小手抓住了冰窟窿的边缘。在另一个冰窟窿旁涮衣服的农妇们看见他快溺水了，把他拖了出来。

她们立刻把穿着湿短外套的他送回家,用酒精擦拭,不时还听到几声:"啊,啊!差点没淹死!"

要知道那个地方水很深。

打 猎

从童年开始我们就迷恋打猎。

从我记事起,我就记得父亲最喜欢的狗——爱尔兰赛特犬多拉。

我记得,我们把套着驯服了的马的马车拉到房前,去沼泽地,去"杰加特那"或者"马拉霍沃"。

爸爸坐在座位上,有时是妈妈或马车夫坐,而我则带着多拉坐在他们的脚边。

当驶近沼泽地时,爸爸走下马车,把枪挂在地上,用左手握着枪开始装弹药。

他先把火药装到两个枪筒里,然后放上塞垫,并用通条把塞垫塞进去。通条碰到塞垫会向上弹起,并发出金属般的叮当声。

爸爸用它一直打到弹药用完。

然后他会再放上铅砂,塞入填药塞。这时多拉绕着我们不停地走来走去,使劲摇摆柔软的尾巴,发出不耐烦的尖叫声。

爸爸在沼泽地里走,我们在边上走,稍微在他后面一些。我屏住呼吸,注视着猎犬在搜寻猎物,注视着田鹬的飞起,凝听着枪声。

有时爸爸的枪法很准,虽然他也会常常急躁,为没有打中而失望。

春天我们喜欢和他一起去打飞来求偶的山鹬。

我们经常站在离埂"小绿棒"很近的扎谢卡林边,但是沃隆卡河后面的"养蜂场"是我们最喜欢的地方。

早年,我们在那里养蜜蜂,独眼的养蜂人谢苗就住在低矮的被熏黑的小木屋里。

秋天，当山鹬开始飞来的时候，爸爸喜欢打它们，同时也和我们的德国老师费奥多尔·费奥多罗维奇开始了较量。

费奥多尔·费奥多罗维奇主要走铁路线，到有铁路穿过公家扎谢卡林带的地方，爸爸更喜欢到沃隆卡河旁打猎。

临近午饭时，他们两人回来了，炫耀自己的猎物，交流感受。

当费奥多尔·费奥多罗维奇打的比爸爸少时，他为自己辩解，说爸爸是带着狗去的，而他没带狗。

有一次正好相反。

爸爸决定这天不去打猎了，允许费奥多尔·费奥多罗维奇带着多拉去打猎。

当费奥多尔·费奥多罗维奇已经出发了，爸爸没忍住，拿起枪，对谁什么都没说，就去了扎谢卡林。

临近午饭时，两人回来了。爸爸比费奥多尔·费奥多罗维奇还多打了两只丘鹬。

实际上，按爸爸的话说，没有狗在身边山鹬飞得更近，打它们更容易。

这样一来，费奥多尔·费奥多罗维奇失去了声望，我们这些孩子就特别欢喜。

经过不长时间，大概两三年，我已经是青年，就和爸爸一起用枪打猎了。

当时，他有一条黑花斑猎犬布利卡，我有一条极其聪明的、独特的马尔克洛夫斯基犬马雷什。

当爸爸不再打猎时，马雷什总是陪着他散步。爸爸很喜欢这条狗，从来都是没有它的陪伴就不出门。

他对我们讲，马雷什是怎样走进他的房间，邀请他去散步的。

在日常散步时，书房的门是开着的，马雷什悄悄地走进房间。

如果它看见爸爸坐在桌旁工作，它就难为情地瞟一眼，稍微抬起脚趾，悄悄地走出去。爸爸看它的时候，它就用尾巴微小的动作予以回应，然后趴在桌下。

"它很清楚，我很忙，不能打扰我。"爸爸对它的温顺感到惊讶。

＊＊＊＊＊＊

我们喜欢骑马带狗去打猎。

早上，仆人谢尔盖·彼得罗维奇天亮前就拿着蜡烛，早早地把我们叫醒，这多么幸福啊！

我们精神抖擞，倍感幸福地跳起来，由于早晨凉，浑身打冷战，急忙穿上衣服跑出来，大厅里茶饮已经煮开，爸爸已经在等我们了。

有时妈妈穿着长袍出来，给我们多穿一双毛袜子、绒衣和棉手套。

"列沃奇卡，你穿什么去呢？"她转向爸爸问，"你看，今天很冷，还刮风，多穿一件库兹明斯基大衣吧，哪怕就这一天，算是为了我。"这是父亲最喜欢的大衣，当时从亚·米·库兹明斯基那儿买的。大衣是浅灰色的，特点就是适合每个人。在我的记忆中，只反穿过两次。

爸爸流露出不满的表情，最终还是听从了妈妈的话，用腰带束紧灰色的短大衣就出门了。

天蒙蒙亮了，坐骑被牵到房前，我们就骑上马驶向"那个房子"，或者去仆人那儿牵猎犬。

阿加菲娅·米哈伊洛夫娜非常激动，已经在台阶上等我们了。

尽管早上很冷，她还是没戴头巾，没穿外衣，敞着黑色的短上衣，可以看到她干瘪的落了一层鼻烟的脏兮兮的胸脯。她用骨瘦如柴、青筋暴起的手牵着狗的颈圈。

"你又喂了它吗？"爸爸看着狗胀起的肚子，严肃地问。

"什么都没喂，每只狗只给了一小块面包。"

"那它们为什么又在舔身上的毛？"

"昨天剩了一点燕麦米。"

"啊，又追不着野兔了，真拿你没办法！难道你是故意气我才这样做的吗？"

"不可以的，列夫·尼古拉耶维奇，狗不可以跑一整天都不喂它吃的，真的。"阿加菲娅·米哈伊洛夫娜也非常气恼，生气地给狗套上了颈圈。

"这个给克雷拉特卡戴，这个给苏尔塔娜，这个给米尔卡。"

角落的被子下趴着一只灰色的狗叫图曼,我们走近它时,它晃了晃尾巴,哼哼了几声。

我抚摸它柔软光滑的短毛,它全身紧绷,亲切滑稽地哼哼叫。

"图曼什卡,图曼什卡。"

"噜噜噜……噜噜噜……噜噜噜……"

" 图曼什卡,图曼什卡。"

"噜噜噜……噜噜噜……"

像发出呼噜声的猫。

终于狗被聚集起来了,有几条狗拴在一起,其余的狗善于奔跑,我们快步穿过基斯雷科洛杰济,经过田野里的小树林。

爸爸命令:"看齐。"他指着方向,我们所有人沿着麦茬和幼苗一字排开,打着口哨,沿着陡峭的背风的田埂转圈,用长鞭抽打灌木丛,警惕地注视地面上的每一个圆点,每一个斑点。

前面有什么东西闪闪发白。你就仔细地看,拉紧缰绳,注视拴在一起的狗,你不会相信自己的运气来了,终于遇到了兔子。

可是走得越来越近后,仔细一看,这并不是兔子,是马的颅骨。

真让人懊恼啊!

我回头看了一眼爸爸和谢廖沙。

"他们是否看见,我当成兔子拾起了这块骨头呢?"

爸爸精神饱满地坐在带有木制马蹬的英式鞍子上,抽着烟卷,而谢廖沙弄乱了牵狗的皮带,怎么都理不顺。

"没有看到,谢天谢地,谁都没看见,否则多丢人啊!"

我们继续走。

马整齐的步伐使人想睡觉,昏昏然让人感到枯燥,什么动物都没有跑出来。突然,通常在这个你最不期待的时刻,在前方大约二十步远的地方,有一只野兔,好像从地里跳出的一样。

那些狗比我先看到它,猛地一冲,就飞快地跑起来。

"捉住它,捉住它!"我已经忘乎所以了,疯狂地喊了起来,用尽全力打马，飞一般地奔跑。

狗叫起来，扑空了，另两只，幼小的、激动的苏丹和米尔卡，迅速跑过来，继续追捕，反复追了几次后，最终，总是从侧面跑出来的老将克雷拉特卡，抓住时机，猛地一扑，野兔就束手无策地像个小孩子似地叫起来，而一群狗围着它紧紧地咬住不放，向不同方向撕扯。

"松开，松开。"

我们跑近，扎死了野兔，用手撕下小腿（即野兔的后腿）分给狗，扔给我们最宠爱的、追捕野兔最快的狗。爸爸教我们把野兔拴在马鞍桥皮带上。

我们继续往前走。

追捕到猎物之后，我们特别开心，向亚先基和列吉普卡附近最好的地方走去。

野兔频繁地跳出来，我们每个人的鞍后皮带上都挂着野兔，并开始希望捉到几只狐狸。

狐狸很少能被捕到。

当时，傲慢的老图曼什卡与其他狗完全不同。它对兔子已经厌烦了，也不积极追它们了。但是它全力追捕狐狸，狐狸几乎都是它捕到的。

我们回到家很晚，常常天都黑了。我们把野兔解下来，把它们放在前厅的地板上。

妈妈带着年龄小的孩子们从楼梯上走下来，低声埋怨着，我们又把地板弄上了血。但是爸爸站在我们这边，我们不在意地板。

"我们多么丢人啊，只打了八只野兔、一只狐狸，就累了。"

有一次，打猎时爸爸和斯捷潘吵架了。这件事发生在离家大约二十俄里的亚戈德内附近。

斯捷潘在稀疏的桦树林里走。从他身后跳出一只野兔，斯捷潘放开狗，我们捉住了野兔。爸爸走到跟前，开始激烈地责备斯捷潘，因为他在打猎时用狗在树林里追捕。

"要知道这样树枝会把所有的狗都抽死的，难道可以做这样的事吗！"

斯捷潘开始反驳，两个人都很激动，说了一些互相讽刺的话，斯捷潘感到委屈，把狗给了谢廖沙，自己默默地回家了。

我们在田野上排成一排，走向另一个方向。

突然，我们看见从斯捷潘的后面跳出一只野兔。

他哆嗦了一下，用马刺刺了一下马，大喊"抓住它"，他想飞跑起来，可是，很显然他想到，刚和列沃奇卡吵过架，就勒住马（跑马沸洛沸洛），看也不看，默默地迈着小步继续走。

野兔跑向我们，我们放开狗捕获了它。

用鞍后皮带把野兔系到马鞍后时，爸爸想起了斯捷潘，他为自己说的尖酸刻薄的话感到惭愧。

"哎，这多不好啊，哎，这多不愉快啊。"他望了一眼田野上走远的圆点说道。"应该追上他，谢廖沙，去追上他，跟他说，我请他不要生气，回来吧，我们已经捉住野兔了！"他在背后喊，谢廖沙为斯捷潘感到高兴，用马刺刺了一下马，就飞奔起来。

很快斯捷潘回来了，打猎愉快地持续到傍晚，没发生任何其他的意外。

* * * * * *

还有几次有趣的初雪打猎，从晚上开始我们就很激动。

天气是否能转好呢？一夜间雪是否会停呢？暴风雪是否还刮得冒烟一般呢？

一大早，我们衣服还没穿好，就跑到大厅，望着天边。

如果地平线的轮廓很清晰，意思是平安无事，可以出行。如果地平线和天融合在一起，意味着田野里刮着暴风雪，昨夜的路吹得看不见了。

我们等着爸爸，有时决定派人去叫醒他，终于我们准备好，出发了。

这次打猎特别有趣，根据野兔的脚印你就能了解它整个夜间的生活。

你看到它的脚印，就会发现它晚上起来过，感到饥饿，急着去觅食。你看到野兔是怎样撕扯被雪吹来的幼苗，怎样把途中的艾蒿藏起来，怎样坐下玩耍的，怎样终于吃饱跑够了，果断地回到白天藏匿的地方。

野兔的诡计在这里开始了。它重新走一遍，弄乱，再走一遍，甚至两遍，再弄乱，最终确信脚印踩的足够扰乱和不被察觉后，在暖和的背风的田埂下，挖个坑躺下了。

遇到脚印时,应该抬起拿着鞭子的手,拖长声音小心翼翼地吹口哨。

这时,其余猎手悄悄地走近,爸爸顺着脚印走在最前面,弄清楚脚印的路径。而我们屏住呼吸,激动不已,偷偷地跟在后面。

有一次,初雪时我们一天捕获了二十只野兔,两只狐狸。

我不能准确记得,什么时候爸爸放弃了打猎,好像是在 80 年代中期,那时他成了一个素食主义者。

1884 年 10 月 28 日,在他从雅斯纳亚·波良纳写给我母亲的信中说道:

……骑着马,一群狗紧跟着我,阿加菲娅·米哈伊洛夫娜说,把没栓皮带的猎犬扔到牲畜棚里,让瓦西卡跟我一起。我想体验一下打猎的感觉,按照四十年来的习惯骑马、寻找猎物,是件非常愉快的事情。但是这时蹦出来一只兔子,我希望它能跑掉,主要是自己不忍心。

但是放弃打猎之后,他的热情并没有消失。

春天,散步的时候,他听到口哨声,山鹬发出的"霍尔霍尔"声,他会打断已开始的谈话,抬起头激动地抓住同伴的手,说:"注意听,注意听,山鹬,就是它。"

90 年代,他住在我位于切尔尼县的庄园里,并在那里为饥民开办了食堂。在这食堂里还发生了一段不愉快但令人感动的事情。

他喜欢骑着我的吉尔吉斯猎马去周围的村子,我的细腿善跑的狗顿尼往往紧跟着他,顿尼已经习惯了跟在这匹马的后面。

爸爸在田野上走着,听见离他不远的农村里的孩子们在喊:"兔子,兔子。"

"我看到了,"他对我说,"兔子朝森林跑去了,离我很远,抓住它是不可思议的。"

我很想看顿尼奔跑的样子,没忍住,给它指了一下兔子的方向。顿尼开始追,如果顿尼追上野兔,那就想象一下我的惊讶吧。

我祈祷,快跑,看在上帝的份上,快跑!

我看到，顿尼已经左右摇摆地快追上了，我该怎么办呢？

幸运的是，这里已经靠近森林，野兔跳进灌木丛跑掉了。如果顿尼抓住它，我会非常失望。

我不想让父亲伤心。我没有告诉他，顿尼是在他回到家后一个小时才回来的，浑身是血，肚子吃得像个大圆桶。

显而易见，它在灌木丛里捉到兔子，在那儿就把它吃掉了。

谢天谢地，爸爸不知道这件事。

这件事是我永远隐瞒他的唯一的秘密。

13
《安娜·卡列尼娜》

我零星记得那个我家女邻居自杀的恐怖事件,后来父亲在描写安娜·卡列尼娜之死的时候用到了这个人物。

这件事发生于1872年1月。

我们的邻居比比科夫（他是尼科连卡的父亲,尼科连卡患有痴呆症,曾来过我们家参加枞树晚会。）有个女管家安娜·斯捷潘诺夫娜·济科娃。她由于嫉妒家庭女教师,在亚先基车站卧轨自杀。我记得,有个人来到我们雅斯纳亚庄园,给爸爸讲述了这件事,他立刻去了比比科夫家和亚先基车站,并参加了法医鉴定。

我好像还隐约记得安娜·斯捷潘诺夫娜的面庞,一张圆圆的、善良的、憨厚的脸。

我喜欢她的和善热情,得知她的死讯,感到非常遗憾。我不明白,亚历山大·尼古拉耶维奇怎么能够把这么好的女人,换成另外一个。

我记得,1871和1872年父亲编写了《识字课本》和《阅读读本》,但是却完全不记得他是怎样开始写《安娜·卡列尼娜》。大概,写这部作品的时候我不知道。

父亲写什么,对于一个七岁孩子来说有什么关系呢？

只是后来,频繁地听到这个词,几乎每天都有邮包寄来,收到校样,我才明白,《安娜·卡列尼娜》是小说的名字,这部小说是爸爸妈妈共同写作的。

我觉得，妈妈的工作量要比爸爸的还多，因为我们是看着妈妈工作的，工作量比爸爸多得多。

她坐在大厅旁客厅里的小写字台旁，所有的空闲时间都在写。

她俯身看着手稿，穿着父亲的羊羔皮袄，用一双近视眼仔细地辨认父亲写得潦草的字迹，一连几个晚上都那样坐着，常常是所有人入睡之后，深夜才躺下睡觉。

有时，个别地方写得完全难以辨认，她就去问父亲。但是这种情况很少发生，因为妈妈不想打扰他休息。

在这种情况下，爸爸拿着手稿，稍微有些不满地说："这有什么不明白的？"他开始读，在难懂的地方顿住了，有时他自己也很费劲才能弄明白，更准确地说，他是在猜测，他写的是什么。

他字迹潦草，整个一些句子会被他写进行与行之间，写在草稿的一角，有时还纵向地写。

妈妈经常会遇到一些大的语法错误，给父亲指出并改正。

当小说《安娜·卡列尼娜》在《俄国通报》刊载时，从邮局给父亲寄来长长的校样，他反复地阅读修改。

首先手稿的空白处标记了修改符号、被遗漏的字母、标点符号，然后还有替换一些词语、整个句子，开始反复划掉，作一些补充，最终校样修改得让人眼花缭乱，有些地方划得黑乎乎一片，这样的校样是不能寄出去的，因为除了妈妈，谁都无法理清那些完全乱成一团的标识、移行符号、划掉的词句等。

妈妈整夜坐在那里工作，全部校样誊抄得工工整整。

早上她的桌子上放着整整齐齐的一摞写得满满的、笔迹纤细清晰的手稿，准备好这些是因为，"列沃奇卡起床后"要把校样送到邮局寄出。

可是，早上爸爸拿起校稿，"最后一次"阅读，傍晚校稿又成了原来的样子：全部作品都被改成新的，全部删改了。

"索尼娅，亲爱的宝贝，原谅我吧，又破坏了你所有的工作，以后再也不会这样做了，"他说着，略带歉意地把删改的地方指给她看，"明天我们一定寄出去。"经常是这样，这个"明天"重复几个星期、几个月。

"我只看一处。"爸爸自己安慰自己,然后被吸引,又重新修改了全部手稿。

甚至会发生这样的事情,校稿从邮局寄出了,第二天父亲想起某些词语,又拍电报修改。

由于多次这样修改,在《俄国通报》刊载的小说中断了,有时隔好几个月不能连载。

父亲开始写《安娜·卡列尼娜》第八章时,俄罗斯爆发了俄土之战。

1876年极其漂亮的彗星和眩目的北极光是这场战争的预兆,整个冬天我们都能观赏到那束美丽的北极光。

在这夜光的闪烁中,在这长尾星耀眼的光芒中,有着某种灾难和凶险的东西。

战争时期爸爸与我们所有的家庭成员,甚至包括我们这些孩子们,都对战争极为关切。

报纸从图拉寄来,就有大人大声地读,整栋房子的人都聚在一起听。

我们不仅能按照名字和父称,而且还能从面貌上认出所有的将军,因为日历、木版画甚至巧克力糖上都印有他们的肖像。

为装点圣诞枞树,季亚科夫一家送给我们整整一个团的玩具士兵,有土耳其兵和俄罗斯兵,我们整天用他们玩战争游戏。

终于我们了解到,一个团的土耳其俘虏被赶到图拉,我和爸爸一起去图拉看他们。

我记得,我们走进一个石墙围成的大院,立刻看到了几个人,他们戴着红色非斯帽,穿着蓝色肥裤子,身材高大,还很漂亮。

爸爸勇敢地走近他们,开始交谈。一些人会说俄语,开始要烟抽,爸爸给了他们烟卷和一些钱。然后他开始问他们,生活怎么样,和他们交朋友,让两个身材高大绑着腰带的人摔胶,后来土耳其人和俄罗斯士兵也开始摔胶。

"这是些多么漂亮、可亲、温和的人啊。"离开他们的时候爸爸说道。而我感到奇怪的是,他对待那些可怕的土耳其人那么好,应当害怕这些人,害怕战争,因为他们屠杀保加利亚人,也向我们开枪。

《安娜·卡列尼娜》的最后一部分,父亲描写了伏隆斯基的仕途结局,爸爸对志愿活动、斯拉夫委员会不满,因此他和卡特科夫之间产生了隔阂。

我记得，当卡特科夫拒绝把这几章完整地纳入到作品中，请他或者删除一部分，或者改成缓和的话语时，爸爸很生气。最后手稿退回来了，杂志上只发表了一篇短短的简讯，谈到由于小说的女主人公已死，长篇小说已结束，接下去应当有两章的"结尾"，按作者原来的计划里面会有一些内容。但有可能，作者"为了小说能够出特殊版而拆分了章节"。

由于这件事父亲和卡特科夫吵了一架，在此之后就不再和他见面了。

顺便说一句，由于卡特科夫这件事，我的脑海中呈现出了父亲一个很有性格的定义：他说大部分掌握文学形式的人完全不会讲话，相反，有口才的人完全不能写作。

作为第一类人的例子，他举了卡特科夫，用他的话说，这个人说话慢吞吞含糊不清，也不会把两个词连在一起，而他把包括费·尼·普列瓦科在内的许多著名的演说家归到第二类。

这一章的结尾，我想说几句父亲本人对《安娜·卡列尼娜》这部作品的态度。

1877年他在给尼·尼·斯特拉霍夫的信中写道：

我承认，《安娜·卡列尼娜》最后一个片断的成功使我高兴了一阵，我没有想到这一点，说实在的，让我惊讶的是那样常见的、渺小的东西能让人喜欢。

1875年他给费特的信中写道：

我有两个月没让墨水弄脏手了，没让它折磨我的心灵了，如今又拿起了枯燥的、平淡无奇的《卡列尼娜》，我有一个想法，尽量给自己脑子里腾出个地方，做其他事，但只要不是与教育无关的事，尽管我很喜欢，但是我想放弃，它占用了我太多时间。

1876年他给尼·尼·斯特拉霍夫的信中写道：

我极为担心，会回到夏天的状态：我讨厌我写的东西，现在我这里放着四月号的手稿，我担心没有能力修改它，手稿中的一切都让人讨厌，整篇都要重写、再写，所有这些都要出版，整篇都要删改，所有的都要放弃，扔在一边，并说：我错了，不能继续写了，要尝试着写一些新的东西，而不是那些不恰当的。

　　父亲写作的时候就是这样对待自己的小说的。

　　许多次之后，我听到他更加尖锐的评语。

　　"写这些有什么困难的，比如军官喜欢贵妇人，"他说，"这没什么困难的。重要的是，没有出色的章节，让人感到厌烦，毫无用处。"

　　我完全相信，如果父亲能做到，他早就毁掉这部他从来都不喜欢并持否定态度的小说了。

14

信　箱

夏天，在雅斯纳亚·波良纳聚集了两个家庭，我们家和库兹明斯基家，两家人济济一堂，有自己的家人，也有客人。我们安了个信箱。

很久以前，我们家就安过信箱，那时我还很小，刚刚学会写作，这个信箱断断续续保存到了80年代中期。

信箱挂在楼梯拐角的缓步台上，和大时钟并排，每个人把自己的作品投到里边：以这一周内大家极为关心的事件为题写的诗歌、文章和故事。

每逢星期日，大家就聚集在大厅里的圆桌旁，隆重地打开信箱，大人中任选一位，经常是爸爸亲自大声朗读文章。

所有文章都没有署名，并约定好不许偷看笔迹，但是，尽管如此，根据笔法或者表现出的窘态，或者相反，根据脸上装出的漠不关心的表情，我们几乎都能准确无误地猜出作者是谁。

当我还是个孩子时，我写了法语诗，第一次投到信箱里。当别人读我的诗时，我感到那么难为情，甚至藏到桌子底下，在那坐了一整晚，直到被人从桌子底下硬拖出来。

这之后，我很久没写过任何东西，总是喜欢听别人的作品胜过听自己的。

我们雅斯纳亚·波良纳生活中的所有"大事"不管怎样在信箱中都有所反映，任何人，甚至包括大人在内，它都不放过。

信箱承载了所有秘密、所有爱恋、所有繁杂生活的点点滴滴和主人与宾客调侃的欢声笑语。

很遗憾，信箱里的很多东西都遗失了，只有部分保留在我们的手抄本和记忆中，我无法复原信箱里的所有趣事，这里选取几件其中最有趣的事（来自19世纪80年代）。

"老家伙"继续提问：

为什么一位妇女或一位老人走进房间，所有有教养的人不但请其入座，而且还要为其让位子？

为什么不以茶饭款待就不让到农村来的人乌沙科夫或者塞尔维亚军官回去？

为什么认为让长者或者妇女递过裘皮大衣或者这类东西不体面？

为什么认为所有这些如此出色的规则对他人是必需的，对于每天的来访者，我们不请其入座、不留其用餐或者留宿、不为其效劳，我们就认为这样做不体面至极？

这些我们该感谢的人哪里是个尽头？

一些人与另一些人相区别的标志是什么？

如果所有这些礼仪规则不是对所有人都行之有效的，这是否是卑劣污浊的东西？那我们所说的礼仪是否是谎言，可恶的谎言呢？

—— 列夫·托尔斯泰

问："哪种更糟糕：是对于经营肉畜的商人来说牲畜大量疫死还是对于中学生来说语法五格变格呢？"

—— 列夫·托尔斯泰

"多大年龄应该结婚或出嫁呢？""应该在爱上自己的妻子或丈夫之前、还没来得及爱上任何人的年龄结婚。"

—— 列夫·托尔斯泰

下次请回答如下问题：为什么乌斯秋莎、玛莎、阿廖娜、彼得等人要烤食物、煮饭、打扫、端茶倒水，而老爷们却是吃、贪馋地吃、乱扔脏物、弄脏后又开始吃？

—— 列夫·托尔斯泰

摘自1885年四月刊《俄国旧事》：1885年俄国居民的生活状况可以根据那个时期物质极大丰富的程度，大致看出以下的样子：就拿现在雅斯纳亚·波良纳地区为例，现在这儿有个会议馆。1885年这里居住着七十户高贵的劳动者，尽管条件艰苦，当时他们仍然坚持接受真正的教育——共同生活和为他人劳作的学问，学习耕地技巧、建造住房、饲养家畜。可是有两家人十分野蛮，不仅对亲人的爱麻木不仁，而且缺失了人与人之间交换劳动所需的公正感。那时文明的七十户住户居住在一条狭窄的街道上，老幼皆是起早贪黑地劳作，只能就着葱吃一块面包，每天睡觉不超过三四个小时，与此同时他们给予别人向他们索取的东西，那些人拿着向他们索取的东西，又去接济、收留漂泊者和路人，供养病人，送最优秀者去当兵，人家向他们索取了东西，自己反被奴役。那两个荒唐家庭远离他们，在宽阔的林荫花园中住在相当于十五户文明居民住的两处大房子里，雇佣了四十个人伺候这两个野蛮家庭吃、行、穿、缝缝洗洗。这两个野蛮家庭的活动就是吃饭、闲聊、穿衣、睡觉、弹怪诞的曲子、读恋爱故事或者背诵毫无意义、毫无用处的规则和牢记常常被所谓的神圣历史和教义称作最亵渎神灵的文章。惊奇的是，这两个荒唐家庭的人把自己这种腐化的无所事事的生活称为劳动，甚至常常因此感到受累并永远以无知和游手好闲为荣。这两个荒唐家庭的生活在于……

—— 列夫·托尔斯泰

一位太太坐在四轮马车上，很为难，大衣该放哪，因为天气很热。马车夫发现后说："夫人，请给我。"

"放哪？"

"放屁股下面。"

在场的所有人都感到害羞。

1885年的太太们穿着撑腰垫并不感到害羞。

一个地主从农村领来一个仆人，给他穿上仆人服装，让他出行跟着小姐们。小姐们和以前的男伴一起从商店出来后，没找到以前的仆人，她们开始张望并等待着，仆人从大门出来了。

"你去哪了？"一个小姐问。

"去取酒囊了。"仆人回答道，小姐们听了差点害羞而死。

太太们，小姐们，老爷们，结婚的和单身的，都役使别人打扫自己设施齐全的房间，认为理所当然，而且并不害羞。

—— 列夫·托尔斯泰

污水车和上流社会的贵族小姐之间有什么相似的呢？不论是前者还是后者每天夜里都会被带出去。

—— 列夫·托尔斯泰

如果伊利亚不追着狐狸和狼跑，而是狐狸和狼自己跑，伊利亚沿着小路从厢房跑到家，又有什么差别呢。

除了马匹的舒适和安静，什么也没有。

——列夫·托尔斯泰

塔尼娅姨母由于弄洒了咖啡壶或者玩门球输了而心情不好，习惯于让所有人都见鬼去吧，为此列夫·尼古拉耶维奇写了小说《苏索伊奇科》：

魔鬼，一个并非重要的，就是一个普通的魔鬼，他负责社会事务，被称作"苏索伊奇科"。1884年8月6日，是他最烦心的一天。大清早，塔吉雅娜·安德烈耶夫娜·库兹明斯卡娅就打发人来找他。

第一个来的人是亚历山大·米哈伊洛维奇，第二个人是米沙·伊斯拉文，第三个人是维亚切斯拉夫，第四个人是谢廖沙·托尔斯泰，最后还有列夫·托尔斯泰（年龄最大）和与他有密切往来的乌鲁索夫公爵。第一个来访者亚历山大·米哈伊洛维奇，没有使苏索伊奇科感到惊讶，因为他经常受妻子委派来找苏索伊奇科。

"什么？又是你妻子派来的？"

"是的，是她派来的。"区法庭主席羞怯地说，他不知道怎么详细地解释来访的原因。

"你总是抱怨，这次又是什么事？"

"没有特别的事，她让我来向你表示敬意。"亚历山大·米哈伊洛维奇费劲全力也没说出真相，咕哝着说。

"好吧，好吧，常来吧，她是我这里的优秀女工。"

苏索伊奇科还没来得及送走主席，又来了几个年轻人，笑着，推搡着，你藏我躲地。

"什么，年轻人，我的塔涅奇卡派你来的？没什么，不打扰你们。向塔尼娅致意吧，说我永远是她的奴仆。请常来吧，苏索伊奇科还是有用的。"

年轻人刚鞠了躬，老头列夫·托尔斯泰和乌鲁索夫公爵就来了。

"啊，小老头儿！快谢谢塔涅奇卡。很长时间没见到小老头儿了。身体好吧，有什么能帮忙的吗？"

列夫·托尔斯泰难为情地来回倒换双脚。

乌鲁索夫公爵于是用外交方式，走上前去发言，解释托尔斯泰的到来，并且说明他想结识塔吉雅娜·安德烈耶夫娜这值得信任的老朋友。

"我朋友的朋友，就是我们的朋友。"

"是这样的，哈哈哈，"苏索伊奇科说，"今天应该奖励她，我请求您，公爵，向她转交表示我感激之情的勋章。"

他转交了装在精致羊皮盒里的勋章，勋章由用小鬼尾巴编成的挂在脖子上的项链和两只蟾蜍组成，一个戴在胸前，一个挂在腰间。

—— 列夫·托尔斯泰

雅斯纳亚·波良纳的理想人物

列夫·尼古拉耶维奇。1. 贫穷、平和与友好。2. 烧毁崇拜过的一切，崇拜被烧毁的一切。

索菲娅·安德烈耶夫娜。1. 谢涅卡。2. 有150个可能永远不会长大的小孩子。

塔吉雅娜·安德烈耶夫娜。1. 永恒的青春。2. 妇女的自由。

伊利亚。小心地掩饰自己的内心，假装打死了100只狼。

大玛莎（玛莎·库兹明斯卡娅）。建立在举止优雅和充满感动泪水之上的大家庭。

索隆太太。优雅。

维拉。列利亚的舅舅（也就是列夫·尼古拉耶维奇）。

乌鲁索夫公爵。整天算计着打门球，忘掉了尘世的一切。

所有的孩子。整天塞进些乱七八糟的东西，偶尔为了花样翻新，还拼命地大声喊叫。

塔尼娅。留着短头发，内心敏锐和常穿新的矮腰皮鞋。

列利亚。出版了《新闻报》。

公爵夫人奥博连斯卡雅。所有人的幸福和家的温馨。

小玛莎（玛莎·托尔斯泰娅）。吉他的琴弦声。

特利丰诺夫娜。他们的婚礼。

致塔尼娅姨母

天气晴朗，
雅斯纳亚所有人都很幸福，
所有人生活都很开心。
突然塔吉雅娜的脑海中闪现了一个想法，
不能永远生活在雅斯纳亚，在波良纳。
塔吉雅娜自言自语：
"早晚都要给孩子们毕业证书。

把小女孩送进学术界，
拿那些浪荡的女人开玩笑。"
买了书和练习本。
小姑娘们有的高兴，有的不高兴。
他们开始学习。
没有忧愁的学习，
一旦开始学习法律，
学得就很不顺利，
玛莎无论如何也掌握不了，
维拉大声喊叫：
"我不喜欢法律。
贫穷的人，
分析了失乐园的意义。"
维拉说：
"命令我们学习法律，
亚当和夏娃一起被上帝驱逐。
他学得很委屈，
因为清楚地明白，
什么是不需要知道的。"
亚当为什么被驱逐？
太太说是因为好奇。
他们知道了许多，
而我不愿，
他们掐着脖子被驱逐。
现在妈妈也不知道，
该怎么回答，
准确，深奥！
于是大家责备我和玛莎，

并且不允许我们到瓦西里那儿摇晃苹果。

天堂里并不这样,

没有什么可禁止,

却随便吃。

——列夫·托尔斯泰

有什么比死亡和或厄运更悲惨呢? 香甜可口的安卡馅饼。

——列夫·托尔斯泰

索尼娅姑母和塔尼娅姨母 总体特点
索尼娅姑母和塔尼娅姨母的各自喜好

索尼娅姑母喜欢缝家用布品、英国刺绣和各种美丽的绣品,塔尼娅姨母却喜欢缝制连衣裙和编织。索尼娅姑母喜欢鲜花,早春时节,在她身上能够发现养花的热情。她一副担心的样子在花坛里翻寻,然后叫来花匠,她能用拉丁语叫出所有花的名字。这使塔尼娅姨母感到惊讶,塔尼娅姨母认为:"她什么都知道。"

塔尼娅姨母说她现在不喜欢养花,也不值得做这件糟糕的事,而自己却偷偷地欣赏他们。

索尼娅姑母穿着灰色泳装沿着台阶轻盈地走向浴场,吸了口凉气,然后从容地钻进水里,无声地向远处游去。

塔尼娅姨母戴着一顶破旧的带有粉色印花飘带的漆布发帽就迅速跳入深处,顷刻间一动不动地仰面躺着了。

索尼娅姑母害怕孩子们跳到水里。

如果孩子们害怕跳水,塔尼娅姨母就会责骂他们。

索尼娅姑母戴着眼镜,一把抓起小孩儿迈着坚定的步伐向岸上走去,她边走边说:"孩子们,我们是一个团队,别落在我后面。"她喜欢悠闲地在林中散步,捡些鳞皮扇菇。她也不会忽视那些毛头乳菇,还说:"孩子们,一定要采些毛头乳菇,你们爸爸尤其喜欢腌着吃,春天以前所有食物都会吃腻的。"

当塔尼娅姨母准备去树林的时候，有人要是打扰了或是紧跟着她，她就会激动起来。一旦孩子们确实跟着她时，她就严厉地说："快走开，别让我看到你们，要是你们离开这，我就不发火。"

她会快速跑遍整个树林和沟壑，喜欢采鳞皮扇菇，她的口袋里总放着蜜糖饼干。

处于困境时索尼娅姑母会思索："谁更需要我呢？我对谁能有用呢？"

塔尼娅姨母则想："我现在需要谁呢？会派谁来我这呢？"

索尼娅姑母用凉水洗脸，而塔尼娅姨母害怕用冷水。

索尼娅姑母爱读哲学，喜欢严肃的谈话和用奇怪的语言使塔尼娅姨母感到惊讶，而她总能完全达到自己的目的。

塔尼娅姨母却喜欢读小说和谈论爱情。

索尼娅姑母不喜欢倒茶。

塔尼娅姨母也不喜欢。

索尼娅姑母不喜欢食客和疯癫长老。

而塔尼娅姨母却很喜欢他们。

打门球的时候，索尼娅姑母总能为自己找到一些其他的事做，比如：在石头多的地方撒上沙子，修理锤子。都说她过于精力充沛，不习惯无所事事。

塔尼娅姨母由于痛恨对手就忘了其他，愤怒地盯着游戏。

索尼娅姑母是近视眼，看不到各个角落的蜘蛛网和家具上的灰尘。

塔尼娅姑母能看见，就吩咐人来打扫。

索尼娅姑母非常喜欢小孩子，而塔尼娅姨母却一点也不喜欢他们。

孩子们碰伤的时候，索尼娅姑母就抚摸着他们说："我的小心肝，我的宝贝，等一等，我们现在就揍这个地板——都怪你，都怪你。"孩子就和索尼娅姑母狠劲地拍打地板。

孩子们碰伤的时候，塔尼娅姨母开始恶狠狠地揉搓磕到的地方，还说："只把你们生下来，就不管你们啦！那些保姆都上哪去了，让她们都见鬼去吧！哪怕拿点凉水来啊，个个都张大嘴愣在那儿。"

孩子们生病的时候，索尼娅姑母闷闷不乐地看些医学书，给他们止痛药吃。而这时候塔尼娅姨母就会大骂一通，给他们奶油吃。

有时候索尼娅姑母会在周日穿得与众不同，快步走进大厅吃午饭，使大家大吃一惊。塔尼娅姨母也喜欢穿漂亮的衣服，但都是穿些使自己显得年轻的。

索尼娅姑母有时喜欢把头发弄成似乎无辜受了委屈的样子，那时她就摆出一副遭受周围人和命运欺辱的姿态，与此同时还表现出一个温柔、纯真女子的样子，后脑勺扎着辫子，前面的头发梳得光滑平整。你会想："上帝啊，谁会欺负她啊，这个坏蛋是谁，她能忍受这些吗？"一想到这些眼泪就涌出来了。

塔尼娅姨母喜欢高耸的发髻，露出后脑勺，喜欢头发低低地垂在额头上。想象一下，眼睛常常一眨一眨的，看上去就大一点。

塔尼娅姨母喜欢把各种纠纷都隐藏起来。

索尼娅姑母喜欢争吵后就说出来，就如什么也没发生过一样。

索尼娅姑母每天早上什么都不吃，要是什么时候她给自己煮了鸡蛋，那么她首先会想到别人，也会让给他们吃。塔尼娅姨母起床后就会想：会给小姐做些什么吃的呢？

索尼娅姑母吃饭很快，低低地俯向盘子，一小块一小块地像在啄食。塔尼娅姨母总是把嘴巴塞得满满的，如果在用餐的时候观察她，她就会做出一副像完全不想吃饭的样子，似乎吃饭只是因为应该那么做。

索尼娅姑母喜欢坐在钢琴前，一边弹一边用平稳的声音给孩子们唱："跳啊跳啊跳，哎，跑起来吧！"

孩子们在玩耍，塔尼娅姨母忍受不了把孩子们和音乐搅和在一起，但也不离开，她愿意孩子们围着她跳舞，只是她不说这一点。

索尼娅姑母给孩子们缝衣服，把衣服放长到适合十五岁的孩子穿。

塔尼娅姨母裁的衣服比较窄，第一次洗完后就需要改缝。

索尼娅姑母重视狩猎窝棚，而塔尼娅姨母却受不了。

索尼娅姑母常为别人担心，特别是当有人暂时离开家的时候。塔尼娅姨母一旦出门了就极力忘记这些，从不担心。

索尼娅姑母在享受某种快乐或喜悦的时候，立即有一股忧伤掺杂进来。塔尼娅姨母则全身心地享受幸福。

索尼娅姑母很谨慎地对待别人的东西，当塔尼娅姨母有蘑菇馅饼时，她就会问："塔涅奇卡，我没有欺负您吧？"（当事情涉及他人东西的时候，索尼娅姑母会称对方为"您"）说着这些话就取下一块面包。塔尼娅姨母就坚决而绝望地要一块馅饼瓢，但都是徒劳，请求毫无后果。

塔尼娅姨母要是没有就着茶吃的新鲜面包的时候，她就会问索尼娅姑母："您那儿现在有新鲜的面包吗？"还没等回答，她就拿起面包闻起来，闻着奶油的香味，就把所有东西扔在一旁，喊道："永远是酸面包，永远能闻到黄油的牛味。"依然吃别人的面包和奶油。

到底是谁的脚小，是塔尼娅姑母还是索尼姨姑母，还没有定论。

在雅斯纳亚·波良纳人们靠什么活？

列夫·尼古拉耶维奇活着，是因为似乎是找到了生活的谜底。

亚历山大·米哈伊洛维奇活力十足，因为常有夏日休假。

支撑索菲娅·安德烈耶夫娜活着的是——她是名人的妻子，还有许多琐事，比如草莓，这些事会耗费她大量精力。

塔吉雅娜·安德烈耶夫娜神采奕奕，是因为她善于讨人欢心、消遣娱乐和赢得他人的喜爱。

塔尼娅·托尔斯泰娅是依靠她出色的外貌和如出嫁这般美好的事而活着。

谢尔盖·里沃维奇活着，是因为他认为会过上另一种生活。

支撑伊利亚·里沃维奇活着的是家庭幸福的希望。

谢隆太太活着，是因为她的阿尔西杜什卡还活着。

大玛莎神采奕奕，凭借的是她是雅斯纳亚·波良纳年轻人注意的焦点。

小玛莎依旧活泼，是因为世上还有个瓦涅奇卡·梅谢尔斯基。

薇拉·库兹明斯卡娅劲头十足，是因为还有马其顿杂拌和其他不同的甜点心，还有就是，她还有个姐姐玛莎。

阿尔基德活着，是因为他的母亲为他考虑，并理解他。

列利亚充满活力，是因为被强迫要学的东西很少。

一周过后，对这篇文章的回复是这样的：

在雅斯纳亚·波良纳人们因何失去生机？

列夫·尼古拉耶维奇失魂落魄，是因为他去了莫斯科，在那儿外出散步却留下了各种忧伤印象。

当孩子们生病、伊利亚打拐子游戏的时候，索菲娅·安德烈耶夫娜就丢了魂一般。

当亚历山大·米哈伊洛维奇从雅斯纳亚离开的时候，他就失去了活力。

当亚历山大·米哈伊洛维奇要离开和打门球输了的时候，塔吉雅娜·安德烈耶夫娜就丢了魂。

当妈妈做媒让塔尼娅嫁给费佳·萨马林的时候，塔尼娅就没了精神。

因为阿廖娜走了，谢廖沙就没了生气。

因为到了学希腊语语法的时候，伊利亚就泄了气。

当列利亚追丢了兔子、库兹明斯基一家离开的时候，他就精神不振。

如果要回答神学问题或者醋栗没有了，薇拉就死气沉沉。

因为瓦涅奇卡·梅谢尔斯基的祖母去世了，小玛莎就丧魂落魄。

半痴呆癫疯的布洛欣常来雅斯纳亚·波良纳。他患有躁狂症、自大症，他认为自己"任职过所有的官衔"，与皇帝亚历山大二世及上帝平起平坐，因此他活着仅仅是为了"游戏时间"，拥有"大银行"，他把自己称为公爵和所有勋章的获得者。要是有人问他，他为什么没钱而需要请求接济时，他就天真地笑笑，毫不难为情地回答说：汇款拖延了，但已经"申请了"，两三天就能收到。父亲认为雅斯纳亚·波良纳的许多病人都与22号病历上所写的那个布洛欣差不多，他认为这些人都是危险的，需要彻底的治疗，而父亲还把布洛欣与吃奶的小女孩萨莎同等对待，父亲认为他可以作为一个能进行逻辑推理的人而出院。

雅斯纳亚·波良纳医院精神病患者病历

No.1 [列夫·尼古拉耶维奇] 个性活泼好动，属于温和型。病人患有被德国精神病学家称为"世界改良妄想症"的躁狂症。**精神病患者思想的根结**：病人认为通过语言来改变其他人的生活是不可行的。**一般症状**：对全部现有秩序不满，除了自己，批判所有人，令人兴奋的长篇大论，不关注听众，情绪常由恼怒和激动转为不自然的伤感。个别症状：做些不是自己分内并且无用的工作，洗刷和缝补靴子、割草等。**治疗方法**：周围人对患者的言语持完全漠视的态度，安排可以耗尽病人精力的工作。

No.2 [索菲娅·安德烈耶夫娜] 病人属于温顺型，但时有异常。病人患有躁狂症：极度不可控制的急性子。**精神病患者思想的根结**：病人觉得所有人都在向她提出要求，她却怎么也来不及做完所有的事。**症状**：解决还未提出的任务；回答还未提出的问题；为自己辩白没有过错；满足还未提出的要求。病人受布洛欣银行躁狂症的折磨。**治疗方法**：紧张的工作。**处方**：远离轻率的上流社会人群，在这种情况下适当给她点厉害也是有效果的。

No.3 [亚历山大·米哈伊洛维奇·库兹明斯基] 病人先是患有无可救药的政治自大狂症，发财梦使其更复杂，现在正在治疗中。病人目前的痛苦在于他希望将自己管院子的职位和首席贵族的称号结合在一起。**一般症状**：安静，怀疑自己。**个别症状**：做些挖掘土地的无用功，大量阅读报纸上无益的作品，阴郁的心情时有爆发。**治疗方法**：为了他认为是正确的那些原则，尽量深入理解生活问题，尽量使之适应生活，非常温顺并且更加信任自己。

No.4 [谢隆太太] 病人患有称之为"品行端正"躁狂症，天主教的伪善使其更复杂。**疾病的一般症状**：对生命的态度模糊不清，作风强硬不动摇，行为优于言语。**个别症状**：谈话轻松，生活严谨。病人感染了严重的布洛欣银行躁狂症。**治疗方法**：儿子的德行和爱，对其充满赞许的预言。

No.5［叶卡捷琳娜·尼古拉耶夫娜·卡舍夫斯卡娅］患有"极度讨厌"躁狂症，病情十分危险。根治方法：嫁人。

No.6［塔吉雅娜·安德烈耶夫娜·库兹明斯卡娅］病人患有称之为"严重的鬼魂附体躁狂症"，这是非常少见并且治愈可能性较小的疾病。病人属于危险人群。**诱因**：年轻时代无功而得的成绩和毫无生活道德基础地满足虚荣心的习气。**症状**：恐惧臆造出来的魔鬼，迷恋魔鬼的勾当和各种诱惑；游手好闲，追求奢华，恼怒成性。关注不存在的生活，对现有的却持冷漠态度。病人常感觉自己处于魔鬼的罗网中，乐于处在这种控制中同时却又害怕它。病人严重患有流行性的布洛欣主义躁狂症。病况的解决办法令人怀疑，因为只有放弃魔鬼的勾当才有可能摆脱对魔鬼及未来生活的恐惧，这种事会耗费病人整个生命。**有两种治疗方法**：要么完全把自己交给魔鬼和魔鬼勾当，以使病人感受到他们的苦痛；要么彻底使病人摆脱魔鬼的勾当。在第一种情况下，要是有两次大型的令卖弄风情的让人名誉扫地的招待会、两百万金钱、两个月无所事事和由于侮辱人而受到调解法官的询问就好了。第二种情况下，有三四个吃奶的孩子，充实的生活和智力的发展就可以了。**处方**：处于第一种情况时：块菌状巧克力糖、香槟酒、花边裙子，一天换三套新的。处于第二种情况时：菜汤、粥、每逢周日吃甜的卷边烤饼以及一辈子都穿同一种颜色和款式的裙子。

No.7［谢廖沙哥哥］病人患有被称为"夸夸其谈大学自由的躁狂症"，属于非完全温和派。**一般症状**：希望获知其他人知道和他自己不需要知道的东西，不愿意了解他该知道的。**个别症状**：傲慢、自负、容易激动。病情还未完全弄清，除此之外，还容易受重度布洛欣公爵躁狂症的影响。**治疗方法**：强迫性工作，最主要的是上班，或爱，或其他。**处方**：别太相信书本，多研究后天获得的知识。

No.8［伊利亚］严重的普罗霍罗夫卡利己主义患者。病人属于高危人群。**精神病患者思想的根结**：整个世界的焦点都在他身上，他所从事的工作越低等、没有意义，整个世界就越关心这些工作。**一般症状**：如果令人惊奇的普罗霍尔不在，病人就什么也做不了。但是令人惊奇的是普罗霍尔工作越少，工作的等级就越高，那么病人就常常被降至工作的初级阶段。**个别症状**：任何赞许都可以使病人兴奋到自我解脱，没有称赞就会情绪低落。病人严重地感染了布洛欣流行病，病情危险。**有两种治疗方法**：第一种——病人学会服从下级法官——普罗霍尔，病情常常随着他们轻松的赞许而减弱。第二种——让他尝试着自己在心满意足的工作中和不依赖于普罗霍尔中寻找兴趣，这可能会使病人感到厌恶。无法治疗。**处方**：避免与教育程度较低的社会人群接触。

No.9 [列·德·乌鲁索夫公爵] 病人患有复杂的疾病，称为玄学躁狂症，由于上流社会交际的过度虚荣心而更加复杂。病人常常因为自己的习惯与世界法规不适应而痛苦。**一般症状**：灰心丧气，但希望显得快乐和精力充沛，喜欢独处。**个别症状**：汇集了陈旧的习惯，对自己不满。在传播自己思想的时候过度兴奋和激动。毫无疑问，有效的治疗方法只有一个就是：放弃职务，融于家庭。

No.10 [塔尼娅姐姐] 病人患有单一的卡普尼斯特—梅谢里安躁狂症，该病表现在完全停止各种脑力和精神活动，强烈期待门铃声，或是受制于利用虚荣心来唤起生活。**一般症状**：嗜睡、不关注周围的事，或是奇妙的兴奋。自己的意志服从于由于年龄和发展还不如自己的人的意志。**个别症状**：一听到音乐声腿就急剧猛然抽动，而且肩膀和身体极度扭摆。病人严重感染了布洛欣公爵流行病。**治疗方法**：早起，每天从事体力劳动到大汗淋漓；合理分配一天当中脑力、艺术和体力劳动的时间，自己要服从领导。**处方**：抛弃长衫、镜子和酒宴。按这一作息制度执行，疾病的治疗方法会很有效。

No.11 [玛莎·库兹明斯卡娅] 病人前不久才来到雅斯纳亚·波良纳，因此病情还未研究清楚，目前诊断如下：患有卡普尼斯特—梅谢里安躁狂症，这个彼得堡女人过度谦虚。**一般症状**：目光呆滞、无精打采，幻想成为勋章获得者；一听到音乐，哪怕身体不会扭摆，但腿会猛然抽动。病人患有严重的单一布洛欣躁狂症。能够根治。吃点苦头，热爱善良的人。

No.12 [廖瓦弟弟] 病人正处于检测阶段。到目前为止，在病患身上非常清楚地表现出了俄罗斯心理学家所谓的"强烈躁狂症"。**他的精神病根结**：需要的不是真正的事业、感情和知识，而是那些与事业、感情和知识相像的东西。**个别症状**：希望看上去显得无所不知并被大家注意。病情并不是很危险。**已经开始的治疗方案是**：受委屈。

No.13［薇拉·希德洛夫斯卡娅］病人处于检测阶段，属于完全温和型。迫使病人住院的症状如下：迷恋圣像前的油灯、紧袜子、丝带和撑腰垫等。患有布洛欣公爵流行病。无须治疗，只需注意饮食。远离精神失常人群，病人就可以完全出院了。

No.14［薇拉·库兹明斯卡娅］病情危险，病人患有葡萄牙精神病学家称之为"狂热肆无忌惮的粗鲁行为躁狂症"。**精神病患者思想的根结**：外在表现和所有研究这表现的想法。**症状**：胆怯、安静和突发狂躁。患布洛欣公爵流行病很严重。**治疗方法**：温柔和爱，对其充满赞许的预言。

No.15［玛莎妹妹］病人患的是英国心理学家所谓的英国躁狂症。**精神病患者思想的根结**：不做自己想做的事，而是做别人想做的事。患布洛欣公爵流行病不太严重。**治疗方法**：相信内心深处的良心所认为的好的东西，不相信被她看做是不好的东西。

No.16［米沙·库兹明斯基］病人的病情处于检测阶段。**精神病患者思想的根结**：卢布和列利亚舅舅，属于完全安全等级，只是局部感染了布洛欣病，有治好的可能。

No.17［小孩子］病情处于检测阶段。**精神病患者思想的根结**：扣紧纽扣。感染了布洛欣病。

No.18、No.19、No.20［小孩子］病情处于检测阶段，只轻微地感染了布洛欣病。

No.21［吃奶的妹妹萨莎］病人现在在奶妈那儿，完全是健康的，或许能安全出院。如果在雅斯纳亚·波良纳逗留无疑被传染，因为很快就知道，她喝的奶是在她奶娘生的小孩那儿买的。

No.22［疯子布洛欣］布洛欣公爵是军人，任职过所有的军衔，布洛欣勋章获得者。精神病患者思想的根结就一个：其他人都应该为他工作，而他只管收取金钱，开放的银行，轻便马车，房屋，服装和所有甜美的生活，活着只是为了打发时间。该病人无危险，可能和21号病人一起出院。布洛欣公爵的生活是为了"游戏时间"，而别人的生活都是劳动，布洛欣公爵总是不断地解释，他任职过所有的军衔，别人的无聊生活用什么都无法解释。

No.23［谢尔盖·尼古拉耶维奇伯父］病人之前已经做了检查，不久前又住进雅斯纳亚·波良纳医院，病人不是没有危险，他患上了西班牙心理医生所谓的古罗斯贵族门第卡特科夫斯基躁狂症和顽固的贝多芬恐惧症。**一般症状**：病人饭后总是有难以克制地想听《莫斯科公报》的愿望，他要求读《莫斯科公报》时采用的强硬手段是危险的，晚饭后听俄罗斯歌曲《纺线女工》时也是危险的。他跺着脚，挥着手，发出野蛮的声音。**个别症状**：不能一起拿牌，而是要一张一张分着拿。每月都莫名其妙地去被称作"克拉皮温"的地方（谢尔盖·尼古拉耶维奇是县首席贵族）。在那里，他在不合乎本性的奇怪的事情上打发时光，受女性美的牵制。**治疗方法**：和农民交朋友，和虚无主义者交往。**处方**：不吸烟，不喝酒，不去看马戏。

——列夫·托尔斯泰

父亲给姐姐塔尼娅的诗作

清晨还像一个正常的女人，
傍午却变成了螃蟹的颜色。
为什么是《变形记》？
从正常女人变成了玫瑰。
事情好像不是那么简单：
是因为有卡普尼斯特参加
（塔尼娅经常拜访卡普尼斯特家，这时候出去了。）
弗·弗·特列斯金的诗作
我开始敢于往信箱写评论。

很少有赞扬，多数是责骂。
我经常把笔尖蘸上毒，不顾惜任何人，
但是为什么无名的胆怯淹没了我？
腋下是令人可怕的厌倦，膝盖不让我喘气。
众神，请指明我困顿忧郁的原因！
众神给予了回应，雷神宙斯对我说：
"你是卑微的评论者！或许你不知道，
如今斯特拉霍夫住在雅斯纳亚，
尼古拉·尼古拉耶维奇这位评论家说：
他正快速地追逐你，要瞬间将你消灭，
在你的墓前写上卑劣的墓志铭，
或许你不幸的示例会用于科学……"
宙斯早已沉默。夜的影子披上了自然之衣，
我一直坐着，全身颤抖。最终平静下来，
决定用蹩脚的诗文讲述给你们和我有关的一切。

15 谢尔盖·尼古拉耶维奇·托尔斯泰

我从小就记得伯父谢廖沙。

他住在皮罗戈沃,经常来我们这儿。

他的脸型像我父亲,但他要更清秀一些,更有贵族气质一些。那椭圆形的脸,那鼻子,那双会说话的眼睛和那浓密的下垂的眉毛。但他的脸与我父亲的脸只有一点差别,就是很久以前,在父亲还注重自己外表的时候,他总是苦恼于自己面容的丑陋,而谢廖沙伯父却认为自己是一个不折不扣的美男子。

以下是父亲讲的关于谢廖沙伯父的断断续续的回忆。

我尊重尼科连卡,和米坚卡也志同道合,但是谢廖沙,我赞赏并效仿他,喜欢他,想成为他那样的人。我惊叹于他漂亮的外表,他的歌声,他总是在唱歌,惊叹于他的绘画和他的快乐,说来奇怪,我还特别惊叹于他的直爽、他的自私。

我总是神志清醒,认知自我,总是明白错还是没错,而别人也考虑着我,感受着我,这样就破坏了我生活的乐趣。因此,可能,我特别喜欢站在别人的对立面——直爽和自私,也因此我特别喜欢谢廖沙,"喜欢"这个词不准确。

我喜欢尼科连卡,但对谢廖沙我却是钦佩,钦佩于他身上对我来说完全是陌生而费解的那些地方。这就是人的生活,非常美,但对我来说是完全不能理解的、神秘的,因此也特别令人向往。

前几天他去世了,在临死前重病的一些日子里,他对我来说是那样的莫名其妙,可也是那么的弥足珍贵,就像我们俩童年时一样。

在老年时,生命的最后时间里,他更加喜欢我,重视我的依恋,以我为骄傲,想同意我的观点,但又做不到。他还是保持着原来的自我,独特,保持本色,漂亮,具有贵族气质,高傲。最主要的是,某种程度上来说,他是我从未遇见过的真诚坦率的人。他还是他原来的样子,毫无掩饰,什么念头也没有。我想和尼科连卡在一起,一起说话,一起思考,对谢廖沙,我只想模仿他,这种模仿从童年就开始了……

我们非常喜欢把三套马车赶到房前,神奇的三匹马,带有铃铛的金属马具,套在四轮马车上。谢廖沙伯父跳下马车,他戴着黑色宽檐细呢毡帽,穿着黑色大衣,贵族老爷式的,很漂亮。

爸爸从自己的书房出来走到他跟前,和他握手打招呼。妈妈也很高兴,跑到前厅,向他询问玛丽娅·米哈伊洛夫娜和孩子们的健康情况,跑到厨房跟厨师说多做一份"客人"的饭菜。

谢廖沙伯父对小孩从来都不温柔,显然,更准确地说,他只是忍耐我们,而不是喜欢。但我们对他总是特别低三下四,我现在才明白,部分原因是由于他贵族气质的外表,而主要的是,由于他称爸爸列沃奇卡,对爸爸的态度就像爸爸对待我们的态度一样。

他不但一点儿也不怕他,而且总是戏弄他,和他吵嘴,就像哥哥和弟弟那样。我们都感受到了这一点。

众所周知,世界上再也没有一条像黑花狗米尔卡和它的女儿克雷拉特卡那样善跑的狗了,没有一只兔子看到它们不跑的。

而谢廖沙伯父却说,我们这儿的野兔很笨,可草原兔却是另一回事,无论是米尔卡,还是克雷拉特卡,都不能捉到它们。

我们听了,不知道该相信谁,是相信谢廖沙伯父还是爸爸。

有一次,谢廖沙伯父和我们去打猎。我们猎获了几只野兔,一只都没有跑掉,谢廖沙伯父一点儿也不为此感到惊讶,还一个劲地说,只是因为我们的兔子太笨。

我们也不知道,他对还是不对。

可能他是对的,因为他是个猎手,比爸爸出色得多,捕猎过好多只狼,而爸爸在我们面前一只都没捕到过。

现在爸爸养猎狗,是因为他有阿加菲娅·米哈伊洛夫娜,而谢廖沙伯父完全放弃了打猎,因为他不可以养狗。

"农奴解放后不可以打猎,没有人打猎了,庄稼汉拿着大棍子把打猎者从团团圆圆野树林里赶走了,难道现在还可以做些什么吗?在农村生活不下去了。"

有时候夏天我们全家人都去谢廖沙伯父家做客。

到皮罗戈沃要在田野中走三十五俄里。我们沿途经过亚先基和科尔普纳,据妈妈说,在那里的某个地方,爸爸在法庭上曾为一个士兵辩护过,那个士兵侮辱了军官。他被定罪后,就在这个田野上枪毙了,一想起这件事情就很可怕。可能,这是合法的,但是我们这些孩子不理解这个。

接下来要路过奥泽尔卡湖,一个神秘而无底的湖,一个塌陷的地方,然后穿过科罗维耶·赫沃斯特、索罗钦卡,最终,到了田野里孤零零的一座小礼堂旁,从大路往左转,就看见了远处乌帕河对岸有座漂亮的教堂和庄园。在庄园深处有一座很有意思的,有特殊建筑风格的两层的石头房子。

当你走到跟前的时候,就会感到严肃的贵族色彩,这对我们而言是十分特殊的、不常见的,不像雅斯纳亚的房子,而是具有某种皮罗戈沃特色的。当你坐车经过村子时,农民们卑躬屈膝地站在那里致敬,从用目光迎接我们的农妇和孩子们的眼神,从那个大老远就看到我们、然后飞快跑到屋子里报告"客人来了"的情景,从庄园里刚刚剪过的灌木丛的枝条和打扫得干干净净并刚刚铺上了沙子的门口,你就会感到这老爷派头了。

从前厅走进冬园,园内几个大木桶里长着柠檬树,大厅里摆放着一头大狼的标本,在沙发后面的地台上,睡着一个缩成一团的狐狸,完全像活的一样。

迎接我们的是亲爱的总是温柔的玛丽娅·米哈伊洛夫娜和她的女儿们:和塔尼娅同岁的薇拉,及两个小的——瓦利亚和玛莎。

听到声音，谢廖沙伯父就从自己的房间出来了。

他的房间很特别，靠近大厅。

他在那个房间里睡觉，整天坐在那算账，计算庄园的收入，只有他一个人能计算出复杂而难懂的账目。

走进这个房间要快，越快越好，迅速的把门随手"砰"一声关上，为了不让苍蝇伺机飞进来。由于怕这些苍蝇飞进房间，冬季窗扇从来不拆下来，除了谢廖沙伯父本人，谁也不收拾屋子。

主人们为客人的到来感到高兴，亲切地迎接我们，谢廖沙伯父差不多总是立刻就向列沃奇卡讲述自己经济管理不成功的事。

"你多好，像空中的小鸟，不用播种，不用收割，写小说就能在萨马拉买新的庄园。你要在这里当一阵主人试试，要知道我又赶走了管家，他把我偷了个精光。现在还是瓦西里掌管，我们没有马车夫了。"

爸爸笑着把谈话转到其他事情上，我们这些孩子感到，一切就应该是这样的，因为瓦西里在谢廖沙伯父家当了很多年的马车夫，很少专心赶马车，差不多总是顶替这个或那个偷东西的管家。

令人惊奇的是，谢廖沙伯父很多性格特征都像老保尔康斯基公爵。

无疑，这个典型不是以他为原型塑造的，要知道写《战争与和平》时，谢廖沙伯父还是个年轻人。

我不得不和他的大女儿薇拉·谢尔盖耶夫娜说说这件事，我们两个人都对我父亲的先见之明感到震惊，他极其详细地描写了公爵对待自己爱女玛丽娅公爵小姐的态度，即谢廖沙伯父对薇拉的态度。

那数学课，那藏在自私冷漠和残酷的外表下腼腆而温柔的爱，那对这种爱的深刻理解，那坚不可摧的贵族的傲慢，这种傲慢像难以攀登的墙把他自己和整个外部世界隔离起来。

我想象不出比这更鲜明的老保尔康斯基公爵的形象。

谢廖沙伯父特有的正直和真诚，他所隐藏的只有一点：腼腆的外表下是一颗富有同情的心，如果说有时候表露出来，那么只有在特殊的情况下，不管他的意愿如何。

在他身上鲜明地表现出的家庭特征,某种程度上说也是我父亲拥有的,这就是在表达内心温柔时坚决的自制。这份温柔常常隐藏于自私冷漠之下,有时甚至意想不到的尖刻。

但是从讽刺和机智意义上说,他是相当独特的。

有一段时间,他一连几个冬天都和家人住在莫斯科。

有一次,和女儿们听过安东·鲁宾斯坦的历史音乐会后,谢廖沙伯父来到哈莫夫尼基找我们喝茶。

父亲问他,喜不喜欢音乐会。

"列沃奇卡,你记得吉姆布特中尉吗?他曾是雅斯纳亚附近的林务员。有一次我问他,什么时候是他生命中最幸福的时刻,你知道他是怎么回答我的吗?'当我还是军校学员的时候,有时他们把我放在长凳上,扒去裤子就开始鞭打,一直打,一直打。突然停下来的时候,这就是最幸福的时刻。'我感觉,鲁宾斯坦停止演奏、幕间休息的时候是最好的。"

他有时甚至不顾惜父亲的情面。

有时候带着猎狗去皮罗戈沃附近打猎,我就去谢廖沙伯父家过夜。喝茶的时候我们会谈及父亲。

不记得出于什么原因,谢廖沙伯父开始说,列沃奇卡是个高傲的人。

"要知道他一直教人宽容谦虚和勿以暴力抗恶,而他自己却是个高傲的人。

"妹妹玛申卡曾经有个叫福玛的仆人。他喝多走楼梯的时候,脚绊住了,就仰面一躺。有人来到他跟前说:'福玛,伯爵夫人叫你。'

"他回答:'要有事,让她自己来。'

"列沃奇卡也这样。当多尔戈鲁基派自己的属下伊斯托明来找列沃奇卡,让列沃奇卡去他那儿讲讲信徒休塔耶夫的事时,你知道他是怎么回答伊斯托明的吗?'让他自己来。'难道这不是福玛吗?

"不,列沃奇卡非常高傲,他不会因为任何事情去的,就应该这样,这与宽容谦虚无关。"

在谢尔盖·尼古拉耶维奇生命最后的几年,父亲和他相处得特别和睦,喜欢和他交流自己的思想。

有一次，父亲给了他一篇自己的哲学方面的文章，让他读完，说出自己的想法。

谢廖沙伯父认真地读完了全书，还书的时候说："列沃奇卡，你还记得我们经常搭乘驿车吗？秋天，污泥冻得高低不平，你坐在拉货的四轮马车的硬木车梁上，晃得时而撞背，时而侧身相撞，车座都从你身下掉了下来，一点劲都没有了。突然你走上平坦的大道，呈现在你眼前的是套着四匹好马的、特漂亮的维也纳马车……就是这样，读你的作品，只有一个地方我感觉到是坐在舒适的四轮马车里。这个地方就是你引用的出自赫尔岑作品的那一小页，而其余，你写的，就是高低不平的冻泥路面和拉货的四轮马车。"

说这些事情的时候，谢廖沙伯父当然知道，父亲不会因此生气，而是和他一起由衷地哈哈大笑。

要知道的确很难做出一个更意想不到的结论，当然，除了谢廖沙伯父，或许谁也不敢跟父亲说类似这样的话。

谢廖沙伯父讲过，他在铁路的某个地方遇见了一位陌生太太，她是那种在车厢里纠缠不已的交谈者。

得知和她同行的是托尔斯泰伯爵，著名作家的哥哥，她就纠缠着提问题，问现在列夫·尼古拉耶维奇在写什么，谢尔盖·尼古拉耶维奇是否写一些东西。

"弟弟写什么我不知道，而我，太太，除了电报，什么都不写。"谢廖沙伯父简短地回答，是为了尽量摆脱纠缠。

"哎，多可惜呀！是的，生活总是这样，给予了一个兄弟一切，而另一个却什么都没有。"她同情地说道，就沉默了。

车厢里那位女士给谢尔盖·尼古拉耶维奇提的问题，只有很了解这个非常聪明且独特的人，才能无意间提出来。

确实是，如果他要是写作的话，他能写出很多。

他也有可写的东西。

他常年坐在自己房间里，一直在思考，过着自我封闭的生活。

他经常会突然毫无缘由的大声叹气，喊："哎，哎，哎，哎，哎……"

隔着好几个房间，家人能听到这叹气声，知道这"没什么"，就是他在思考着什么。

只有极少极少的时候，在他好友来了的情况下，他才很愿意用生动明朗的话语说出自己新奇、细微又深思熟虑的想法和观察。

谢廖沙伯父思考的只是他自己，是一个"直率的利己主义者"（在上面援引的我父亲回忆录片断中，就是这样描述他的），他不会感觉到有必要和他人分享自己的感受。

在这点上他是不幸的。

他不具有作家把丰富的情感流露于纸上所体会到的满足感，没有这种保护阀门就使他自己负荷过重，成为一个高深的苦行者。

阿法纳西·阿法纳西耶维奇·费特在自己的回忆录中特别精准地描述了托尔斯泰家三兄弟的特征：

> 我深信，托尔斯泰家三兄弟的基本特征是相同的，就像槭树叶的特征是相同的一样，尽管他们的轮廓各不相同。如果让我详细阐述这种想法，那么我就会指出，某种程度上，三兄弟本质上都有一股疯狂的热情，没有这个，他们三兄弟中就不会产生一位诗人列夫·托尔斯泰。他们对待生活的差别在于，他们每个人排解未实现理想时的态度不同，尼古拉用充满怀疑的讥笑平息自己的热情，列夫是带着无言的责备放弃了未实现的梦想，而谢尔盖是带着病态的愤世嫉俗放弃它的。
>
> 初恋表现的相似特征越多，就越强烈，尽管是暂时的，与雅典的狄蒙很像。

1901—1902 年冬天，我父亲去了克里米亚。他生病了，在那待了很长时间，在生与死之间挣扎。

谢廖沙伯父感觉到自己身体虚弱，不打算离开皮罗戈沃，他担忧地坐在家里，通过我们家里人一些给他写的信和报纸消息关注着父亲病情的发展。

当父亲开始恢复，我便回了家，在从克里米亚回去的路上顺路去了皮罗戈沃，想亲自给谢廖沙伯父讲讲父亲的病情和他当下的状况。

我记得他是何等高兴并充满谢意地接待了我。

"啊，太好了，你顺路过来了，快给我讲一讲，讲一讲。现在谁照顾他？所有人都在吗？谁常去探望他？你们轮流值班吗？夜里也一样？他不能坐起来？是啊，是啊，这比什么都糟糕。

"要知道，我也快不行了，早一年晚一年的事，这不重要，可软弱无力地躺着，成为大家的累赘，所有人都照顾你一个，把你抬起又放下，这多可怕。

"那他怎么能忍受这些？你说他习惯吗？不，我不敢想象薇拉给我换内衣，给我擦身。她当然会说她没什么，可这对我来说太可怕了。

"什么，他惧怕死亡？他说他不怕？也许吧，毕竟他很坚强，他能够在心中战胜这恐惧，是啊，是啊……可能他不惧怕，可还是……

"你说他和这种感觉作斗争？……当然，不斗争又能如何！……

"我想去看他，可转念一想：把我安置在哪儿？还有，我自己的身体也不太好，我去了就从一个病人变成两个了。

"是的，你给我讲了很多，所有的琐事都很有趣。

"死亡并不可怕，可怕的是生病，是无助，最主要的是担心成为别人的负担。

"这太可怕了，太可怕了。"

谢廖沙伯伯在 1904 年因面部患癌症去世了。

我姑母玛丽娅·尼古拉耶夫娜这样给我讲了他的死讯。

差不多直到最后一天他还是好好的，不允许任何人照顾他：他神志完全清醒，有意识地为死亡做着准备。

除了家里人，老太太玛丽娅·米哈伊洛夫娜和女儿们，在他身边的还有他的妹妹玛丽娅·尼古拉耶夫娜修女，他们随时等待着我父亲的到来，当时已经打发信使去雅斯纳亚叫我父亲了。

在所有人面前摆着一个沉重的问题，这个濒死的人想不想在死前接受圣餐。

因为知道谢尔盖·尼古拉耶维奇不信上帝，没有人敢跟他说这个事，苦命的玛丽娅·米哈伊洛夫娜在他的房间外面徘徊，忐忑地祈祷着。

大家焦急地等待着我父亲，但又暗自害怕他会影响谢尔盖·尼古拉耶维奇的决定，因此大家都希望谢尔盖·尼古拉耶维奇能在父亲来之前请来神父。

玛丽娅·尼古拉耶夫娜给我讲："当列沃奇卡从哥哥房间里出来的时候，告诉玛丽娅·米哈伊洛夫娜，说谢廖沙让去请神父，我们是那么惊讶和兴奋。"

我不知道他们在这之前说了什么，但当谢廖沙说他想要受圣礼，列沃奇卡回答他，这太好了，并马上来找我们转达了他的请求。我不认为谢尔盖·尼古拉耶维奇在死之前改变了对宗教仪式圣餐的态度，我觉得无论是从他一方面还是从劝说他的父亲一方面来说，这都是为了安慰把宗教仪式看得极其重要的那些人所做的让步。

父亲在皮罗戈沃待了近一周，在伯父离世的前两天离开了。

当收到谢尔盖·尼古拉耶维奇情况变坏的电报时，他又一次去看望他，但伯父已经死了。

他亲手把伯父的尸体从家里抬出去，并亲自送到了教堂。

回到雅斯纳亚后，他用带着感人的温柔讲述，他与这位无法了解但对他来说至关重要的、完全合不来同时又无尽亲近的、血浓于水的哥哥的离别。

16

费特　斯特拉霍夫　盖

"这是什么短刀啊？"19世纪50年代中叶彼得堡一位年轻的近卫军中尉阿法纳西·阿法纳西耶维奇·费特走进伊万·谢尔盖耶维奇·屠格涅夫家的前厅时，问仆人。

"这是托尔斯泰伯爵的短刀，他们要在我们家客厅过的夜，而伊万·谢尔盖耶维奇却在书房喝茶。"扎哈尔回答道。

费特在他的回忆录中写道：

我在屠格涅夫那度过的一个小时里，我们怕惊醒门后睡觉的伯爵低声说话。

"总是这样，"屠格涅夫冷笑着说，"他从塞瓦斯托波尔炮兵连回来待在我那儿，开始放荡，彻夜狂饮作乐、赌博，跟茨冈人混在一起，然后像死人一样睡到下午两点，我曾努力劝止过他，但现在已经不再关心了……"

在这次来访中我们结识了托尔斯泰，但这一相识完全是形式上的，因为我那时连他作品的一行字都没有读过，也没有像听说文学大家那样听说过他的名字，尽管屠格涅夫从《童年》一问世就开始提及他。

这之后不久，父亲便与费特结交亲近起来，他们之间维系着牢不可破、地久天长的友谊和通信，他们之间的通信差不多一直持续到阿法纳西·阿法纳西耶维奇·费特去世。

只是在费特生命的最后几年，当父亲迷上了与阿法纳西·阿法纳西耶维奇的全部世界观完全相异的新思想时，他们彼此才冷漠起来，也不那么频繁地见面了。

他们二人走的路从他们认识开始就是平行的。

他们是作为年轻军官与文学新手相识的。

之后两人都结婚了（费特比父亲早得多），并且两人都住在乡村。

费特住在自己姆岑斯克县的斯捷潘诺夫卡村，距屠格涅夫庄园斯帕斯科耶-卢托维诺沃不远，有一段时间父亲带着哥哥尼古拉同伊万·谢尔盖耶维奇去他那儿做客。

他们在那打黑鸡，还经常从那转移到斯帕斯科耶，再从斯帕斯科耶转到尼科利斯科耶—维亚泽姆斯科耶我伯父尼古拉·尼古拉耶维奇家。

在斯捷潘诺夫卡的费特家，父亲与屠格涅夫发生了争执。

修建铁路之前大家都骑马，费特在去莫斯科时总是顺路来父亲的雅斯纳亚·波良纳，这种顺便的到访已经成为一种传统。

即使在铁路建成，父亲已经结婚后，阿法纳西·阿法纳西耶维奇也从不曾绕过我们的庄园。如果他绕开了，父亲就给他写了辛辣的批评信，他也像犯了错一样地认错。

在我所讲的那遥远的年代，把父亲与费特联系起来的是文学爱好与家业管理的兴趣。

父亲在60年代的几封信很有趣。

比如，在1860年他就屠格涅夫刚出版的小说《前夜》写了一篇完整的评述，他在附言的结尾写道："庸医最好的工具值多少钱？一对人用的手术刀和小拔血罐值多少钱？"

在另一封信中父亲写道："我从这个邮局写信到尼科利斯科耶，让他去买骡马……回信的时候把价格写上。"同时，"你那么温柔……一切都那么动人。这是你最好的一首诗，一切都那么动人"。（费特的诗《最后一簇落后的云在我们

头顶飘过》）

但不仅仅是共同的兴趣让父亲与阿法纳西·阿法纳西耶维奇走得很近。

他们亲近的原因在于父亲所描述是"同样都用心灵的智慧思考"。

在1876年父亲写给费特的信中说道:"但我突然从各种不易察觉的信息中开始清晰地了解了你我感到极为相近的本性——心灵。"在同年秋天他又重复道:"真惊人,我们在智慧与心灵上竟如此地亲近。"

父亲谈到过费特,说他主要功绩是他独立思考的东西,他以自己的想法和方式思考,而并不是照抄照搬别人的,父亲把他归入与丘特切夫一样的我国优秀诗人之列。在费特去世后,经常有这样的时候,他想起费特的一些诗,并不知何故地找我,对我说:"伊留沙,给我读这首诗:'我思考过,但不记得思考什么'或'人们睡了……'。你可能知道这首诗。"然后他就满心欢喜地倾听,指出极为精彩的地方,而他经常热泪盈眶。

* * * * * *

我从童年一开始就记得费特的拜访。

他几乎总是与妻子玛丽娅·彼得罗夫娜一起来,常在我们家小住几天。

他有灰黑的长须,表情鲜明的犹太人的脸型,像女人般的小手,手指异常细长,指甲也精心保养过。

他用低沉的男低音说话,咳嗽起来声音很响且很频繁,像霰弹一样,咳过之后他就低下头休息,把"咳咳"声拖得很长,用手抚着胡须继续说话。

有时他异常地妙语连珠,那些俏皮话让整个屋子都充满欢乐。

他笑话的好笑之处就在于他完全是在甚至对他自己来说也都是出其不意的情况下说出来的。

姐姐塔尼娅会惟妙惟肖地模仿费特吟诵自己的诗:"这就是那画像,画得又像……又不像……咳……咳……相似之处在哪……相异之处又去哪找……咳……咳……咳……咳咳。"

小时候很少有人喜欢诗歌。作出诗来就是让我们这些小孩子背熟。

学普希金的诗《孩子们跑进木屋》、莱蒙托夫的《天使》时,我简直厌烦到了极点,以至于后来很长时间我都不读诗,像讨厌惩罚一样讨厌一切诗歌。

所以,难怪我小时候不喜欢费特,而且觉得他之所以同父亲关系好,是因为他很"可笑"。

只是在很久以后,我才把他作为一个诗人那样了解他,并以他应受的礼遇爱戴他。

我还记得尼古拉·尼古拉耶维奇·斯特拉霍夫的到访。他是个特别安静、谦逊的人。

他是70年代初开始拜访雅斯纳亚·波良纳的,从那以后,他几乎每年夏天都来我们家做客,直到他去世。

他有一双大大的、特别真诚的灰色眼睛,斑白的长胡须,说话的时候总是在一句话的末尾羞怯地笑起来:"哈哈哈……"

他来拜访父亲的时候,不像所有人一样叫他列夫·尼古拉耶维奇,而是"廖夫·尼古拉耶维奇",把"廖"字发得很温柔。

他总是住在楼下父亲的书房里,整天叼着自制的粗烟卷,阅读或写作。

午饭前的一个小时,当台阶前停好了套着两匹马的马车,我们这一伙人准备好去浴场时,尼古拉·尼古拉耶维奇戴着灰色的柔软的帽子从自己的房间出来,手里拿着毛巾和手杖,和我们一起去。

无论大人还是小孩都无一例外地喜欢他,而且我也不能想象出他令谁讨厌的情景。

他会动情地朗诵科济马·普鲁特科夫的一首诙谐的诗《叶子在枯萎》,我们这些小孩总是恳求他到他哈哈大笑并从头到尾给我们朗诵一遍才会罢休。

"施密特地主,说真的,夏天回来了。"他会以重音结尾,并一定会在说出最后一个词时大笑着说:"哈哈哈……"

斯特拉霍夫写出了最初的也是最好的关于《战争与和平》和《安娜·卡列尼娜》的一些评论性作品。

斯特拉霍夫帮助父亲出版了《识字课本》和《阅读读本》。

由于这个原因,他与父亲之间开始了书信往来,一开始是与事务有关的,后来就变成了有关哲学和友情的通信。

父亲写作《安娜·卡列尼娜》时非常看重他的意见，并对他的批评辨别力有很高的评价。

父亲在1872年给他的一封信（关于《高加索俘虏》）中写道：

> 我的观点跟您的想法如出一辙。

1876年，关于《安娜·卡列尼娜》，父亲写道：

> 您写一写：您是否那样理解我的小说，对您观点我想到了什么。理所当然，是这样的，自然，对于您的理解，我是非常高兴的，但并不是所有人都必须像您那样理解。

但并不只是评论把斯特拉霍夫与父亲的关系拉近了。

爸爸根本不喜欢评论家，认为只有那些自己什么也创作不出来的人才做这一行当。

爸爸说职业评论家是"傻子评论智者"。

父亲像对待思想深刻的思想家那样更尊重斯特拉霍夫。

在他们的谈话中，常有父亲向他提问一个什么科学问题的时候（斯特拉霍夫有自然科学家的教育背景），我记得，他是如何异常准确、明晰地作答的。

就像一位优秀老师讲的课。

父亲在给他的一封信中写道：

> 您知道，您的哪一点最令我惊讶吗？是一次您不知我在书房，从花园走进阳台门时您的表情，那是一种陌生、专注、严谨的表情，我解读了您（当然，还借助您所写的和所说的）。
>
> 我确信，您生来注定从事单纯的哲学活动……您有一种我在其他任何俄罗斯人身上都没发现过的品质，那就是在简单、明了讲述的时候，您

> 有一种有力的温和：您不是用牙齿啃食，而是用轻柔有力的爪子撕扯。

斯特拉霍夫是父亲"真正的朋友"（父亲自己这样叫他），我对他的回忆也是带着深深的尊敬和爱意的。

最后，我来回忆精神上与父亲最密切的人——尼古拉·尼古拉耶维奇·盖。

我们叫他"盖爷爷"，他与父亲相识于1882年。

他住在切尔尼戈夫省的庄园里，一天偶然读了父亲的文章《关于人口调查》，在文章中找到了那段时间也折磨着他的问题的解决办法，然后略作思量，便整理行装立即来到莫斯科。

我对他的第一次来访还留有印象，他与父亲从第一句话开始便互相理解，用同一种语言滔滔不绝地谈起来。

盖在那段时间同我父亲一样经受着沉重的精神危机，他在探索中走的是与父亲几乎相同的道路，他决定研究并重新理解福音书。

我姐姐塔吉雅娜在题赠给他的文章《雅斯纳亚·波良纳的朋友与客人》中提到他："他对待耶稣个人的态度带着热烈与温柔的爱，就像对待用身心的全部力量去爱的亲近的熟人。"常常在激烈的争论中，尼古拉·尼古拉耶维奇从口袋里拿出他总是随身携带的福音书，读一段与谈话相符的内容。

"这本书中有人们需要的一切。"在这种情况下他说道。

读福音书时，他总是抬起眼看着聆听者说话，不看书。这时他的脸上流露出内心的喜悦，显而易见，他所读的文字对他的内心来说是何其珍贵与亲近。

他几乎一字不差地背下福音书，按他的话说，每次读它的时候，他又重新体验一次真正的精神享受。他说，他在福音书中不仅知晓了一切，而且读到它的时候，仿佛在解读自己的灵魂，感觉自己有能力再次靠近上帝，并与之融为一体。

尼古拉·尼古拉耶维奇来到哈莫夫尼基后，向父亲提议要为我姐姐塔尼娅画像。

"以此来回报您为我做的一切善举。"他说。

爸爸请求他最好画我母亲，第二天盖拿来了颜料、画布开始作画。

不记得他画了多久，结果，尽管他作品支持者的许多建议从四面八方传来，对于这些建议盖也认真听取并接受，但可能正是由于这些建议令肖像并不成功，尼古拉·尼古拉耶维奇亲手把它销毁了。

作为敏感的画家，他不能仅仅满足于表面的相像，画完"口袋里有四万卢布的穿天鹅绒连衣裙的贵族小姐"，他愤怒了，并决定一切都重新来。

只是在几年后，他近距离地了解了我的母亲并开始喜欢她，他才画了母亲手抱我两岁小妹妹萨莎的几乎全身像。

尼古拉·尼古拉耶维奇常来我们莫斯科和雅斯纳亚·波良纳的家里做客，从第一次相识开始在我们家就当他是自己人。

当他在莫斯科父亲书房里为父亲画像时，父亲已经习惯了他的存在，完全不注意他，父亲自顾自地写作，就像他不在房间里一样。尼古拉·尼古拉耶维奇晚上正是在这间书房里过夜。

他有一张特别招人喜欢的知识分子的脸庞。花白的长卷发从光秃秃的头顶垂下来，真诚的、智慧的眼睛赋予了他古圣经先知般的表情。

谈话当中，一听到有关福音书教义或艺术的问题，他就会兴奋，他一兴奋就用热切的眼神和刚健的大幅度手势让大家想到传教士。奇怪的是，当时我十六七岁的时候，对信仰的问题完全不感兴趣，但我就喜欢听"这位爷爷"的布道，不认为这是负担。

大概，因为在其中能感受到巨大的真诚与爱。

在父亲的影响下，尼古拉·尼古拉耶维奇重新开始了他之前一度完全放弃的艺术创作。他最后的作品《何谓真理》《耶稣受难》等，是他对福音书情节新的理解与解释的成果，在某种程度上也受了我父亲的影响。

在开始作画前，他要在心里思量很久，总是口头或书面地与极力支持他并为他敏锐的理解与高超技艺赞叹不已的父亲交流自己的构思。

父亲很珍惜与尼古拉·尼古拉耶维奇的友情。

这是完全赞同他信仰并在那时真诚爱戴他的第一人。

踏上探寻真理之路，力所能及地为真理服务时，他们在彼此身上找到了支持并分享着相似的感受。

正如父亲关注着盖的艺术作品，盖也从未错过父亲写的任何一句话，他亲自抄写父亲的手稿并恳求所有人寄给他新出版的一切。

他们两人同时戒烟并成为素食主义者。

他们甚至在喜好和推崇体力劳动的必要性上也是一致的。

实际上，盖会很好地砌炉子，在自己的农庄里都是他为家人和农民砌炉子。

父亲知道了这些，请他为亚先基的一位寡妇砌炉子，父亲已经为这位寡妇建了一个黏土的农舍了。

盖爷爷围上围裙就去工作了。

他代替了工匠，父亲给他打下手。尼古拉·尼古拉耶维奇卒于1894年。

当关于他死讯的电报寄到雅斯纳亚·波良纳时，我的姐姐塔吉雅娜和妹妹玛莎都那么地震惊，以至于不敢把这消息告诉父亲。

给他看电报这个艰巨的任务只能由妈妈承担。

屠格涅夫

我不想谈论父亲和屠格涅夫之间的误解,这些误解已于1861年以他们的彻底决裂而画上了句号。

大家都知道这段历史的真实一面,再复述一遍也没有任何意义。

一般认为,那个时代两位最好的作家发生争执,根源就在于他们之间的文学竞争。

我应该对这种广为接受的观点进行反驳,而且,在讲述屠格涅夫如何来到雅斯纳亚·波良纳之前,我想尽可能地解释一下,为什么两个要好的、真心爱护的朋友,会常常发生小争执,最后演变为争吵甚至到互相挑衅。

据我所知,在我父亲的整个一生中,除了屠格涅夫之外,没有和谁发生过大的冲突。屠格涅夫在1856年写给我父亲的信中写道:"……您是唯一一个与我发生过争执的人。"

当父亲谈及自己与伊万·谢尔盖耶维奇之间的争执时,他只将过错归咎于自己。屠格涅夫在争执之后也会马上写信向我父亲承认错误,从不为自己辩解。

正如屠格涅夫自己说,为什么他的"精英们"和我父亲,在公众面前表现得完全对立?

关于这一点,我的姐姐塔吉雅娜在自己的书中这样写道:

关于文学竞争,我认为,甚至无从谈起。屠格涅夫从我父亲刚刚步入文坛，就认可父亲的巨大才华，从来就没想过要和他一较高低。

正如他于1854年给科尔巴辛的信中写道："愿上帝保佑，托尔斯泰平平安安，我坚信，他会让我们所有人为之震惊。"从那时起，他就一直在关注我父亲的文学创作，并总是满怀钦佩地给予评价。

他在1856年给德鲁日宁的信中写道："当托尔斯泰这瓶新葡萄酒酿成的时候，只有上帝才配品尝这样的佳酿。"

1857年他在给波隆斯基的信中写道："这个人终将越走越远，身后将会留下深深的印迹。"

然而父亲和屠格涅夫两人实际上从来都没有和睦相处过……

在阅读屠格涅夫写给父亲的信时，你会发现，从他们相识的一开始，他们就产生了误会，他们也在努力去避免并淡忘这些，但是过一段时间后，这些误会又会以另一种形式出现，然后又不得不开始解释，然后又恢复平静。

1856年，屠格涅夫在给父亲的信中写道：

"亲爱的列夫·尼古拉耶维奇，我很晚才收到您的信……首先，我非常感谢您写这封信，同样也感谢您将这封信寄给我，我一直都很爱戴您，珍惜您对我的友谊，虽然，或许是由于我的过错，我们两个人在对方在场的情况下都会长久地感到小小的不自在……为什么会有我现在提到的这种不自在，我想，您自己也能明白。您是唯一一个与我有过争执的人，发生这一切，正是由于我不满足于仅仅与您保持一种简单的友好往来，我想更深入更长远地与您交往，但我做这件事时很不小心，冒犯了您，困扰了您，但我发现了自己的错误，做出了让步，也许有些太匆忙，这就是为什么我们之间会形成'沟壑'。

"但这种不自在只是身体的感觉，没有其他更多的。可如果与您见面，我又会显得'令人讨厌'，说实话，这并不是因为我是一个坏人。您得相信，想不出别的什么原因，也许还有，就是我比您大得多，走的是另一条路……实际上，除了那些所谓的文学兴趣，我确信，我们之间共同点太少，您的全部生活都奔向未来，而我所有的生活建立于过去的基础上……让我追随您是不可能的，让您追随我同样也是不现实的。您和我之间太遥远，是啊，除此之外，要想成为某个人的追随者，您的脚步又过于坚实。我会让您相信，我从来不认为您是坏人，也从未怀疑过您令人羡慕的文学才华。我对您（请原谅我的表达）做了这么多毫无条理的推测，但这从来都不是出于恶意的。您本身也极具洞察力，不可能不知道，如果我们两个人非得有一个羡慕另外一个，这样的话，想必，被羡慕的人肯定不是我。"

第二年，他给父亲写信，我认为，这封信是弄明白屠格涅夫和我父亲之间关系的关键所在：

"您写道，对于没有听从我的建议这件事，您感到很满意，您不想仅仅成为文学家。我不和您争辩，或许您是正确的。只是我，一个有过错的人，冥思苦想也弄不明白像您这样的人，如果不成为文学家，还会成为什么呢：军官？地主？哲学家？新宗教教义的创始人？官员？商人？请您帮我摆脱困境，告诉我：这些假设中哪一个是对的呢？我开个玩笑，然而我确实衷心地希望您能一帆风顺，大展宏图。"

我认为，屠格涅夫作为一个艺术家，看到的仅是我父亲巨大的文学才华，并不想承认父亲有什么资格可以被看做除文学艺术家之外的其他什么人。父亲的任何一种其他活动都使得屠格涅夫感到不满，他因为父亲没有听从自己的意见，没有只致力于文学活动而感到生气。他比父亲年长很多，并不担心认为自己的才华逊于父亲，只是要求父亲一件事：希望父亲能全身心地投入到文艺创作中，然而父亲不想理会他的宽宏大量和谦逊，没有听从他的建议，沿着自己的内心需求指给他的路走下去。屠格涅夫的兴趣和性格与父亲的截然相反。一般说来，两个人之间的斗争鼓舞了父亲并给父亲以力量，而这斗争也与屠格涅夫本性相悖。

我完全同意我姐姐的看法，我引用去世了的尼古拉·尼古拉耶维奇·托尔斯泰的话补充姐姐的看法，他说："屠格涅夫永远不会与这一想法言和，即列沃奇卡正在成长并离开他的保护。"

事实上，当屠格涅夫已经成为一位著名作家的时候，还没有人知道托尔斯泰，按照费特的话说，人们仅仅是谈论他的《童年》里的故事。

我想象出，当时那位年轻的初学作家是怀着一种什么样的内心敬仰去面对屠格涅夫啊？

何况伊万·谢尔盖耶维奇是他敬爱的哥哥尼古拉的好朋友。

弗·彼·鲍特金在写给费特的信中的一段话证实了我的观点，他是我父亲和伊万·谢尔盖耶维奇的好朋友。弗·彼·鲍特金在屠格涅夫和我父亲争执后就直接写了这封信：

> 我想，事实上，托尔斯泰非常有爱心，他本想满腔热忱地爱戴屠格涅夫，但不幸的是，迎接他炽热感情的却是温和善意的冷漠，关于这一点他无论如何也不能容忍。

屠格涅夫本人也说过，在他与我父亲相识开始时，父亲就像一个"迷恋他的女人"一样追随着他的脚步，然而他害怕父亲反对派的情绪，于是就开始一度避开他。

我不敢证实，但是我认为，不仅屠格涅夫不想仅仅局限于"一种简单的友好的关系"，而且我父亲对待伊万·谢尔盖耶维奇也极度热情，正是因为这样，他们每次见面都会有争论和争执。

或许，从他们相识之初起，屠格涅夫那略带呵护的口吻就令我父亲不快，而父亲不买他那"专业文学"账的古怪做法也使他很恼火。

1860年，在争吵前，屠格涅夫给费特写信：

> ……列夫·托尔斯泰依旧行为古怪。看得出来，他天生就那样，当他最后一次栽跟头的时候，他最终还会站起来吗？

屠格涅夫也是同样对待我父亲《忏悔录》的，这本书他是在去世前不久读过的。屠格涅夫答应要读完这本书，"并努力去理解"，而且还要不"生气"，作为对《忏悔录》的回应他开始写了一封长长的信,但是没写完,是因为不想引起争议。

在写给德·瓦·格里戈罗维奇的信中,他称这篇东西是用不正确的前提写出来的,是一种对任何"鲜活的人类生活的否定"和"具有特色的虚无主义"。

很显然,屠格涅夫那时候并不明白,他那新的世界观对父亲的吸引力多么大,而他也是有准备的,并把这种激情归结于父亲一贯的古怪行为和遭受挫折,他那时把父亲从事的教育、经营管理、出版杂志等都归结于此。

在我的记忆中,伊万·谢尔盖耶维奇曾三次来到雅斯纳亚·波良纳。

1878年的8月和9月他各来了一次,第三次也就是最后一次,是在1880年5月初来的。

我记得他所有的来访,尽管其中一些细节我或许弄混了。

我记得,我们在等待屠格涅夫的到来,这可是一件大事情,妈妈比任何人都激动。我们从妈妈那里得知,爸爸和屠格涅夫曾有过争执,甚至某个时候要与他决斗,现在他应爸爸写信的邀请来这里就是为了和解。

屠格涅夫一直跟父亲坐在一起,父亲这几天甚至什么事也没做。一天中午,那是一个非常难忘的时刻,妈妈把大家请到客厅,在那里,屠格涅夫读了自己的短篇小说《狗》。

我仍然记得他那高大健壮的身躯,灰白中略带浅黄色的柔顺的头发,些许散漫轻柔的步履和细细的声音,这样的声音跟他伟岸的外表很不相符。

他忽高忽低地笑着,笑声清晰得像孩子一样,有时候他的嗓音会变得更加的细。

傍晚,饭后,大家都聚集到大厅里。

当时,在雅斯纳亚做客的还有我伯父谢廖沙(父亲的哥哥)、列奥尼德·德米特里耶维奇·乌鲁索夫公爵(图拉的副省长)、别尔斯家的萨沙舅舅及他的年轻貌美的格鲁吉亚妻子帕蒂,还有库兹明斯基全家人。

大家要求塔尼娅姨母唱歌。

我们静心地聆听并等待着,看看屠格涅夫这个著名的行家和爱好者对姨母的歌会做出怎样的评价。

当然，他好像是很真诚地赞扬了姨母的歌曲。

唱完歌，大家开始跳卡德里尔舞了。

在跳舞的时候，有人问屠格涅夫，法国人还跳不跳古老的卡德里尔舞呢？还是所有跳舞的都跳康康舞了呢？屠格涅夫说道："古老的康康舞并不是那种带有庸俗歌舞表演的在小餐馆里跳的不体面的舞蹈；它是一种非常体面优雅的舞蹈。"这时，伊万·谢尔盖耶维奇突然站起身，把手放在坎肩的开口，扶起一位女士的手，按照所有的艺术规范，跳起了古老的康康舞，一会儿弯着腰，一会儿伸着腿。

大家都哈哈大笑起来，笑得最欢的就是他自己。

茶余饭后，大人们开始聊天，然后在他们之间就开始了激烈的争论。乌鲁索夫公爵比任何人都情绪激昂，开始挤兑屠格涅夫。

那时父亲正在经历他的"精神形成期"（他自己是这么界定这段时期的），而乌鲁索夫公爵是我父亲最初真诚的志同道合者和好朋友。

我记不得乌鲁索夫公爵证实了什么，当时他坐在伊万·谢尔盖耶维奇对面，大甩着胳膊，突然发生了一件意想不到的事情：乌鲁索夫坐着的椅子突然倾斜，而他呢，一边坐着，一边向前伸着一只胳膊，翘着食指倒在地板上。

他一点都不难为情，坐在地板上，指手画脚地继续他的谈话。

屠格涅夫从上到下打量着他，忍不住哈哈大笑起来。

"他要摔死我，我还在，这个特鲁别茨科伊。"他尖叫着，呵呵笑着还把公爵的姓说错了。

乌鲁索夫一点都没感到委屈，但是后来，看到其他人都笑了，他就站起来，自己也笑了。

一天晚上，大家在小客厅里围着圆桌而坐。

那是多么美好的夏季天气啊！

有人建议（好像是妈妈），在场的每个人讲讲自己一生中认为最幸福的时刻。

"伊万·谢尔盖耶维奇，从您开始吧。"妈妈对着屠格涅夫说。

"我一生当中最幸福的时刻就是我从最爱的女人眼睛里第一次发现她也爱着我。"伊万·谢尔盖耶维奇说完，陷入了沉思。

"谢尔盖·尼古拉耶维奇,现在轮到你讲了。"塔尼娅姨母对着谢廖沙伯父说道。

"我只悄悄地告诉您。"谢廖沙叔叔回答道,脸上还露出一丝聪明的冷嘲热讽的笑。

"我生命中最幸福的时刻是……"剩下的话他贴近塔吉雅娜·安德烈耶夫娜的耳边小声说,他说了些什么,我不知道。

我只是看见,塔尼娅姨母急忙躲开他,笑了起来。

"哦,哦,哦,谢尔盖·尼古拉耶维奇,您总是这么说话!您真是令人难以忍受啊!"

"谢尔盖·尼古拉耶维奇说了些什么啊?"妈妈问道,对于开玩笑妈妈总是很迟钝。

"以后我再告诉你。"

这场娱乐到此就结束了。

我记得屠格涅夫第三次来正是山鹬求偶的时候。

那时是1880年5月2日或3日。

我们全家人,爸爸,妈妈,还有我们这群孩子们,去沃隆卡河。

爸爸给屠格涅夫安排了最好的位置,而自己却站在离他一百五十步远的空地的另一端。

妈妈站在屠格涅夫旁边,我们这群孩子们在离他们不远的地方点起了篝火。

爸爸开枪打了几次,打中了两只山鹬,然而伊万·谢尔盖耶维奇却并不走运,因此,他一个劲儿地羡慕父亲的运气。

夜幕悄悄降临,终于有一只山鹬向他飞来,枪响了。

"打死了吗?"父亲站在原地喊道。

"像石头一样'啪'一声掉下去了,您快让狗去捡。"屠格涅夫回答。

父亲让我们带了狗按着屠格涅夫指出的山鹬掉落的地方跑过去,无论我们和狗怎么寻找,结果还是一无所获。

最后屠格涅夫走过来,父亲也来了,仍然找不到山鹬。

"说不定只受了轻伤,逃跑了。"爸爸奇怪地说,"狗找不到是不可能的,狗一定能找到被打死的山鹬。"

"不对，列夫·尼古拉耶维奇，我看得清清楚楚，我告诉您，'啪'一声掉下去，不是受伤，是一下子就死了，这我还是能分清楚的。"

"但是为什么狗找不到它呢？不可能的。"

"我不知道，我只跟您说，我没有撒谎，它'啪'的一声掉下去了。"屠格涅夫坚持着说。

但是山鹬始终没找到，这给两人留下了不快，仿佛他们之中有一个没说真话，或者是屠格涅夫，他认为他一枪打中了山鹬，或者父亲，他确信狗是不可能找不到被打中的山鹬的。

这件事正好发生在两人极力想避开任何误解的时候，为此他们甚至都避开了严肃的交谈，只在愉快的消遣中打发时间。

晚上，爸爸离开我们时悄悄吩咐，明天早上我们要早点起来，还去这个地方再仔细找找。

结果怎么样呢？

山鹬果真被打了下来，正好卡在白杨树梢的树杈上，我们好不容易才把它从树上打下来。

当我们郑重其事地把猎物带回家时，这简直成了一件大事，屠格涅夫和爸爸比我们还要高兴。

看来他们都是对的，一切都以双方感到满意而结束。

伊万·谢尔盖耶维奇在楼下父亲的书房里过夜。

当大家都散去了，我带他进父亲的房间，当他换衣服的时候，我就坐在他的床边跟他谈起了打猎的事情。

他问我会不会用枪。

我回答道："会，但是我不去打猎，因为我的单管猎枪不好使。"

他说："我送你一把，我在巴黎有两把枪，其中一把我根本就用不着。它不算贵，但却很好用，我下次再来俄罗斯的时候，给你带过来。"

我感到不好意思，谢了他，但是我却感到无比的幸福，因为我快有一把用"中心射击"的枪了。

遗憾的是，在此之后屠格涅夫就再也没有回俄罗斯。

而他提到的枪，我后来想从他的继承人那里买回来，不是作为"中心射击"的枪的而是作为"屠格涅夫"的枪，但是最终也没能实现。

这就是我对这位可爱的、纯真无邪的有着孩童般眼睛和笑声的人的所有记忆。在我的印象中，他的善良和单纯的感染力与他的伟大融合在了一起。

1883年父亲收到来自伊万·谢尔盖耶维奇生前最后一封信，信是用铅笔写的。我仍然记得，父亲是怀着怎样一种激动不安的心情读这封信的。当屠格涅夫去世的消息传来后，一连好多天父亲嘴里一直念叨这件事情，在任何可能的地方去打听他的病情和他在弥留之际的情况。

顺便说一下，有时候我不得不提起屠格涅夫的这封信，我想说的是，当爸爸听到用从这封信中引用的词来称呼自己是"俄罗斯大地上伟大的作家"的时候，他真的很气愤。

他一贯厌恶陈腐的称呼，甚至认为这一称呼是荒谬的："为什么是'大地上的作家'？我还是第一次听说，被称为大地上的作家。就有这么一些人会紧追着一些没有意义的事情，还会对这些事情做一些无谓的重复。"

从我上面摘录的屠格涅夫的信中能清楚地看出，屠格涅夫矢志不渝地赞美父亲的文学天赋。

遗憾的是，我不能说父亲对屠格涅夫的态度。

这也是他性格中的热情所在。

个人关系影响他的客观性。

在1867年，小说《烟》刚问世，他就写信给费特：

《烟》中的爱情毫无意义，几乎也没有诗意，有的仅仅是一些轻浮戏谑的私通，因而这部小说里的诗意令人厌恶……我只是担心说出自己的意见，因此我不能清醒地看待这位作者，我不喜欢他的个性。

1865年，他写信给这位费特：

我并不喜欢《够了》这部作品，只有当它充满生活和激情的时候，个人的东西在主观上才会是美好的，而这部作品主观上的东西却充满了毫无生气的苦恼。

1883年秋天，那是在屠格涅夫去世后，我们举家迁至莫斯科去过冬，父亲却一个人留在了雅斯纳亚·波良纳，在阿加菲娅·米哈伊洛夫娜圈子里开始努力读屠格涅夫的所有作品。

这是他在这段时间写给我母亲的信：

……我一直在考虑着屠格涅夫，我深深地爱着他，为他感到惋惜，读他所有的作品，我总是觉得他与我同在。我要么去读他的作品，要么写他，要么就推荐别人去读他，一定会的，你就这么跟尤里耶夫说……

……现在我读了屠格涅夫的《够了》，读一读吧，你会明白什么是美……

遗憾的是，父亲拟定的关于屠格涅夫的演讲没有举行。

以德·安·托尔斯泰伯爵大臣为代表的政府禁止他向这位去世了的、仅仅是因为他不能对这个朋友置之不理而跟他争吵了一辈子的好朋友送上最后的敬意。

迦 尔 洵

关于弗谢沃洛德·米哈伊洛维奇·迦尔洵的记忆我还停留在童年时期，因此，遗憾的是，这些记忆都不完整，只是一些片段。

他在 1880 年早春的时候来拜访过雅斯纳亚·波良纳。

后来我从他的传记中得知，那年春天他从图拉去哈尔科夫，在那儿被送进了精神病院。

因此，这样就能够解释这个谦虚可爱的人举止上的毛毛躁躁和我们看到的古怪行为的原因。正是如此，他第一次来雅斯纳亚·波良纳的时候我就记住他了。

当时，我们当中没有一个人会想到，我们面前的这个人是个会突然发病的人，因为他不很正常。

我们用简单的古怪行为就能理解他的怪异。

来雅斯纳亚·波良纳的怪人还少吗！

当时是傍晚六点。

我们坐在客厅的餐桌旁刚吃完饭。

上了最后一道食品，仆人谢尔盖·彼得罗维奇向父亲通报，说楼下有一个"男人"等他。

"他有什么事吗？"父亲问道。

"他什么也没说，只是想见您。"

"好的，我马上就去。"

爸爸没吃完馅饼就从桌旁起身下楼了。

我们这群孩子也跑着离开饭桌跟在爸爸后面跑下了楼。

在前厅站着一个年轻人，衣着褴褛，外套也没脱。

父亲跟他打招呼问好，并问他："您有什么事？"

"首先我想先来杯伏特加和一小块儿鲱鱼。"这个人，明亮的目光炯炯有神地看着父亲的眼睛，天真地笑着说道。

没想到会是这样的回答，父亲一开始好像有些不知所措。

行为多古怪啊！看外表，这是个清醒谦逊的人，显然有文化修养，怎么会是这样古怪的相识呢？

父亲又一次用深邃且具有洞察力的目光凝视了他一番，迎接父亲的仍然是那双眼睛和开朗的微笑。

迦尔洵像孩子一样地笑了，他刚才只是开了一个天真的玩笑，他看着母亲的眼睛，想知道她是不是喜欢自己的玩笑。

母亲很喜欢他这个玩笑。

不，当然不是喜欢这个玩笑了，而是这双孩子的眼睛让大家喜欢，那是一双明亮的、炯炯有神的、深邃的眼睛。

这个人的目光是那么的率真、高尚，同时还有单纯的孩子般的善良，以至于每个人见了他都会被他吸引并善待他。

当然，列夫·尼古拉耶维奇也有同感。

父亲盼咐谢尔盖上点伏特加和一些吃的，他打开书房的门，请迦尔洵脱掉外套进书房。

"您肯定冻坏了吧。"父亲关切地说道，仔细地打量着客人。

"我不知道，好像，有点冷，走了很久。"

喝了一杯酒，吃了点东西，迦尔洵才报出了自己的姓名，说自己是一个"小"作家。

"您写了什么？"

"《四天》，这篇短篇小说刊登在《祖国纪事》上，您大概没有留意过它。"

"怎么会，我记得，我记得。那是您写的，非常棒的小说，我非常关注，那么，就是说您曾经参加过战争？"

"是的，我经历了整个战争。"

"我可以想象得到，您看见了多少有意思的事情，那您讲一讲，讲一讲吧，这非常有意思。"

父亲开始一个问题接一个问题地详细询问迦尔洵，问他都看见了什么，经历了什么。

爸爸和他一起坐在皮沙发上，而我们这群孩子们围在他们周围。

很遗憾的是，我记不清这次谈话的内容了，所以我就不打算讲了。

我只是记得当时非常非常有意思。

在前厅里让我们感到吃惊的那个人现在已经不在了。

坐在我们面前的是一个聪明又可爱的交谈者，他生动而真实地向我们描绘了他经历过的悲惨的战争画面，他所讲的是那么引人入胜，我们整晚都和他在一起坐着，目不转睛地盯着他，听他讲。

现在回想起那个晚上，当我已经知道，当时可怜的弗谢沃洛德·米哈伊洛维奇正处于严重的精神疾病发作的边缘。我在记忆里搜寻有关他发病的征兆，可以说，他的某些不正常之处也许仅仅在于，他讲得太多了，也太有趣了。

他的眼睛闪闪发亮，睁得大大的，向我们讲出了一个又一个场面，而且讲得越多，他的语言越显得形象生动。

有时当他停了下来，他脸上的表情就发生了变化，然后又像一个可爱温顺的孩子一样地看着我们。

我不记得他是在雅斯纳亚·波良纳过了夜，还是当天就走了。

过了几天，他又一次来到我家，但这次是骑着没有备鞍的马来的。

我们从窗口看见他沿着大街骑马来的。

他自言自语，不知怎么地还很奇怪地大挥着手臂。

他来到房子跟前，从马上下来，拉着马的缰绳，向我们要了一张俄罗斯地图，有人问他为什么要地图。

"我要看看，怎么去哈尔科夫，我要去那里看母亲。"他说。

"怎么？骑马？"

"嗯，是，骑马，这有什么吃惊的？"

我们拿来地图册，跟他一起找哈尔科夫，他记下了沿途的城市，跟我们道别后离开了。

后来事情好像是这样的，迦尔洵来我们这里时骑的马，是他通过某种方法从图拉的一个马车夫那里"牵"来的。

马的主人从来没有怀疑过他会跟一个有病的人打交道，找了很久，费了很大的劲才找回了自己的马。

在此之后，迦尔洵就销声匿迹了。

至于他是怎么到达哈尔科夫，又是怎么在那儿住院的，我就不得而知了。

过了几年，他的两本薄薄的短篇小说集出版了。

当我成年的时候，我读完了这两本小说集，对于它们给我留下的印象，我没什么可说的。

难道这就是长着一双很特别的眼睛、当时坐在书房皮沙发上给我们讲了很多有趣故事的人写的吗？

是的，是的，当然是他，从他这两本书中我认出了他。

但现在我对儿时这个偶然间昙花一现般的陌生人稍纵即逝的好感转变成了对一个人和对一个艺术家的深深爱戴之情，我很珍惜我记忆中的这些回忆，哪怕它们是一些零散的令人伤感的回忆。

我有幸在莫斯科的家里又一次见到了迦尔洵。

这是在他去世前近一年的时候。

好像当时父亲不在家，母亲接待了他。

他当时很忧郁，寡言少语，在我们家待了不久。

我记得妈妈问过他，为什么很少写东西。

"我整天都忙于公务，怎么还能写作呢，工作就把我搞得头疼，脑子都不好使了。"他痛苦地回答道，然后又陷入了沉思。

妈妈关切地并略带同情地问了他一些个人生活上的事。

当时他那双又大又漂亮的眼睛令我印象深刻，长长的睫毛使这双眼睛更深邃，我不由自主地将这双眼睛跟我以前见到的他的眼睛作了比较。

同样是一双眼睛；只是那时充满了力量和勇气，而现在却忧伤和心事重重。生活剥夺了它们的光芒，取而代之的是，因一层忧伤变得模糊了。

在他整个人身上都能感觉到这种忧伤。

和他说话，人们总是情不自禁地轻声细语并且很温柔，并想以什么方式去温暖抚慰他。

当我得知他去世的消息的时候，我并没有感到吃惊。

这样的人不会活得太久。

我按照自己的理解来回答母亲向迦尔洵提的问题"为什么很少写东西了"。我重复屠格涅夫对我父亲已故的哥哥尼古拉·尼古拉耶维奇·托尔斯泰说的一句话：

"迦尔洵写得很少，是因为他不具有使他成为一位伟大作家所必要的缺点。"

19 最初一些"危险分子" 亚历山大二世遇刺　间谍

1881年3月1日前,席卷俄罗斯的革命运动几乎还没有波及雅斯纳亚·波良纳,我们只是通过报纸报道的各种蓄谋活动才了解到,当时差不多每年都发生这种事。

偶尔会有一些"地下的人"来找爸爸,爸爸总是在书房接待他们,通常会与他们进行激烈的争论。

这些蓬头垢面、衣衫褴褛的人中大部分只来过雅斯纳亚·波良纳一次,没有得到父亲的同情后也就永远不来了。

只有那些对父亲新的基督教思想感兴趣的人才会再次来到雅斯纳亚·波良纳。我从童年时代起就记得一些"虚无主义者",后来这些人经常来雅斯纳亚·波良纳,并在父亲的影响下完全摒弃了恐怖手段。由于父亲反对暴力,因此他不赞成革命者采取恐怖的方式。父亲坚信自己的"勿抗恶"原则,他出于臆断地认为暴力是不能带来善良的。

"革命者和基督教徒,"父亲说,"站在没有连接上的圆的两端,因此他们只不过看起来有点相似。实际上,互相远离的两者之间没有更多的相似点。为了让他们相遇,必须要向后返回,并且要走完整个一圈的路。"

※ ※ ※ ※ ※ ※

我们是这样得知亚历山大二世遇刺的消息的：

3月1日，爸爸按惯例在午饭前去公路上散步。

积雪寒冬过后，开始解冻了。路上都是深深的坑洼和水坑。

由于道路不好走，因此不往图拉送邮件了，因而报纸也没有了。

在路上爸爸遇见了一个流浪的意大利人，他带着一架手摇风琴和几只用于占卜的鸟。

他步行从图拉来。

他们开始交谈起来："从哪儿来？去哪儿？"

"从图拉来，生意不好，养活不了自己，鸟儿们也饿着呢，沙皇遇刺了。"

"哪个沙皇？谁杀的？什么时候的事？"

"俄罗斯沙皇，在彼得堡，扔了个炸弹，报纸上报道了。"

父亲一回到家就把亚历山大二世的死讯告诉了我们，第二天，送来的报纸准确无误地证实了这个消息。

我还记得这件毫无意义的刺杀事件给父亲留下了多么沉重的印象，更不要说沙皇的惨死震惊了父亲："这位沙皇做了许多善事，总是为民祈福，是位善良的老人。"他又不能不考虑这些凶手，考虑即将执行的处决："与其说不考虑将被处决的人，还不如说考虑那些准备参加谋杀的人，特别是还考虑到了亚历山大三世。"

一连几天，父亲都在沉思，一脸忧郁，最后考虑想给新国君亚历山大三世写信。

关于用什么样的口吻来写这封信，是写一封彬彬有礼的普通的呼吁信，还是干脆用普通死刑犯之间通用的请愿书来写？是自己亲手写，还是让当时跟我们生活在一起的抄写员亚历山大·彼得罗维奇·伊万诺夫来抄写？曾经有过多次讨论。派人去图拉买了些好纸，这封信被弄脏了，然后又被重新抄写了好几次，最后爸爸将信寄给彼得堡的尼·尼·斯特拉霍夫，并要求他通过康·彼·波别多诺斯采夫转交给沙皇。

当时他是那么地坚信自己的说服力！他并不指望这些行凶者被宽恕，不，但希望他们至少不被处决。

他颤抖地看着报纸，在没有读完之前一直满怀希望等待着，但这件事的所有参与者都被处以了绞刑。

后来父亲得知，波别多诺斯采夫甚至没有按照委托将信转交给沙皇，而是退还给了父亲，因为，正如他给父亲的信中说道，"出于自己的信仰"，他不能去完成这项委托。

后来通过一个熟人，这封信送到了沙皇的手里。据说，亚历山大三世在读完这封信后说："如果这样的罪行是针对我个人的话，我或许有权赦免这些罪犯，但是为了父亲，我不能这么做。"

我记得，在被处决的那几个人中还有女人，这件事不仅仅震惊了父亲，更使我们这些孩子感到害怕。

随着时间的推移，来雅斯纳亚·波良纳的"危险分子"逐渐变得越来越多。

现在他们之中几乎没有革命者，他们当中大部分人要么是跟父亲志同道合的人，要么是一些向父亲寻求精神帮助和建议的人。

来找父亲的这种人实在是太多了！

他们年龄不同，职业不同。

他们当中有多少人是信念坚定、真诚的人；又有多少是伪君子，来这儿只不过是为了沾沾托尔斯泰大名的光，从中获取某种利益。

又有多少行为古怪的人，几近疯癫。

比如，曾经有一个年迈的瑞典人在雅斯纳亚·波良纳住了很久，他不论冬夏都光着脚，半裸着身体。

他的原则就是"一切从简"，回归自然。

曾有一度，父亲对他非常感兴趣，但是他的"一切从简"原则远远超出了界限，变得厚颜无耻，简直就是下流，父亲不再对他感兴趣，后来不得不把他赶了出去。

还有一次，有一个先生，两天只吃一顿饭。他来雅斯纳亚·波良纳的时候正好赶上他那天按规律不吃饭。

一整天，从早上开始，餐点几乎就没有离开过餐桌，我们喝茶、喝咖啡、吃早饭、吃午饭、又就着饼干和面包喝茶，而他就坐在旁边，一口都没吃桌上的食物。

当别人请他吃点什么的时候，他就谦逊地回答道："我昨天吃过了。"

有人问他："您吃饭的那些日子您都吃些什么呢？"

原来他每次都吃一俄磅面包、一俄磅蔬菜和一俄磅水果。

"也不是很瘦啊。"父亲对他很吃惊。

有一个经常来拜访父亲的高个子的金发男子，他是吗啡吸食者，叫奥兹米多夫，曾经用数学公式证明了基督教教义；另外一个叫波波夫，长着一头黑发，是很没用的一个人；还有一个曾在农村生活和工作过的法伊纳曼，他是个改信基督教的犹太人；最后一个是由第三厅派来的间谍——西蒙。

那是一个夏天，我们在花园散步，碰到一个年轻人，他坐在沟渠旁，悠闲地抽着烟。

我们的狗扑向了他，冲着他叫了起来。

我们偷偷地把狗惹毛了，而自己却跑到另一边躲起来。

过了几天，在离家不远的路上，这个年轻人又一次与我们碰到了。

他看见我们，很有礼貌地跟我们打招呼并跟我们聊起天来。

他原来是迁居到农村来的，在我们家的一个仆人的木房里住着，现在与他的未婚妻阿达及她的妈妈一起住在这儿的小木屋里。

"进来喝杯茶吧，"他对我说，"我一个人挺无聊的，我们可以坐一会，聊聊天，我跟您说点事。哦，对了，您能不能帮我一件事？我这几天准备结婚，但是还缺一个伴郎，我希望您能帮我这个忙。"

这个请求很诱人，我就答应了。

过了几天，西蒙成功地将我迷住了，我们成为了好朋友，我每天都去他家做客，并经常在他家待很久。

婚礼当天，我向父母请了一整天假，穿着整洁的西服，并为自己担任伴郎而感到非常骄傲。

从教堂回来后，我们在新人家里吃午饭，为他们的健康举杯共饮。

妈妈发现我对新认识的人如此着迷，她开始变得警觉起来，并对我有所限制。

她对西蒙反感的一个理由就是：作为一个正派的人，要招待小孩儿，通常出于礼貌，应当先跟孩子的父母认识。

"我不会让我的儿子去见一个我一点都不认识的人。"

我把这个事情告诉了西蒙，当天，西蒙就来拜访妈妈，并为自己事先没向妈妈自我介绍而道歉。

在此之后，他又和我父亲认识了，开始偶尔来我家。

后来大家对他都习以为常了，对他也很亲切，把他当做自己人一样。

有时候他会参与父亲的田间劳作，似乎完全赞同父亲的信仰。

秋天，在即将离开雅斯纳亚·波良纳的时候，他来找父亲，真诚地向父亲忏悔自己的罪过。他向父亲坦白自己是个间谍，受第三厅指派，为的是监视我们家和其他来访雅斯纳亚·波良纳的人们。

另一个来雅斯纳亚·波良纳的人，比西蒙来得要晚很多，也扮演了一个相当不光彩的角色。他曾经是图拉的监狱神父，定期到雅斯纳亚·波良纳来和父亲就宗教问题进行交谈。

他用一种伪自由主义的口气唤起父亲的坦诚，摆出一副对父亲的思想很感兴趣的样子。

"这是一个多么奇怪的人。"父亲很吃惊地说，"似乎，很真诚。"

父亲就问他："你经常来找我，你的上级不会责怪你吗？"他对此毫不在意。

最后，父亲就想到了，他被派到我们这里来是有目的的，然后父亲就把这种猜测告诉了他，但是他向我保证说是他自己主动提出要来的。

后来的情况是，在将父亲开除教籍之后，主教公会援引了这位神父的话，称这个神父受委托对列夫·尼古拉耶维奇的"开导"毫无结果。

他最后一次来拜访父亲是在父亲被开除出教籍后，当时父亲还在生病。

他被告知我爸爸生病了，不能接待他。

当时正值夏季。

这个神父坐在凉台上，说："如果不能亲眼看见列夫·尼古拉耶维奇，我是不会离开的。"

过了大约两个小时,他仍赖在那儿不走。
我们不得不用一些激烈的言辞劝说他离开。
从那时起我就再也没见过他。

19 世纪 70 年代末　转折　公路

现在我谈一谈父亲一生中的精神转折时期，以及与此有关的我们全家人生活的转变。

首先我想说我是怎么理解这个转变期的。

父亲年近半百，十五年无忧无虑的幸福家庭生活如同白驹过隙一般。他有过许多的爱好，获得过荣誉，有着富足的物质生活保障，但灵敏的感觉却日渐迟钝了。他痛苦地意识到，渐渐地，末日真的正悄悄地来临。

他的两个哥哥，德米特里和尼古拉，年轻时死于肺结核。在高加索时他自己经常生病，死亡的阴影使他恐惧。他定期地去莫斯科拜访著名教授扎哈林并遵从他的建议，去萨马拉草原喝马奶酒。有一年夏天他自己一个人去了那里，然后又在那里买了庄园，还建了个很大的马场（也是出于爱好）。连续三个夏天，我们全家人去萨马拉草原用几个月的时间去喝马奶酒。

与此同时，令他感到很"厌恶"的《安娜·卡列尼娜》也即将写完。

应该再写点什么。可是写什么呢？尽管斯特拉霍夫、格罗梅卡等这些评论家好评如潮，但他从内心深处仍觉得《安娜·卡列尼娜》逊色于《战争与和平》。《安娜·卡列尼娜》中，再现了很多《战争与和平》里的典型，但却失去了光彩。娜塔莎在吉蒂身上变得苍白无力，普拉东·卡拉达耶夫、保尔康斯基的父亲和儿子这些形象也都没有了（《安娜·卡列尼娜》定名后，也没有塑造一个像娜塔莎和玛丽娅公爵小姐一样不朽的文学典型），没有了他第一部长篇小说中表现出来的令人吃惊的荷马史诗般的叙事规模。接下来写什么呢？在创作新的艺术形式和新的心理感受时，难道还能再一次重复在另一种环境中塑造的人物，还能使自己想象力和记忆力集中起来吗？

他开始一股劲儿地寻找，有一段时间，他好像对十二月党人时代感兴趣，他研究了一些资料，甚至起草了这部新小说的开头。

但不是这样的，新的构思不足以吸引他，其他的一些更加深刻的问题摆在他的面前，他辗转反侧。

年轻的时候他曾经醉心于卢梭的思想，概括地说是卢梭的哲学思想。

从他在高加索写的日记里我们可以看到，他经常思考有关宗教和上帝的问题。

他天生就是一个具有极高宗教天分的人，但至今为止他也只是在摸索，没有找到任何明确的东西。

就像大多数人一样，他信奉过教会的宗教，但是没有深入思考过。所有人都这么相信，就像他的父辈和祖辈们一样，但愿是这样的，他也会相信的。

但这样的追求不能满足他生活的时刻到了，前面有的只是空虚、衰老、痛苦和死亡。

他看见自己站在一个无底的深渊之上，有两只老鼠，一只白色，一只黑色（白天和黑夜），不知疲惫地忠实地啃食着他抓着的这个根，他看见他脚下有一个裂开的深渊，非常恐惧。

怎么办？逃到哪里去呢？难道不能得救了吗？

被判处死亡的通常会采取自杀的办法，在黑色和白色老鼠注定咬断树根之前自杀岂不是更好？立即死去无需等待的折磨不是更好？

果戈理在生前最后几年的体验和父亲的感受在很多方面都极相似：同样的失望，同样的残酷而真实的自我剖析，同样无出路的绝望。

果戈理将第二部《死魂灵》烧掉了，因为，由新的阳光照耀着，他不再关注曾经吸引他的那些美。如果父亲那时可以烧掉《安娜·卡列尼娜》，他就会毫不犹豫地这么做，那只将多年著述付之一炬的手一点都不会颤抖。

"描写女士和军官的爱情故事没什么困难，但也没什么好的。"他在谈到《安娜·卡列尼娜》的时候说道。

果戈理和父亲之间的区别只在于：可怜的尼古拉·瓦西里耶维奇在一片反对声中死去，没有活到正确的世界观出现；而父亲，由于他强大的生命力、意志和智慧，经受住了十年的道德危机，从而实现了自己的"精神复活"。

难怪父亲那段时间兴趣浓厚地反复研读果戈理的《与友人书简选》，并被它深深感动。

父亲的精神转折不能被认为是他生命中某种新的出乎意料的事情，这些怀疑和探寻在本质上仅仅是那种不懈探索的继续，这种探索从他很小的时候就开始了，并持续了他整个一生，只不过暂时或局部被他的艺术活动和对他而言全新的家庭生活压下去了。

我顺便提醒一句，父亲小时候对家庭生活不了解，他不记得自己的母亲，当他才九岁的时候就失去了父亲。

父亲整个一生都习惯了战胜和控制别人，突然他认为自己在任何事情面前都是战无不胜的。

难道死亡就是死亡，其他的什么也不是？从前他就思考过这些问题。

在《三死》中的一个艺术家，悄悄地向他提示了这个问题的答案，但是现在这个答案对他来说是远远不够的。

当然，越接近自然，死亡就变得越简单和自然；高傲自大的贵妇人的死极其恐怖，而农民的死却非常平静，白桦树的死同样是那么美，但这所有的一切都是死亡。

与其说死亡可怕，还不如说是对死亡不断的恐惧更可怕。

没有表面上的救赎，内心的救赎应该存在，要找到它。

首先应该找到上帝。

请允许我先讲一个奇怪的故事，这是我以前从高尔基那里听来的。这个故事能更好地描述我父亲这一探索时期。

在科斯特罗马省的一个偏远地区住着一个农夫，他非常的富有，有一个大客店、好多辆马车、一位美丽的妻子、可爱的孩子们。他还是教会的领班，为教会铸造了一口一千普特重的大钟，受人尊敬，生活得很幸福。

但是在他身上上演了约伯的遭遇，发生了火灾，牲畜都得了瘟疫，妻子和孩子们死于流行病，只剩下一个穷困潦倒孤苦无依的农夫。

于是这个农夫去找神父，对他说："神父，我对上帝不满。我一直虔诚地生活，向教会捐赠，做弥撒，结果我却受到惩罚，为什么？"

"你晚祷后到教堂来找我，"神父说，"那时我会告诉你该怎么办。"

于是晚祷后这个农夫来到教堂，神父让他整晚都待在教堂里，对着圣像祷告。

教堂里只剩下这个农夫，四周一片漆黑，在教堂前台阶上，只有蜡烛在神像前闪烁着，农夫跪下来开始祷告，他一整夜都在祷告，直到最后一根蜡烛燃尽熄灭了，他还在祷告，直到黎明，直到太阳升起来。

当教堂里明亮了起来，他站起来，一直走近圣像前。他看见一块木板，木板上画着一幅画。他摸了摸这块木板，用指甲将木板上的漆刮下一点，漆下是一棵树，他看着圣像壁，发现到处都是漆过的木板。

这时门锁打开了，神父走了进来。

"怎么样？祷告了，忏悔了？"

"没有，神父，我没有忏悔，我没有找到上帝，这个不是上帝，而是彩绘的木板。"

"唉，你这个亵渎神灵的人啊，"神父冲他喊道，"滚开，再也不要出现在我面前，不然我就把你送到警察局，到时你就去坐牢吧。"

这个农夫就离开了教堂，漫无目的地走着。

父亲对东正教教会沉迷了很久，据我所知，大约一年半左右。

我还记得他生命中那段短暂的时期，当时每逢节日他就去教堂做弥撒，严格遵守所有的斋戒，并被一些的确非常好的祈祷文所感动。

从那时起，我们更加经常地听到他讲一些关于宗教的事情。

无论是谁来到雅斯纳亚·波良纳——或是图拉省长乌沙科夫，或是雷德斯托克教派的博布林斯基公爵，或是斯特拉霍夫、费特、拉耶夫斯基、彼得·费奥多罗维奇·萨马林、乌鲁索夫，毫无例外，跟他们的谈话一定都会转向宗教主题，并且最终都会变为无休止的争论。通常争论中父亲会变得很急躁与不快，我们跟爸爸一样也变得更加的虔诚。

从前，我们只在大斋戒的第一个星期和最后一个星期斋戒，而现在，从

1877年开始，我们整个斋戒期间都斋戒，并虔诚地遵守教堂所有的规定。

夏天圣母升天节期间，我们斋戒。

我记得，我们是怎样坐雪橇去教堂的。当时我们所有人的宗教情绪都很高涨，一边回想自己的罪恶，一边郑重其事地准备去忏悔。

那一年夏天雨水很多，长了很多蘑菇。

在去教堂的路上，路两边长满了非常多的野蘑菇，我们停下来，采了很多蘑菇，把它们装进帽子里，带回了家。

1879年夏天，有一位讲勇士歌的名叫谢戈连科夫的人来雅斯纳亚·波良纳做客。

大家都用父称称呼他为彼得罗维奇。

他讲述勇士歌时候的举止特别像盲人在唱歌，但在他的声音里却没有那种令人厌烦的鼻音，这声音总是让我很反感。

不知为什么，我仍然记得他当时坐在凉台的石头台阶上，背对着父亲的书房。

当他讲勇士歌的时候，我喜欢看他那长长的拧成一绺一绺的像小辫儿一样的白花花的胡子，我很喜欢他那没完没了的故事。

在他的故事里能感觉到遥远的往事以及人民世代培育出来健全的睿智。

父亲饶有兴趣地听他讲，每天都要求他讲一些新东西，而他总是能找出来要讲的。

他永远讲不完。

后来，父亲在写民间故事时就从他的故事中借鉴了几个情节（《人靠什么活着》《三位长老》）。

对我来说，如今很难弄清楚那个时期的童年感受。

我只有个大概的印象，这种印象在于父亲变得不是他了，他发生了什么变化。

1878年春，大斋节的日子，爸爸做了斋戒。夏天他就去奥普塔小修道院，去阿姆夫罗西长老那里。这几年他去过那里两次，分别在1877年和1881年。

第二次他是跟仆人谢尔盖·彼得罗维奇·阿尔布佐夫一起步行去的，仆人主动要求以朋友身份跟他一起去，穿着树皮鞋，身后背着包。尽管脚上磨出了水泡，但这次旅行仍然给他留下了非常好的回忆。

但是修道院和著名的神父阿姆夫罗西都使他感到万分失望。

来到这里之后,当然,他们住在供徒步朝圣者过夜的房舍,那里很脏,到处长满了虱子。他们在专门为徒步朝圣者准备的小饭馆吃饭,像普通的朝圣者一样,他们必须无条件地忍耐并服从修道院的清规戒律。

"到这来,坐下,这是你的铺位,老头儿。"等等。

受到谢尔盖·彼得罗维奇尊敬的"伯爵",出生在农奴制时期,这样的人怎么能不受尊重。最终他也没有忍受住自己的偶像在这里受到如此待遇,不顾父亲的请求,他还是向其中一位修道士透露了父亲是谁。

"您知道跟我一起来的老头儿是谁吗?他就是列夫·尼古拉耶维奇·托尔斯泰本人啊。"

"托尔斯泰伯爵?"

"当然了。"

突然,一切都发生了变化。

修道士们都奔向父亲。

"尊敬的伯爵大人,请您到宾馆里来,我们为您准备了最好的房间,尊敬的伯爵大人,您想吃什么直接吩咐就行了。"

如此的敬重,一方面粗鲁无礼,另一方面奴颜婢膝,这给父亲留下了极其负面的印象。

这种印象挥之不去,在跟阿姆夫罗西见面之后,父亲在他身上并没有发现任何优秀的和值得尊敬的闪光点。

他从奥普塔小修道院回来后很不满意,很快,在此之后我们就越来越多地听到他先是斥责,然后就是对各种宗教仪式和虚礼的全盘否定。

父亲意外地不再信奉东正教了。

到了斋戒日,这个时候,为父亲和信徒们做斋戒都准备好了斋饭,而小孩们和家庭教师及老师则可以吃肉食。

仆人刚刚把饭菜端上来,就把装着肉饼的盘子端到小桌子上,接着下楼再去端别的菜了。

突然父亲转向我(我通常坐在他旁边),指着一个盘子说:"伊留沙,把那些肉饼给我递过来。"

"列沃奇卡，你忘了，今天是斋戒日啊。"妈妈插了一句。

"不，我没忘，我再也不过斋戒日了，请以后不用为我准备斋饭了。"

令我们所有人都极为吃惊的是，他边吃边夸奖。

见到父亲这种态度，我们很快也对斋戒冷淡了，我们对宗教的完全漠然取代了那虔诚的心情。

我通过一些小插曲讲一讲父亲的精神感觉，这些都呈现在当时还是一个十三岁的小男孩的眼前。我的任务并不是分析他当时已经完成了如此巨大而紧张的脑力劳动，假如有人对这些感兴趣，那么他们可以去通读比留科夫的书，或者最好是读我父亲本人的著作。在这些著作里面他们可以看到，父亲为什么不能跟教会和被歪曲了的基督学说相妥协。

对教会感到失望后，父亲变得更加焦虑不安，一个极度痛苦的摧毁偶像的时期开始了。

他曾把家庭生活理想化，爱恋地在三本小说中描写过这种老爷式的生活，并写出了与自己类似的生活环境，突然他就对这一环境进行了严厉的痛斥和抨击；他曾按照当时已有的教学大纲准备培养自己的儿子去读中学和大学，却开始抨击起当代的科学；他曾只身一人去找扎哈林医生请教，并写信从莫斯科为妻子和孩子们请医生，而现在却开始反对医学；他曾经是一个狂热的猎人，猎熊者，带着猎犬打猎，是个神枪手，而现在却认为打猎是"无所事事"；他积蓄了十五年的钱，在萨马拉的巴什基尔草原买了一块便宜的庄园，而现在却说财产就是犯罪，金钱就是堕落；最后，这个将自己生命献给了高雅文学的人，却为自己以前的事情感到后悔，差一点永远地放弃了它。

我还记得，父亲这段探索时期极其深刻地影响了我的个人生活。当时我才十三四岁，从童年到青年，我经历了一个艰难的转变。我记得，当时我刚意识到这一点，但它已经完成了。

我对我的童年感到很惋惜，于是我哭了。

我的童年多么愉快又无忧无虑，可我的青年时代又多么的暗淡无光呀。

是否这就是所有人共同的命运，抑或是每个人的这段时光各有不同，我无从得知。这个时期正是一个人的性格形成阶段，一个男孩更需要引导，而我恰恰缺失了这种引导，它被一分为二了。父亲所有的一个接一个的新发现，都与我们成长其中的旧的基础相矛盾。我不知所措，就像一条磁针在两极之间摆动，从一端向另一端无助地摆来摆去。这种不稳定性就长期留在了我的性格里，是否是一生呢？

当时对我来说，整个世界分成了两个阵营。爸爸是一个阵营，妈妈和其余的人是另一个阵营，如何抉择？

于是在我身上就发生了像我年纪一样的男孩都会发生的事情。我既从父亲也从母亲那里，选择对自己有利和喜欢的东西，并且抛开了那些对我来说很难的东西。我喜欢打猎，就去打猎；馅饼是甜的，我就想吃；学习很枯燥很难，我就不想学习，因为爸爸说，科学不是必须的；我去农村跟那里的小伙伴们一起坐着大长凳从山上滑下来，因为爸爸说过，农村的小孩儿比我们这些老爷们好。

但是我的母亲当时却有什么感受呢？她全心全意地爱着他，她几乎全部都是为父亲造就的。父亲用柔软优质的黏土捏造了一个十八岁的索尼娅·别尔斯，他想让她有什么她就有什么；她为他付出了全部，并一生为他而活。现在她发现他非常痛苦，他很痛苦，开始离她越来越远了；那些他们曾经共同感兴趣的事情，他现在也不感兴趣了，并开始指责它们，并开始认为跟她共同生活是一种负担。最终，他开始用分手和最终的决裂威胁她，然而当时母亲却守护着一个庞大而复杂的家庭，从襁褓中的婴儿到十七岁的塔尼娅和十八岁的谢廖沙。

怎么办？当时难道要顺从他，按照他所希望的散尽所有的财产，让自己的孩子们忍饥挨饿，一贫如洗？

父亲已经年近半百了，而母亲才三十五岁。父亲是个忏悔的罪人，母亲却没有什么可忏悔的。父亲是一个具有强大的道德力量和智慧的人，而母亲就是平凡的女人；父亲是一个天才，极力用目光拥抱整个思想世界的地平线，而母亲是一个普通的女人，具有女性特有的保守主义本能，为自己筑一个巢并守护着它。

而那种按照另外一种方式行事的女人又在哪里呢？无论是在生活中，历史中，还是文学中，我都看不到这样的女人。

在这种情况下，应该可怜我母亲，但是决不能指责她。

她在婚后的最初几年里过得很幸福，但是19世纪80年代后，这种幸福就暗淡了，后来就再也没有回来过。

但是，最痛苦的当然是我父亲自己。

他变得很孤僻，忧郁，暴躁，经常会因为一些鸡毛蒜皮的琐事跟妈妈吵架，在我们眼中，他从原来那个开朗乐观的一家之主和同志，变成了一个严厉的说教者和无情的告发者。

我们越加频繁地听到他对空虚的老爷般的生活、对大吃大喝、对剥削劳动人民和无所事事进行的严厉指责。

"看，我们坐在温暖的房屋里，而现在路上就能发现冻死了的人，他冻死了，因为没有人收留他过夜。我们狼吞虎咽地吃着各式各样的肉饼，而在萨马拉成千上万的人们却因为饥饿而浮肿甚至死亡。我们骑着马去洗澡，而普罗科菲的最后一匹马却死了，他没有什么可用来耕田了。"

我不能说，父亲这些即使很简单的话，对于孩子们来说也是听不懂的。

我们当然能明白。但是这影响我们的是，只考虑到自己童年幸福并严重地毁坏了我们的一生。

业余爱好者想在雅斯纳亚·波良纳搭台演戏，来了两个男爵夫人，门格代和努尼娅·诺沃西利采娃，还有基斯连斯基家的人。大家都很开心，做游戏，玩门球，谈论爱情。突然父亲来了，他只用一句话，甚至更糟，仅仅是一个眼神就破坏了这一切的美好。事情变得很无味，甚至有时候会觉得有些惭愧。

他要是没来该多好啊！

更糟糕的是，他感觉到了这一点，他本不想破坏我们的兴致，毕竟他是非常爱我们所有人的，然而结果这一切还是被他破坏了。

他没做声，只是想了想。

但是我们都知道他想的是什么，但是因为这件事，我们很不高兴。

与此同时，我们全家的生活，还按着一定的轨道向前发展。

还是那个厨师尼古拉，那个从别尔斯家传到我们家的"安卡馅饼"，已经在雅斯纳亚·波良纳深深地扎下了根。那些男家庭教师和女家庭教师们，那些功课，那些妈妈一直喂养着的婴儿，这一切都是坚实的基础，而我们庞大的家庭生活就是依靠着这些坚实的基础，这些还一如既往的牢靠，如同过去一样，这一切对我们所有关心自己的人都是必不可少的。

确实，会感觉到一种沉重的双重性，会觉得没有抓住某种重要的东西。因为爸爸开始离我们越来越远，越来越难相处，但要是按照父亲的要求去改变生活，我们是做不到的，因为这对于我们来说简直就是不可思议的。

在思想与传统的斗争里，在"上帝式"的生活和"安卡馅饼"的斗争中，发生了这样一件在人们的生活中总会发生的类似的事：传统获胜了，而思想能做的，仅仅是用自己的苦涩轻轻地破坏我们馅饼的甜美。

我们从幼年起就被灌输了不能违反的一些原则：午饭要喝汤吃馅饼，说话要讲英语和法语，要培养我们上中学和大学。如何才能把"上帝式"的生活以及父亲非常赞赏的朝圣者、庄稼汉的生活，与这些原则结合起来呢？

我们这些孩子经常觉得，不是我们不理解爸爸，而事实正好相反：他不再理解我们，因为他在忙一些"自己的"事情。

这些"自己的"事情就是他的新思想和一堆堆书，这些都是在他的书房里出现的。

他不知从哪里运来小山一般多的各式各样的由教堂神父写的训诫集，整天地一个人锁在楼下书房里，坐着研读这些书，还思考着什么事情。

有时候，他会在吃午饭或傍晚喝茶的时候，谈起自己的想法，有时会跟我们或者偶然来访的客人分享自己的新思想，他努力想让别人知道，当时对于他来说，这些是生命中最重要的东西。现在回想起他那微不足道的努力对我来说很痛苦。

在这个时候，大家兴致勃勃地准备着家庭戏剧演出，谁又爱上谁了。谢廖沙正在紧张备考，妈妈担心的是安德留沙长牙了，肚子也疼，有人送我一只猎狗和一个猎物包，这个时候谁会对耶稣的山上训诫和新的教义解释感兴趣呢？

在回想这段时光的时候，我带着极度的恐惧想象着他当时的精神状态。

他完全否定了他此前的信仰，否定了他曾经满怀爱意描述的和自己亲自建立的宗法制的贵族生活，否定了自己以前所有的活动，始于战争，最后以文坛成名和以家庭和宗教而告终，当时的孤独对他来说多么可怕啊！

更可怕的是，这是一个人在一个完全陌生的人群中的孤独。

他开始否定，而且没有找到爱的真正本源，爱的本源使他后来去研究福音书，福音书也就成了他所有世界观的基础。他就像一个被判处死刑的人，在两年的时间里跟自杀的诱惑作斗争。

当时，他"这个幸福的人把他每晚脱了衣服一个人待着的房间里的绳子藏起来，避免在柜橱之间悬梁自尽，也不再去带枪打猎，就是为了摆脱用一种非常简单的方式结束自己的生命"。

当他难以忍受折磨他的这种思想攻击的时候，他就会在我们面前发泄出来，为了不使我们儿时自私的幸福遭到他的破坏，我们怯生生地回避了。

确实，他偶尔会关注一下我们的生活，对我们的课程感兴趣，并努力去适应我们的观点。但是给我们的感觉却是，他做这一切都很做作，不自然，不像是一个父亲，更像是一个老师。

他自己也意识到了这一点。

在1882年写给瓦·伊·阿列克谢耶夫的一封信中，写到家庭生活时，他是这么说的：

> 谢廖沙学习很用功，有信心考取大学。塔尼娅不好不坏，不大严肃，也不大聪明，办事不是太差，更确切地说还很好。伊留沙很懒惰，处于成长期，他的心灵受到有机体的压抑。我认为列利亚和玛莎更好，他们没有被我的愚蠢牵制住，而他们的哥哥们却被牵制住了。我认为，他们会在很好的条件下成长发展……

我援引这封带有自我谴责的感人信件是想说明，父亲对我的教育是多么的敏感和认真。而当时的内心斗争将他与家庭割裂开来，他再也无力按照自己希望的去对待家庭了，所以这一格格不入时期让他受尽了折磨。

然而我们并不理解他。

当他离开生活，只依靠思想沉溺于形象和印象世界的时候，作家的孤独是如此伟大，但是一个思想家的孤独又是多么的残酷啊！他的世界不能用形象表现出来，因为思想和躯体往往是相互敌对的，思想家是不会返回生活的，因为他思索得越深刻，那他就离生活越远，与大地的烂泥联系着的思想家就越痛苦。

作为一个艺术家，我父亲曾直观地塑造了一个不朽的普拉东·卡拉达耶夫形象；可现在不是作为艺术家，而是作为思想家，他又回到了那个卡拉达耶夫身上。

为什么被我们称为知识分子的人，如此怕死，而卡拉达耶夫会如此淡然地对待它呢？谜底在哪里？难道是因为卡拉达耶夫具有我们所不具备的信仰？难道卡拉达耶夫知道我正在寻找的那个上帝？

这就是父亲关注普通人民时期的开始。

在雅斯纳亚·波良纳庄园石头大门附近有一条古老的叶卡捷琳娜大道，被称作莫斯科—基辅的"嫩草地"。在古代，这条路曾经是俄罗斯主要交通干线之一，驿站的三套马车在这条道上奔驰而过，沿着这条大道送邮件。这里穿梭着无边无际的马队，奔波着公家的信使，俄罗斯的沙皇也走过这条路。我碰见过而且清楚地记得那个年迈的亚先基驿站马车夫帕维尔·申佳科夫，他曾经在这条路上驾车载着沙皇尼古拉一世。

后来，这条大路就换成了石板路，这条石板路有些地方跟原来的大路平行，有些地方又有些偏离。随着铁路的铺设，这条为马车使用的公路的意义就大大下降了。

这条公路距离雅斯纳亚·波良纳一俄里，从大厅的窗户就能看见它。因此，自古以来就有一些流浪汉、盲歌者和祈祷者沿着这条公路，有时候甚至是沿着那条旧路走。

有人许愿说要去一趟耶路撒冷，要么去圣三一修道院；有人仅仅是希望在死前能有幸拜访一下圣地，不管男女老少，健康的还是有病的，有时候是独自一人，但大部分时候都是成群结队而行，有人向北走，有人朝南走，不论冬夏，拄着拐棍，肩上背着行囊，打着基督的名义靠施舍过活。

当时，四十年前，这样的朝圣者还很多，每一天都会有几批人去往不同的地方。

父亲喜欢在工作后，也就是下午四点的时候，要么散步，要么骑马。不像往常那样去浴场溜冰，也不去打猎了，取而代之的是他越来越经常地沿着公路散步。沿公路散步的时候，他会和一些朝圣者交谈，有时候还会碰到一些非常聪明且有趣的人。

千百年来的民间智慧又一次展现在他的面前，那些令人惊叹的俄罗斯谚语和俗语中体现的民族智慧是那么鲜明和朴素，他越是加深对这种智慧的了解，他就越觉得令他感到痛苦的疑问谜底或许就在这智慧里。

关于这些，父亲在他的《忏悔录》中这样写道："由于我对真正的劳动人民有一种怪异的身体上的爱，促使我去理解他，并发现他并不是我们想象当中的那么愚蠢；或者由于我对信念的真诚，我坚信，我什么都不会知道，比如什么是最好的，我能做什么，这只能上吊了。我感到，如果我想生活并弄懂生活的意义，那我不应该从那些失去了生活意义和想自杀的人那里得到答案，而是要从亿万个将死的和活着的人那里去寻找答案。这些人创造了生活，并肩负着自己和我们的生活。"

现在在大街上漫步不仅是爱好，而且也是一种需求。

他开玩笑地说："我去涅瓦大街。"有时可以闲逛到深夜。

"我碰到一个奇怪的老头，我和他一直走到图拉。"他晚上十点才回来，也没吃饭。

他当时的日记里夹杂着谚语，清楚地反映出民间的名言，还有些上帝的旨意，这些都是他从朝圣者那里搜集来的。他后来写在民间故事中的大部分都是受那些从"涅瓦大街"上的朋友们的启发而产生的。

是的，这些人了解上帝，尽管他们有偏见，他们信奉冬天尼古拉节和春天尼古拉节，信奉神圣的伊比利亚圣母、喀山圣母和三手圣母，但是他们比我们更接近上帝。他们过着劳动的和充满道德的生活，他们那种朴实的智慧远比我们的文学和哲学中的诡作要高出很多。

就连他，列夫·托尔斯泰，伟大的作家，著名、富裕、有教养，也不止一次地真诚羡慕这些人，他们虽然贫困、衣衫褴褛、饥一顿饱一顿，但却是幸福的、内心平静的人们啊。

与此同时，他在书房里从事了大量的写作。

他在最近出版的一部书里写道："在这十年里，比我一生中任何时候都努力地在工作。"他研究了哲学、神学、圣徒传、教会史，以及所有他能够得到的有关基督生平以及他的训诫的书籍，他亲自把福音书从希腊文翻译成俄文，对比了所有的上下文，为此他还学习了古犹太语。

我记得，他是怎样坚持并逐步成功的，以及他的新世界观又是怎样成长并形成的。

就如我们孩子堆积木。一开始杂乱无章，好像是没有希望的，但是第一块积木放好了，那么第二块就很容易找到自己的位置，某些东西就有了初步的形状。这块放这里，那块放那里，这块不知道放在哪里，于是你会试着放好几次，最后把它放到一边，然后又拿起其他的，一幅图画就逐渐呈现在眼前了，空缺的地方被填满了，一切都变得更加清晰明朗，最终整个画面呈现了出来。只有一处没有填好，你就拿起被扔在一旁的你认为很难放置的最后一块积木，而它恰恰就符合剩下的这个位置。

我拿孩子的游戏打比方，因为我找不到更好的比喻来形容父亲是怎样逐渐弄清楚基督教教义的。

山上训诫和不抗恶的理论是他新观点的基础，也就是他的第一块积木。现在看起来好像很奇怪，为了理解"不抗恶"这句简单的话需要很多年。至此，基督教教义、东正教教会的祈祷仪式、宗教信条、教理问答和神学都失去光彩了。

父亲对这个主要论题的真义理解后，开始验证福音书里的全部教义，并重新用它解决所有的生活问题。在有矛盾的地方，他就会从源头开始研究，这些矛盾的地方大部分都是由于表达不准确或翻译错误造成的。他越深入研究，一切对他来说就变得越来越清楚，他在摆放最后一部分积木的时候就越是激动和高兴，直到整个画面最终清晰明了地呈现。

父亲的这项工作是把深刻的哲学原理引入到基督教义中，这是唯一的一次按照自己方式的尝试，并把它引入到人类生活所有领域中，从个人生活开始，以社会生活、经济生活甚至政治生活结束。

有一次我曾说过，我总是不坚定，虽然我一直信任父亲，但我不会假装是他的追随者。随着我年龄的增长，他的世界观对我而言就越来越清晰，我自己也就越来越向他靠拢。

同时，父亲和家庭其他成员之间的分歧越来越深，情况开始复杂了。

家庭成员不断增加，妈妈已经有了八个孩子。父亲躲到一边，也不再参与教育孩子的事情了。母亲开始意识到她一个人根本无力应付自己身上的重担，于是提出要全家搬到莫斯科去，更何况谢廖沙也要去读大学，塔尼娅也到了该"参加社交活动"的时候，而伊留沙在家里太懒惰，应该把他送到学校去。此外还有廖瓦、玛莎、安德留沙、米沙和正在吃奶的阿廖沙。

"这个主意真不错，不能让孩子们成为不学无术的纨绔子弟，每天还要给他们做饭、缝衣服、治病。住在农村的康斯坦丁·罗马什金家的孩子从来都不去洗澡，从十岁就去放牛，十三岁就去耕田，难道你希望这样吗？"

"康斯坦丁家的孩子们在很小的时候就养成了劳动的习惯，帮助父母；而我们靠庄家人养活着，还要教育孩子跟我们一样是寄生虫。今天早上我看见我们的裁缝沿着大街回家去了。"

我问道："他去哪里了？"

"大衣上的衣钩不够，他去图拉了。"

他一大早就跑去图拉，来回三十俄里的路，他准备全天工作，一直到深夜，而我们这群孩子们却不能去沃隆卡河（我们经常洗澡的河），要套上马坐车去。当先生们在乘凉的时候，菲利普套好马车就整个半天都坐在马车上

由于各种原因父母亲之间的这种谈话经常不断，俏皮话就升级了。

大家还在继续骑马、玩门球，每天晚上唱歌，冬天滑冰，只是爸爸不和我们一起去了。即使他一直沉默，没有公开地指责我们，在他身上还是能感受到这种强烈的谴责，我们很尴尬，他自己也不舒服。

应该说，尽管父亲天生好发号施令，但他从来不会强迫人，从来不会责骂和惩罚孩子。因此，跟母亲比起来，我们更害怕和尊敬父亲，有时候母亲会对我们大声斥责，有时候会对我们挥巴掌，有时候还让我们站墙角。

那段时期的生活，我们这群孩子的情况也是很艰难的，因为，实际上我们没有办法让父亲满意。那么好吧，我不坐车去洗澡，我步行去，但是马车还是

会去浴场。我不会在饭桌上狼吞虎咽，但还是会端上来带果酱的馅饼。我甚至可以"不游手好闲"，那么以后呢？我仍然不能改变自己的整个生活，不能变成罗马什金那样的人。父亲没有责备我，但我个人无法改变我们的全部生活方式，不仅仅是我自己不能改变，连他自己对此也无能为力。

父亲设法为他所认为的那种"悠闲的"老爷式生活辩解，开始努力从事体力劳动，他将自己的白天分成几"段"，并试图将体力劳动和脑力劳动结合在一起。他耕地、除草，为农民盖大棚和砌炉子。冬天的时候，有一个农村的鞋匠来找父亲，他叫帕维尔（仆人谢尔盖·阿尔布佐夫的兄弟），而且他就跟父亲在书房忙活，父亲学习缝毡靴和做靴子。

妈妈把父亲的"古怪行为"看做暂时的，一直关心他的健康，努力为他准备一些更有营养的饭菜，并希望这一切都会过去。

对于父亲而言，这种状况是没有出路的。

包括我的哥哥谢尔盖在内的一些人都认为，父亲做错了。那时，即在19世纪80年代初他还没想离开家庭。

我知道，在父亲生命的最后三十五年，关于离家出走的这个问题摆在他的面前。而且我知道，他已经从各个方面反复深刻负责地思考过这个问题。因此我认为，他的决定是正确的，在当时也是唯一可行的。

如果没有感受到他疑问的全部折磨，也没有理解他思维的全部深度，又怎么能去指责一个人的行为呢？就让别人去批评吧，我既不能批评母亲，也无权指责父亲，因为我知道，这是他们俩想做的，并且也是按照他们认为是更好的更真诚的方式去做的。

父亲性格中最主要的一个特点就是对自己的绝对真诚和对伪善的痛恨。

他不可避免地使自己陷入一个生活在与自己信仰截然相矛盾的世界的境地，陷入一个仍在继续犯罪却又不断悔罪的境地，陷入一个作为师长却用自己的生活来践踏自己的训诫的境地。

他说过财富的罪过和金钱的害处，而自己却有将近五十万的资产；他嘴里说着普通的劳动生活，然而自己却住在豪华的贵族房子里，睡在名贵的褥子上，吃着美味和丰富的食品；他指责土地私有制，谈论着三俄尺的土地，而他自己却拥有八千俄亩的土地；他家一周的开销要比任何一个，如仆人、打扫房间的女工、厨师、园林工人、马车夫和洗衣女工等这些农民家庭一年的开支还要多……

他自己是否具有道德权利去宣传自己的思想，而自己却不按照这些思想行事呢？

他为那些不怀好意地指责自己伪善的人提供了如此丰富的材料！

继续跟家人一起在这样好的条件下生活，继续享受奢华和舒适，难道这些不会使他的思想受到毁坏吗？

怎么办呢？要离家出走吗？

这看起来似乎是解决问题最简单的，或许也是唯一的方法。

又出现另外的一系列的问题，这些问题更加的复杂和细微。

难道他有权利把自己的财产全部散尽，让自己的妻子和孩子们变成穷人，或许，甚至要忍饥挨饿？他是这样教育他们的，而他们还没有习惯贫困。

把这些财产留给妻子？

如果这些财产对于他来说是负担，如果他认为它们有罪，那么他有权利将这些负担和罪恶从自己肩上推到妻子的肩膀上吗？

难道他有权利让三十五岁的妻子去承担这么大的一个家庭，没有精神上的支持，还剥夺她的爱？

对她而言他就是全部，她的全部生活就像聚焦一样，全部集中在他一人身上。没有他，生活对她来说也将不存在，这一点他心知肚明。

除此之外，他也全身心地爱着她。

如果他离家出走，牺牲掉妻子和整个家庭的生活仅仅是为了自己不再因伪善而受到责备，从他的角度来说，这难道不是他的虚荣心吗？

当释迦牟尼意识到是世间有痛苦的时候，当他感到自己有责任入世去教育世人并为世人解忧的时候，他趁着半夜离开自己年轻貌美的妻子，决定不叫醒她，与她告别，抛开宫殿和财富而成为了佛祖。

如果当时父亲离家出走，他的荣誉与声望也许会成为某种传奇，而他也意识到了这一点。

显然，这些虚荣的梦不止一次地诱惑着他，但他战胜了这一切，而我将这一切视为他的巨大功绩。

在这个情况下，他没有我行我素，也没有怎么简单怎么办，而是按照一种他认为更好的方式来行事。

父亲总是重复一个思想：真正的基督教徒的生活在任何条件下都是可以存在的。按照这个观点，他开始尽可能地适应他的个人生活。

他谦卑地接受指责，无数次地妥协，遭受一系列精神上的折磨，但是他勇敢地拿起自己的十字架并勇敢地承担起来。

当我想起他没有承担到底的时候，我总是对他感到很遗憾。

泰戈尔有一篇描写印度教徒的令人震撼的短篇小说，这个教徒献身于寻找真理，并最终成为一位导师。

他站在圣河边上，这时他的美丽的妻子朝他走过来，吻了吻他的衣角，说道："导师，我知道，你已经脱离肉体的生命，达到了最高境界的大彻大悟，你希望我做些什么呢？"

智者答道："从我的道路上永远消失吧。"

这个女人什么也没说，只是静静地沿着石阶走下去，一直走到水里，最终慢慢地消失在恒河的河水里。

智者平静地看着淹没自己妻子头顶的地方的那片睡莲和荷花，安静地走进深山，继续他伟大永恒的灵魂救赎事业。

这个故事的凄美吸引着我，但是我很高兴，因为我父亲并没有像传说中的智者那样做，他牺牲了一切都是为了妻子的平静和幸福。

21
迁居莫斯科　休塔耶夫　人口调查
买房　费奥多罗夫　索洛维约夫

1881年秋季我们全家搬到了莫斯科。

这次迁居是我们家以往生活的必然结果，由于以下三方面原因必须迁居：

哥哥谢尔盖上大学了，而他不能没有监护人独自留在莫斯科。

应该带姐姐塔尼娅参加社交活动，她待在农村断绝社会交往，就会变野。

没有父亲的帮助，其他孩子在莫斯科要比在雅斯纳亚·波良纳更容易教育。

夏天妈妈来到莫斯科，在金币胡同租了一套房子，秋天我们就搬过去了。

那一年春天，我在图拉通过了升级考试，从四年级升到五年级，我应去国立中学上学。

爸爸去找一所莫斯科国立中学的校长，希望能接收我，但是出现了意外的困难。按照规定，在一系列接收我入学的文件中，父亲要签署一份守法保证书。

父亲不愿意签署这样的保证书，因此我只能到波利瓦诺夫的私立中学就读。我参加了那里的考试，学校没有任何多余的手续就录取了我。

父亲很气愤，他说："我怎么可以为另一个人的行为担保，即便是我亲生儿子？我跟校长说，学校要求家长做这样的担保是很愚蠢的，校长同意我的说法，认为这是没必要的形式主义，但最后他还是拒绝了，因为没有这个担保书就不能接收孩子。"

随着搬到莫斯科，城市生活的全新印象充斥了我们的生活。

每个人都沉浸于自己的乐趣中。

妈妈加紧装修屋子、买家具，在科斯佳舅舅的引荐下进行了一些必要的上流社会的交往，并安排好了塔尼娅外出做客。

谢廖沙完全投入了大学学习，而我打算在开学和准备功课的间隙，同街上的孩子们玩打拐子游戏。快到春天的时候，我已经爱上了一个并不认识的女生。

这年冬天，父亲跟那个异教徒休塔耶夫做了朋友，他对此人很感兴趣，而且此人毋庸置疑地对他产生了影响。

这是个普通的特维尔省农民，是个石匠。

父亲还是从萨马拉的普鲁加文那里得知这个人的，后来又亲自到农村找他。

在这之后，冬天的时候，休塔耶夫来到莫斯科同我们在金币胡同住了很长时间。

第一眼他给人的印象是一个最普通贫穷的庄稼汉：身体不大结实，脏兮兮的，密密的灰白胡子，油迹斑斑的黑色短大衣，不管在房间还是在院子里都穿着它。无神的小眼睛，说话带着典型的北方人口音"O"。

跟任何一个很稳重的庄稼汉一样，他有能力让自己表现得纯朴得体，不会因为任何社会阶层而窘迫，而当他说话的时候，能感觉到他所说的都是经过他深思熟虑的，要想动摇他的信念是不可能的。

休塔耶夫与父亲有许多共同点。

父亲说："太令人吃惊了，我跟休塔耶夫完全是不同的两种人，互相之间根本不像，无论是思维方式，还是过往的发展程度，走的是完全不同的路，却达成了完全相互独立的一致。"

和父亲一样，休塔耶夫反对教会和那些教会仪式，也像父亲一样他宣传兄弟情谊、爱和"按上帝要求生活"。

他说："一切在你心中，哪里有爱，哪里就有上帝。"

休塔耶夫作为一个普通人，不懂什么叫妥协，反对任何形式的暴力，也不允许将它当做抵抗邪恶的手段使用。

他原则上拒绝缴纳任何赋税，因为这些赋税都用来供养军队了。

而当警察清点他的财产、卖掉他的牲畜时，他面对自己破产却毫无怨言，也不抗争。

"他们罪恶啊,让他们这么做吧,我自己是不会去开门的,如果他们想来就来吧,我也没有锁。"在讲述这件事情的时候他这样说。

他的家人也认同他的信念并生活在自己的村社里,不承认私有财产。

当他儿子被抓去服兵役的时候,他儿子拒绝宣誓,因为福音书上说"不要宣誓",他不拿枪,因为"枪有血腥味"。

为此他被送入了施吕瑟尔惩戒营,在那儿经受了许多磨难。

休塔耶夫把基督教村社看做是自己"按上帝要求生活"理想的实现。

"田地不应分配,森林不应分配,房屋也不应分配,这样也就不需要锁了,也不需要看门的人,不需要买卖,不需要法官,不需要战争……大家万众一心,灵魂同一,不分彼此,所有一切都是地方上的。"他这样说道,从他的话语里表露出了对实现他从福音书中所汲取的这些理想的深深的信念。

父亲如此痴迷于休塔耶夫的宣讲布道,并经常叫他来做客,还让他当面阐述自己的观点。

显然,这样一个人出现在莫斯科,甚至出现在托尔斯泰的家里,引起了当局的注意。

多尔戈鲁基公爵总督派一个具有绅士风度的宪兵大尉来找父亲,并授命打听休塔耶夫在列夫·尼古拉耶维奇家起了什么作用,他的信仰是什么,他在莫斯科逗留多长时间。

我永远都不会忘记,当时父亲是如何在自己的书房接待这位宪兵的,因为我从未想过父亲会如此大发雷霆。

没和他握手,也没让座,父亲站着跟他谈话。

听完对方的请求,父亲冷漠地说,他认为自己没有义务回答对方的问题。

当骑兵大尉刚开始提出某些异议的时候,父亲的脸色苍白如纸,指着门口,压低了声音说:"请您离开这儿,上帝保佑,赶快离开这儿,我请您快走吧!"他大声地喊叫着,已经无法控制自己了,就差点儿把那个惊慌失措的骑兵大尉推出去。他刚出去,父亲就用尽全力把门关上了。

而后他很后悔自己的急躁,很后悔没有控制好自己的情绪,而粗暴地对待他人。尽管如此,过了几天,当那个没完没了的总督为此事派下属伊斯托明又因此事来拜访父亲的时候,父亲未作任何解释,只是简短地说,如果弗拉基米尔·安德烈耶维奇想见他的话,没有人会阻止他来。

我不知道,如果休塔耶夫此后不尽快离开的话,这件当局找茬儿的事会如何收场。

* * * * * *

1882年1月,父亲参加了为期三天的莫斯科人口普查。

他选择了莫斯科市斯摩棱斯克市场附近最贫穷的一个区,包括普罗托克胡同、当时很有名的夜店、勒扎诺瓦堡和其他一些地方。

我记得,一些大学生是怎么来找父亲的,父亲锁上书房门长时间地与他们交谈,也还记得,有一次父亲带着我去检查那些专门为无家可归的人提供住宿的夜店。

晚上我们来到可怕的又脏又臭的小房间,父亲询问每个寄宿的人,问他们以何为生,为何流落此地,在这住需要花多少钱,吃些什么东西。

那些免费提供过夜的公共房间条件更差。

那里没什么可询问的,因为一切都一目了然,所有的这些人都很堕落,对于这些贫民和肮脏的行为只有厌恶和恐惧。

我看着父亲,从他的脸上我看到了我所感觉到的东西,其中还有痛苦的表情和强忍着的内心挣扎,这种表情在我的脑海里留下烙印,至今都无法忘却。

我感到,无论是他还是我都想尽快从这里逃离,同时也感到,他不可能这么做,因为无处可逃,无论他逃到哪儿,他所见到的都将留下印象并继续这样折磨他,即使不会再看到。

事实果真如此。

正如他在文章《那么我们到底怎么办?》(1886)中描写自己的感受:

从前让我觉得陌生并奇怪的城市生活现在令我如此厌倦,那些曾经令我感到欢愉的奢侈生活的所有欢乐，已经变成了我的痛苦。无论我如何努力在自己的灵魂中寻找哪怕一点对我们生活的辩白，我都无法毫不愤怒地看到我自己的和别人的客厅，也无法平静地看到以老爷派头整整齐齐铺好的餐桌，无法处之泰然地看到轻便马车、吃饱喝足的赶车人和马匹，更无法没有愤恨地看到商店、剧院和聚会。

我无法面对与这同时存在的饥寒交迫、受尽凌辱的在"利亚平"收容所的人们，而且我无法摆脱这两件事相互联系、一件事因另一件而起的想法。我记得，我从第一分钟开始就觉得这是我的罪过，这种想法从来就没有离开我的心。

还是在1881年，父亲在莫斯科结识了两位有趣的人——弗拉基米尔·费奥多罗维奇·奥尔洛夫和尼古拉·费奥多罗维奇·费奥多罗夫，他与他们志趣相投。第一位我记不太清了，而费奥多罗夫——鲁缅采夫博物馆以前的馆员，到现在还清晰地浮现于我眼前。

他是个瘦弱、中等身高的小老头，总是穿得很破，出奇地安静、谦恭。围在他脖子上的不是领子，而是一块灰色的方格小围巾，无论寒冬盛夏他都穿着那件旧的短大衣。

他有着那种让人难以忘怀的表情，从他聪敏智慧的双眼中的神气活现可以看出他整个人流露着内在的善良，这善良已达到了孩提的质朴。

如果存在圣人，那么圣人就正应该是这样的。

而且，我认为，尼古拉·费奥多罗维奇不仅生性不会给什么人带来恶，他本身就是所有的恶都无法伤害的人，因为他根本不知道什么是恶。

听说他住在一间储藏室，是个真正的苦行僧，睡在光板床上，自己勉强过活却把所有东西都接济了穷人。

在我的记忆中，他从不与父亲争论，更特别的是我那位在谈话中急躁、尖刻的父亲，竟能极度专注倾听他的讲话，而且从不对他发火。

然而与弗拉基米尔·索洛维约夫的交往就完全是另一种情况了。

有一段时间他极频繁地拜访父亲，而我也不记得他们的会面不以激烈的争吵而结束的场景。每一次见面，他们都告诉自己不要发火，而每一次又都以同样的结局收场。通常，客人来我们家聚会，在晚茶的时候进行着活跃的谈话，索洛维约夫开着玩笑，大家都很高兴。突然，好像不经意似的，某个抽象的问题被提出来，父亲开始说话，同时不知何故地一定要面对着弗拉基米尔·谢尔盖耶维奇·索洛维约夫，他便开始反驳，一句接着一句地。随后，总是以这样的方式结束：他们二人都从自己的座位上跳起来，展开激烈的争论。索洛维约夫瘦高的身材，留着漂亮、飘逸的头发，开始像摆锤一样在房间里来回踱步，父亲很激动，头发直立，即使到晚会结束也不可能使他们和解。

当客人散去，父亲走到前厅送他们，并且在与索洛维约夫告别时，把他的手握在自己的手中，带着歉意的笑容望着他的眼睛，请求他不要因自己的急躁而生气。

每次都是这样。

作为思想家的索洛维约夫，从未与我父亲亲近过，很快地便完全不再对父亲感兴趣了。

父亲认为他是"重要的"人物，并形容他是"大司祭的儿子"。

"这种'大司祭的儿子'很多，"他说，"这种人完全地靠书本给予他们的知识而生活，从已读到过的结论出发来看书做事。然而他却没有属于自身的、最珍贵的东西。在大司祭的孩子中也有聪明人，比如像斯特拉霍夫，他聪敏过人，如果他能自己思考，他会是个伟大的人物，然而他也是'大司祭的儿子'，这也正是他的不幸。"

我从父亲那里听说这种看法已经是在上述两位均已过世多年后的事了。

22 体力劳动　靴子　割草

1884年7月父亲给我们以前的教师瓦·伊·阿列克谢耶夫写信：

现在我已确信，能够指路的只有生活——典范的生活。这种典范的作用很慢，很不确定（就是说，我认为，你无论如何也不会知道，它会影响谁），很艰难，但仅仅是它起了推动作用。典范，基督教可能性所证明的，也就是在一切可能条件下的理性、幸福的生活。它们推动了人们，无论是我还是你们都需要它，让我们互相帮助，共同努力。

典范的生活也就是在一切可能条件下合理、幸福的生活。

这就是父亲那时面对复杂的问题提出的唯一的解决方案，他把自己的生活引上这条路，并一直走到不幸的1910年秋天。

尽管繁重的脑力劳动消耗了他所有精力，父亲仍把自己归入不劳而食生活在劳动人们脊背上的行列。为了对自己哪怕一点点他所谓的游手好闲做补偿，他开始了体力劳动，并且从那时起直至他虚弱到不能工作，他未曾放弃过劳动。

在1891年7月21日给尼·尼·盖的信中，他写道：

您不可能想象得到，现在，在收获的时节，我难过、羞愧、忧郁地生活在我生活的这糟糕、令人厌恶的环境中，特别是当回忆起过去那些年的时候。

父亲总是热爱体力劳动，把它当做有益身心的锻炼和与自然交流的方式。

抛开父亲在体力劳动中看到的深刻的道德与教育意义不说，他也确实热爱劳动。

他热爱的正是劳动的过程，在一切微小的细节中学习劳动。我常想，他是在劳动中找到了那个救命的安全阀门，帮助他度过生命中最艰难的时刻。

他对劳动的态度就像对宗教义务那样，这从19世纪80年代初就开始明显表现出来。

我记得，我们在莫斯科生活的第一个冬天他去了麻雀山附近的莫斯科河对岸什么地方跟一群农夫一起锯木柴。

他劳累地回到家，大汗淋漓，满怀对健康、劳作生活的新印象。吃饭的时候，他会跟我们讲这些人是如何劳作的，他们有多少班，赚多少钱，而且他总是把那些锯木工的需求和劳动生活与我们的奢侈和老爷式的好逸恶劳相对比。

为了在家也能够工作并且利用起漫长冬夜的时间，父亲开始学习做靴子的手艺。

不知他从何处为自己找到了一位鞋匠，这是一个朴实的、留着黑胡子的人，是那种地道的手工艺者。父亲买了许多工具和材料，并在紧挨着自己书房的小房间设了一个工作台。

工作台边靠窗的位置放置了一个奇特的用煤油灯供暖的小铁炉，这个小铁炉同时给房间通风和取暖。

我记得，尽管这个设施像新发明一样让父亲引以为豪，但在他那窄小低矮的作坊里总是透不过气，常常充斥着皮子味和烟草味。

那鞋匠总是在规定的时间来，老师和学生挨着坐在小矮凳上开始工作：捻鬃毛、对针缝、捶打鞋后帮、钉鞋掌、上鞋跟……

天生的急性子加上倔强的性格，父亲在这活计的一些技术难题上异常执着地取得了完美的成果。我记得，当他最后学会了捻鬃毛，准备好"收尾"，并且把木钉钉入鞋掌的时候，他是多么的兴奋与骄傲。

父亲在工作中总是很狂热，在他能够像老师那样完成一切之前，他必定亲力亲为不甘落后。

伏在工作台上，他努力地"收尾"，捻毛，拆掉，从头再来。由于紧张，他发出呼哧呼哧的声音，像个学生一样，他为一切进步和成果而高兴。

"请让我来做吧，列夫·尼古拉耶维奇。"看着父亲徒劳的努力，鞋匠说道。

"不，不，我自己来！你做你自己的，我也做自己的，否则是学不会的。"

在上课的时候总是有很多人去父亲那做客，有时在他那个小角落里聚集着很多支持者，以至于那个小地方都没地方转身。

我也很喜欢去父亲那里，在那经常跟他一坐就是整个晚上。

记得有一次，我表姐伊丽莎白·瓦列里安诺夫娜的丈夫奥博连斯基公爵来看望父亲。

那时父亲刚刚学会把钉子钉入鞋掌。

他坐在那儿，把翻过来的靴子夹在膝盖之间，努力地把木制靴钉钉进红色的新鞋掌里。

一些钉子断掉了，但是大部分都顺利地钉进去了。

"请看，完成得多好。"父亲把自己的活计展示给客人，自夸道。

"这有什么难的？"奥博连斯基半开玩笑地说。

"那您就试试。"

"乐意至极。"

"好的，条件是您钉进去一个钉子我就付您一卢布，但有一个损坏的您要付给我十戈比，怎么样？"

奥博连斯基拿起靴子、锥子和手锤，一连弄断了八个钉子，他憨厚地大笑，并在大家的笑声中付给鞋匠八十戈比的好处。

学会了缝制简单的靴子之后，父亲已经开始设想缝制皮鞋，最后，他缝了双带皮头的防水布皮鞋，自己穿了整个夏天

（在那个时候的一张照片上，父亲坐在阳台上穿着自己做的皮鞋。）

我还记得一件事，这件事与我对诗人雅科夫·彼得罗维奇·波隆斯基唯一的一次记忆相联系。

一天晚上，我们正坐在工作台边做活。

（我说我们，是因为我也学会了这项手艺，并且一度缝得并不差。）

仆人谢尔盖·彼得罗维奇来禀报，说有一位波托贡斯基老爷想见伯爵。

"什么波托贡斯基？不认识这个人，让他来吧。"父亲说。

至少过了五分钟。

我们已经忘了这个波托贡斯基，突然听见走廊上有奇怪的声音，像是僵硬的、不均匀的脚步。

门开了，出现了一位高个头的拄着拐杖的银发老者。

父亲望向客人的脸并马上认出他来，跳起来开始吻他。

"雅科夫·彼得罗维奇，老兄，原来是您，请原谅我让您走了这么多的楼梯。如果我知道是您，我会下楼来见您，而谢尔盖说波托贡斯基，我是无论如何也没想到是您啊，您喝点什么？"

"呵呵，如果是那样，就算我是'波托贡'（这个词与'汗流浃背的'同音）吧，给我来点茶。"波隆斯基开着玩笑，累得气喘吁吁地坐在沙发上。

确实，可怜的跛脚的老者，为了到父亲的书房，必须上一个双梯，穿过大厅，然后下几个陡直的台阶，还要经过一个有着各种转弯和门槛的昏暗的长走廊。

在这次会面之前和之后我都没有机会见波隆斯基，而且我对他们的这次会面印象也不深，因为当时我不知为何很快就出去了，在他和父亲交谈时我并未在场。

另一个教过父亲的鞋匠是我们的仆人帕维尔·阿尔布佐夫，他是奶娘玛丽娅·阿法纳西耶夫娜的儿子、仆人谢尔盖的兄弟，有一段时间，父亲在雅斯纳亚·波良纳跟他学习做鞋。

但不知怎么，父亲对做鞋这门手艺的迷恋很快就消失了。

我想，这或多或少是因为在个别社会阶层里会对这种爱好产生荒唐的说法，这种说法不能不对父亲产生刺激和伤害。

夏天，父亲在田里干活。

得知某位寡妇和生病老者的不幸遭遇后，他立即帮他们干活，替他们翻地、割草、收割粮食。

一开始，在劳动这件事上他孤立无援，谁也不支持他，家里大多数人把他的劳动和他的怪异一样看待，对于他把宝贵的精力浪费在如此繁重且无味的工作上，大家都表示痛惜。

尽管此前父亲表现得异常温和，很少在争论中发火，很少谴责谁，有时甚至像原先那样乐观、随和，但还是可以察觉到我们的生活（门球、客人）和常规的消遣与父亲紧张工作的不和谐，这些紧张的工作把父亲固定在不间断的劳作中，在书房里、田地里、书桌前、木犁旁。

那时，全家第一个与父亲亲近的是我过世的妹妹玛莎。

1885年她十五岁，她又瘦又高，头发是淡黄色的，是个柔韧的女孩子。

她身材跟母亲一样，但是长相却与父亲极为相像，颧骨突出，淡蓝色的眼睛深陷。

她生性少言寡语，常常给人看上去很胆怯的样子。

她全身心地感受到了父亲的孤独，成为我们中第一个与同龄人隔绝的孩子，并且悄无声息却坚定不移地站在了父亲的那边。

作为一切受屈辱的不幸的人们的庇护者，玛莎全心致力于为农村的苦难者谋利，并用自己微不足道的体力，主要是用那她颗乐于助人的心在她力所能及的地方帮助他们。

那时家里还没有医生，雅斯纳亚·波良纳所有的病人，有时甚至是附近邻村的病人都来找玛莎帮忙。

她经常去木屋看望自己的病人，时至今日我们的农民中仍保留着对她的感激，在村妇中仍保留着难以动摇的看法：玛丽娅·里沃夫娜"知道"并能准确地判断病人是否痊愈了。

这一年夏天雅斯纳亚·波良纳来了一位年轻的犹太人法伊纳曼，当时他是父亲真挚的追随者，是无私、坚定的理想主义者。

他住在农村，为农民干活，除了最简单的吃食，他不收取任何报酬，他梦想建立基督教团体。

为了不遭到来自当局的压迫，他在我们的教堂接受了洗礼。

法伊纳曼一度的确痴迷于基督教思想，以至于他的直率震惊了所有人，他甚至在农村，在农民中间，特别是在年轻人中间有了一些影响。

他曾有一位妻子，漂亮的犹太女子埃斯菲里，还有一个小孩，他们住在农村的木屋里忍饥挨饿。

法伊纳曼给他们带回去几块面包，那是他的劳动所得，然而他为贫苦的农民干活的时候，经常什么也得不到，就连自己也得挨饿。

埃斯菲里经常像乞丐一样在村里走来走去，有时也在我们的庄园里走动，并在一切有可能的地方为自己和孩子索要食物。最终她要求丈夫至少以自己的劳动所得每天给孩子拿到一罐牛奶，但是他认为这也是不可能做到的。结果，妻子无力维持这种生活，与他分手并离开了。

一次法伊纳曼夜访父亲，并请求父亲为他朗读一些什么。

在读的时候，他突然面色苍白，毫无知觉地倒在了地上，原来，他工作了一整天，没吃任何东西，由于饥饿晕倒了。

这件事给父亲留下了深刻的印象，令他永远无法忘怀。

"我们这些饱食终日的人什么也不干，而这个整日劳作的人却饿得倒下了。"

这是多鲜明、多强烈的对比啊。

还有一次，秋天的时候，从外面来的吉卜赛人向法伊纳曼要走了他的最后一件长袍。冬天的时候，他只得赤身裸体，穿一件粗麻布衬衫。

当然，关于这件事的说法有很多，结果是有人可怜他并在冬天之前让他穿的比原来好了。

这一年，我在6月初考试过后回到雅斯纳亚·波良纳，那时全家人都在，夏日的生活以它惯有的方式进行着。

当时我十九岁，我觉得自己到了结婚的年龄，并梦想着婚后与妻子开始过着符合父亲想法的新生活。

我无处消耗自己的体力，便去找父亲，跟他说我想工作并请求他告诉我做什么。

"真不错，去扎罗娃那吧，她丈夫去年冬天开始去做短工了，到现在也没回来。她独自带着孩子们过活，没有人给她犁地。拿上木犁，套上莫尔德温去犁地吧，现在正是休闲地开耕的时候。"

我照做了，并很快便犁了村外"湖"周围的几块地。

我记得这份有益的工作给我带来了对我来说全新的感受，那是一种令人愉悦的、平静的感觉。

你感觉自己像是被套上木犁的马，走在犁的后面，切开一个接一个的垄沟，考虑着自己不紧不慢的思绪，望着发亮的一条条地带，它们像从拨土板下面延伸出来的绵长的带子，望着在刚刚犁好的垄沟里蠕动的肉乎乎的五月金龟子的白色幼虫，望着视你不见的白嘴鸦，跟在木犁后面叼食木犁为它们翻出来的一切东西，不到该吃饭了或晚霞，赶你回家，你都不会觉得累。

这时你收起木犁，把它绑到横梁上，侧身坐到马上，双腿在木犁柄边来回晃着，愉快地想象着即将来临的晚饭和休息，骑马回家了。

通常把马牵到马厩，等不及家仆便跑到仆人的房子里，那里"人们"正围坐在没铺桌布的桌子旁边吃饭，你往角落一坐，在马车夫、洗衣工中间，用原木勺大口地喝带有捣碎的葱或土豆的冰冷的格瓦斯，或者是用青菜油拌的极咸的水泡面包渣。

临近圣彼得节时我们开始割草。

通常亚先基的庄稼人来割我们家的部分草地。

割草之前，由几个家庭聚成一个合作组，合作组分别割，有的平分，有的割三分之一，有的割五分之二的草，视草的质量而定。

我们组有两个农民——高个的瓦西里·米赫耶夫和长鼻子的矮个子奥西普·马卡罗夫，还有父亲、法伊纳曼和我。

我们开始割林荫路旁边的一座新花园里的草，还有沃伦卡河上"小水塘"里的草。

我还是替那个扎罗娃割草，父亲和法伊纳曼也是帮别人割。

这年夏天天气炎热，由于黑麦很快就熟了，要赶农时，所以割草期很紧，被骄阳烤过的野草变得又干又硬，像金属丝似的。

只有在大清早，带着露水的草才容易割，所以必须迎着清晨的曙光起床才赶得上割完头一天晚上定好的工作量。

我们的割草人瓦西里遥遥领先，后面是奥西普、父亲、法伊纳曼和我。

父亲割得很好，而且不落后于别人，尽管出了很多汗，明显看得出很累。

父亲望着我割草的样子，不知为何发现我割草时像个细木工，他从我弯着的腰和挥舞镰刀的样子看出了和细木工相似的地方。

白天我们晾草并把草摞成垛，趁着晚上有露水的时候再拿镰刀出门一直劳作到深夜。

以我们为榜样，在我们旁边又成立了另一个合作组，这个组人很多并且很快乐，组里有我哥哥谢尔盖和弟弟列夫，以及家庭教师的儿子阿勒希德。他是个可爱的小孩，庄稼人都叫他阿尔达基姆·阿尔达基莫维奇。

妹妹玛莎在我们组，而塔尼娅和库兹明斯基家的两个表妹也和他们一组。

我们组由于严谨认真被称为"神圣组"，而他们组却冒冒失失，嬉皮笑脸。

他们一到节庆，有时甚至在平常的日子，就会把卖草垛的钱买酒喝光，他们总是欢歌笑语，而我们"神圣组"却显得很矜持，而且得承认的是，甚至很乏味。

我也承认，有时他们把卖草垛的钱喝酒时，不喝酒的弟弟列夫就会把他的那份留给我，而我就满心欢喜地暂时背叛了同志，喝光他那碗酒。

但这并不影响我以居高临下的态度对待他们组，而且他们的快活总是不欢而散。

喝醉的农民们厮打在一起，组长谢苗·列祖诺夫把自己父亲谢尔盖的胳膊弄断了。

我讲述的这个夏天是独一无二的，因为对劳动的热爱充溢着每一个雅斯纳亚·波良纳居民的心。

甚至连妈妈都穿上萨拉凡（俄罗斯妇女无袖长衫），拿着耙子去割草，而我那并不年轻并且在那时拥有显赫社会地位的姨父亚历山大·米哈伊洛维奇·库兹明斯基累到双手都布满了大水泡。

当然，并非所有的劳动者都与父亲的看法一致，无私地对待劳动。但在那个夏天生活却是另一副样子，劳动使我们这伙人着迷，所有人都爱上了劳动。

在未曾赋予劳动任何道德意义的情况下，为什么十六岁的法国男孩阿勒希德不去骑马，不去玩，而去割草？

我为这个心理上的疑问找到的唯一解释就是，在父亲的性格中有那种感染人的真挚，这是父亲性格的基础，它能让与他亲近的人不得不以某种方式被吸引。

在那个时候父亲的年轻追随者之一某先生来了，那正是工期的高峰。

早餐后我们大伙集合去马厩，那里放着劳动工具。

那段时间我正与父亲一同在村子里给一家农户盖棚子。

法伊纳曼为一家的木屋做顶棚，姐妹们忙着捆黑麦。

每个人都拿了自己需要的工具，我和父亲拿了斧子和锯，法伊纳曼拿了草叉，姐妹们拿着耙子，我们便出发了。

某先生和我们一起去。

一向活泼开朗爱说笑的塔尼娅看见某先生空着手，就朝向他，用名字加父称叫他："某先生，您去哪儿呢？"

"去铁野（田野）"。

"去干吗？"

"班蛮（帮忙）。"

"您用什么帮忙呢？您手上什么都没有，哪怕您拿上草叉，也能叉一下秸秆。"

"我会用介意（建议）帮助你们。"某先生用他那蹩脚的、带着英语腔的话回答着，丝毫没有听出塔尼娅的讽刺，也没发现他那十足的可笑与他的"介意"在"铁野"中的无用，在人们劳作的地方穿着英国运动员肥大的衣服只会碍事并把事情搞糟。

我是忧郁地回忆这件事的，回忆这个我们提到的特征鲜明的"托尔斯泰主义者"。

我记忆中有那么多这样的"建议者"从我眼前闪现而过。

他们中有很多人造访过雅斯纳亚·波良纳。

但是只有那么少的人是坚强且真诚的。

很多人在父亲在世时就已经急剧地转向了，而另一些直到现在还虚荣地藏在他的影子后说着他的坏话。

难怪父亲提到"托尔斯泰主义者"时认为这是最不相融的、最令他不解的宗派。

他怀着忧郁预言道:"我很快就要死了,人们会说,托尔斯泰学习了耕田、割草、缝制皮靴,而我毕生都尽力要说的最主要的是,我信仰什么,什么是最主要的,他们却忘记了这些。"

23 作为教育者的父亲

在这里我回到前面，并努力关注父亲作为教育者对我的那些影响，尽我所能回忆在我幼年以及而后的少年时代艰难的时光里印象深刻的一切，而我的少年时代正好与父亲整个世界观的根本性变革相吻合。

上面我提到了"安卡馅饼"，这是我母亲从别尔斯家带到雅斯纳亚·波良纳的。如果把馅饼完全归功于妈妈的责任感，那我是显失公平的，因为父亲在他们结婚前的很长一段时间里也有自己的"安卡馅饼"，也许那时他并未曾留意过，因为他早习以为常了。

这种馅饼是雅斯纳亚·波良纳古老的生活方式，这是那种父亲小时候经历过并梦想在以后恢复的生活方式。

1852年，身在高加索的父亲产生了思乡之情，回忆起亲爱的雅斯纳亚·波良纳。他给塔吉雅娜·亚历山德罗夫娜姑母写信，信中描绘了"他所企盼的幸福"：

> 我是这样想象的：
>
> 若干年后，我不再年轻，也并未苍老，我身处雅斯纳亚·波良纳，一切井然有序，我的内心既没有忐忑，也没有不快。
>
> 您仍旧住在雅斯纳亚，您多少有些衰老，但仍旧精神，依然健康。我们过着曾经有过的那种日子，我每天早上工作，我们几乎一整天都见面。
>
> 我们一起吃饭，晚上我为您读些有意思的东西。然后，我们交谈，我

给您讲高加索的生活，您给我讲有关我父母的回忆；您给我讲那些我们以前都瞪着恐惧的眼睛和张大嘴巴听的"可怕的故事"。

我们回忆那些对我们弥足珍贵但已逝去的人们。

您开始哭了，我也一样，然而这泪却是令人平静的泪；我们谈论会不时来看我们的兄弟们，谈论每年会带着孩子在她至爱的雅斯纳亚度过几个月时光的亲爱的玛莎（父亲的妹妹——原注）。

我们没有熟人，谁也不会来打扰我们，给我们造谣生事。

这是个美妙的梦，然而这并不是我允许自己梦想的全部。

我结了婚，妻子是个娴静、善良、博爱的女人，她爱您就如我爱您一样。我们有了孩子，他们叫您祖母，您住在楼上那间大屋，那正是尼古拉·伊里奇的母亲，佩拉格娅·尼古拉耶夫娜祖母曾经住的房间。

整个房子保持着父亲在时的样子，我们开始了从前那样的生活，只是变换了角色。

您接替祖母，而且您胜过了她，我接替了父亲，尽管我从不希望获此殊荣。

我妻子取代了母亲，孩子们取代了我们。

玛莎承担起两位姑母佩拉格娅·伊利尼奇娜·尤什科娃和亚历山德拉·伊利尼奇娜·奥斯滕—萨肯的角色，却不会经历她们的苦难，甚至加莎（阿加菲娅·米哈伊洛夫娜——原注）也取代了普拉斯科维娅·伊萨耶夫娜。

只是不可能找到能够承担您在我们家庭生活中角色的人。

像您那样美丽与博爱的灵魂是永远也找不到了。您没有了接班人。将有三位新人，他们有时会出现在我们中间，他们都是兄弟，特别是有一位经常与我们在一起的尼科连卡，他是个已退职的老单身汉，秃头，总是那么善良、正直。

我想象他会怎样，想象他过去的样子，给孩子们讲自己的作品，孩子们亲吻他油乎乎的手（那手确是这样）。他会和他们一起玩，我妻子会忙前忙后地为他做最爱吃的食物。我们会与他逐一回想从前的共同记忆，您还是坐在常坐的位置上心满意足地聆听我们，想象您像从前一样管已经老了的我们叫"列沃奇卡""尼科连卡"，还会因为我用手抓着吃而责备我，他也会因为手不干净而挨骂。

如果能让我成为俄罗斯的帝王，如果给我秘鲁帝国，一句话，如果巫婆拿着她的魔杖来问我，我想要什么，我会扪心回答，我要这一切梦想成真。

我知道，您不喜欢占卜，可这有什么不吉利的呢？这令人愉快，我怕这种想法过于自私，害怕在这份幸福中分给您的位置太少。我唯恐过去的不幸在您心中留下很大的印记，会影响您专心于一切将构成我幸福的未来。亲爱的姑母，请告诉我您幸福过吗？所有的一切都会实现的，希望是那样地令人宽慰。

我又哭了，为什么我在想着您的时候会哭泣？这是高兴的泪水，我为自己发觉了对您的爱而感到幸福。只要您健在，无论发生何种灾祸，我也不会把自己归为不幸的人。您还记得我们要去喀山时在伊韦尔斯基小教堂的分别吗？那时，在即将分别的那一刻，犹如灵光一现，我明白了您对于我的意义，即使在我还是婴儿的时候，我就能够用泪水和连贯不上的只言片语让您理解我的感受。我从未停止过爱您，但在伊韦尔斯基我所经历的感受与现在的感受是完全不同的，现在的感受要更加强烈，比其他任何时候都要高涨。

我向您承认使我愧疚的一点，我也应该告诉您，这样才能使我的良心得以解脱。从前，读到您在信中谈到对我的感受时，我就感觉您是在夸张。但是现在，重读这些信，我才理解了您，理解您对我们无限的爱和您崇高的灵魂。我确信，所有其他读到这封信和之前的信的人都会对我做出同样的责备。然而我却不希望您责备，您太了解我了，您也知道，也许我唯一的好品质就是敏感。我生命中最幸福的时刻归功于这份品质。不管怎么说，这是我允许自己表达如此炽烈感受的最后一封信。炽烈的感受是对于那些冷漠的人来说的，但您能够评价这感受。

再见，亲爱的姑母，盼望几天后又能重见尼科连卡，那时再给您写信。

这封信后过了整整十年，父亲结了婚，他的梦想也正如他盼望的那样几乎全部实现了。

只是没有了住着祖母的大房子和两只手脏兮兮的尼科连卡哥哥，他在这之前两年去世了，死于 1860 年。

在自己的家庭生活中，父亲看到了他父母生活的翻版，在我们这些孩子身上，他渴望找到自己和他那些哥哥们的重现。

这样就开始了我们的教育，持续到 70 年代中期。

我们成长为真正的"老爷"，以自己的贵族身份为骄傲，我们与外界隔离。

所有相对于我们来说的异己都比我们地位低，所以不值得模仿。

我开始对农村孩子感兴趣，仅仅是我从他们那里得知了一些我从前不知道而且是被禁止知道的东西。

那时我十岁左右。我们到村庄里，坐在长椅上从山上往下滑，与农民的孩子们结下了友谊，然而爸爸很快发现了我们的爱好并制止了它。

我们就这样长大，周围像石墙一样围满了英国人、家庭教师和老师，在这样的环境中，父母能够轻松地观察我们的每一步，让我们的生活按他们安排的轨迹前进，况且他们对我们教育的态度完全一致，还没有出现一点儿分歧。

除了父亲亲自教我们的几门课外，他还特别关注我们的体能发展，关注体操和所有增强勇气与自立性的训练。

有一段时间他每天都把我们聚集到林荫道上，那里有体操器械，我们每个人还得按顺序在双杠、吊杠、套环上做所有复杂的训练项目。

最难的是在梯子上来回钻的动作，这叫做"米哈伊尔·伊万诺维奇"。

父亲和瑞伊先生都能做这个动作，对于我们这些小男孩来说，它太难了。在我们成功之前，我们练了很久，开始是谢廖沙先做到的，后来我也马马虎虎做到了。

当打算去散步或去骑马的时候，父亲从不等那些因故迟到的人。当我落后还哭的时候，他会模仿我说："没人等我。"而我哭得更厉害了，还生了气，但毕竟还是赶上了。

"娇气蛋"这个词在我们家是带嘲讽意味的，没有比父亲叫我们"娇气蛋"

更令人难堪的事了。

我记得，有一次佩拉格娅·伊利尼奇娜祖母修理灯时，把滚烫的灯泡拿在手里，她的手都被烫出了水泡，却没有把它扔掉，而是小心翼翼地把它放在了桌上。爸爸看到了这个场景，后来，当他要责备我们畏首畏尾时，就会想起这件事并举这个例子："这是惊人的自制力，因为姑母有权利把灯泡扔到地上，灯泡值五戈比，姑母虽然只用自己织的东西就能每天赚得这些钱的五倍，而她并没有这样做。手都烫坏了，也没有扔掉，要是你就一定会扔掉，甚至我也会扔掉。"父亲边说边赞叹着祖母的忍耐力。

父亲几乎从来不强迫我们做什么，而结果好像总是我们自己愿意或我们做得都像他想的那样做。

妈妈经常责骂和惩罚我们，而当父亲需要让我们做什么的时候，他只是专注地注视着我们的眼睛，他的目光被理解领会，而且比任何命令都奏效。

这是父亲与母亲教育的差别：过去常有想要用二十戈比买点什么的时候，如果问妈妈要，她就要开始细致地问用钱干什么，责骂一番，唠叨一堆，有时还不给。如果去问爸爸要，他什么也不会问，只会望着你的眼睛说"去桌上拿"。

然而，无论多么需要这二十戈比，我从不去找父亲开口，而更愿意找母亲要。

作为教育者父亲那巨大的力量在于，就像不能欺瞒自己的良心一样，什么都不能向他隐瞒。

他知晓一切，欺骗他就和欺骗自己一样，既沉重又毫无好处。

在婚姻问题和结婚前我对女性的态度，父亲对我的影响最大。

有时随便一件小事，不经意说的一句什么话，就会留下深刻的印记并在之后影响一生。

我正是这样。

一天早晨，我从亚先基家里长长的直楼梯跑下来，一下跃过两个台阶，由于以往习惯了，最后的几个台阶我是以大胆而且灵活的体操式跳跃跳下去的。

那时我十六岁，已经很强壮，而且跳得很漂亮。

这时父亲迎面走来，看到了我急剧的晃动，他在楼梯前停下来把手一摊，怕我站不稳摔倒，想要扶住我。

我两腿灵巧地一蹲，在他面前站起身并向他问好。

"你真是好样的。"他一边笑着一边说，看得出，他欣赏我少年的活力，"在农村这么大的小伙子早就结婚了，而你却还不知道劲往哪使。"

我没答话，但这些话却给我留下了深刻的印象。

令我吃惊的不是父亲对我无所事事的指责，而是我已长大了，到了"该结婚"的年龄，这些说法对我来说是新奇的。

我知道父亲对年轻人的贞操一向很羡慕，知道他如何地看重纯洁，所以我觉得，早结婚是解决困扰所有成熟期有自控能力男孩这一难题最好的方案。

我不能期盼父亲对我说这番话，他预见到了这些话对我产生的影响，但毫无疑问这些话是发自内心的，也正是因此它们在我心中留下了深深的印记。

我理解的不仅仅是这些话的直接含义，还有一切蕴含其中未被说完的和那些意味深长的含义。

* * * * * *

这件事之后的两三年，就在我十八岁的时候，我们那时住在莫斯科，我迷恋上了贵族小姐索菲娅·尼古拉耶夫娜·菲洛索福娃，几乎每周六都去她父母家做客。

父亲把这一切看在眼里却缄默不语。

一次他打算去散步，我就请求与他同去。

由于我在莫斯科很少同他一起散步，他就明白了我想和他谈论什么严肃的话题，他沉默地走着，而且明显地觉察出我出于羞怯而不会先开口，他就像无意似地问我："你常去菲洛索福夫家做什么？"

我回答他，我很喜欢他们家的大女儿。

"你怎么了，想结婚了？"

"是的。"

"她好吗？当心别看错，也别骗了人家。"他说得格外温柔而且若有所思。

随即我便离开父亲，幸福的我沿着阿尔巴特大街跑回了家。

我那时为自己跟他说了实话感到高兴，同时他那亲切认真的态度也坚定了我对父亲的感情，他的诚挚是我感激不尽的，也坚定了我对那位姑娘的感受，从那一刻开始我更加爱恋并更加坚定地决定不欺骗她。

父亲对于我们的委婉已经达到了腼腆的程度。

有些问题他不敢触及，害怕一触即伤。

我忘不了，有一次，在莫斯科，他坐在我房间的书桌前写作，我突然跑进去换衣服。

我的床放在屏风后，从那我看不见父亲。

听到我的脚步声，他没有回头，问道："伊利亚，是你吗？"

"是我。"

"你一个人吗？关上门，现在谁也听不见我们说话，我们也看不见彼此，所以咱们也不用难堪。你告诉我，你和女人发生过关系吗？"

当我告诉他没有时，我突然听见他像小孩一样啜泣，继而号啕大哭。

我也哭嚎起来，我们两个哭了很久，但流出的却是甜蜜的泪水。由于被屏风隔开了，我们并不难堪而且觉得很好，我觉得那一刻是我一生中最幸福的时刻之一。

我那时所经历的一切，没有任何理由，任何评价。

六十岁父亲的这样的泪水甚至在面临最艰难的诱惑时也不会忘记。

* * * * * *

在我年少时，十六岁到二十岁的时光里，父亲严密地注意着我的内心世界，他注意到我一切的动摇，他支持我一切好的向往与追求并经常训斥我的不善始善终。

我保留了当时他的几封信。

第一封信从雅斯纳亚寄来，写于1884年10月初，那时我与我的兄弟谢廖沙和廖瓦三人一起住在莫斯科。

伊利亚·里沃维奇，您好。小狗很可恨，可既然你的幸福都集中在它身上，那就留下它吧。它总是这样，鹬鸟的声音它感觉不到，枪声却总能警觉，只要一听见枪声，马上就飞快地往家跑，这是带它一起走的达维多夫告诉我的。妈妈说鞋子得修一下，新的要到春天才能有。你过得怎么样？关于你打发时间的方式，除了体操我想不出别的，但真希望还有别的。你那儿会出现意想不到的托尔斯泰戏剧家族和戈洛温音乐世家。昨天我去了邮局，看见一群小女孩往村旁的山上跑。"你们去哪儿？""着火了！"我乘马车上了山，比比科夫家着火了，我到的时候柴火垛着了，粮仓、粮食，还有一百五十箱苹果都着了。烧了好一会儿，很奇怪，那景象更多的是滑稽，而不是令人同情。农民们拼命干，忙前忙后，但明显是欣喜地看待这一切。包括费多罗夫军士、大肚子的官员在内的首领在指挥着。一些无家可归的地主，包括霍米亚科夫，表示同情，两个神父也同情他们，阿廖什卡·季亚丘克和他有着一头特殊卷发的刚从斯拉维扬斯基合唱团归来的兄弟也表示同情。苹果烤熟了，农民们明显很高兴。写信给我吧，让我了解你一点儿思想状况（我确信，你会和从斯拉维扬斯克回来的阿廖什卡的兄弟处好的，最有意思的是他的头发，像草垛一样，是用卷发器弄的）。

第二封是一张明信片，它是父亲在1886年秋天从雅斯纳亚寄来的。那时他的腿病得很重，而我们这些大一点的儿子同尼古拉·尼古拉耶维奇·盖一起住在莫斯科。

他们每天给你们写信，你们也知道了关于我的一切。我自己写信作为"确认"。总的来说都很好，如果有什么可抱怨的那就是梦了。被它弄得头脑不清楚，也不能工作。躺在那听女人谈话自己都陷入女性的腔调里了，我自己开始说："我睡了（以女性的口吻）。"精神上我一切都好，有时会有点担心你们，担心你们的心理状态，但我不允许自己这样，我等待着并为生命的流动而欣喜。你们只管少干些什么，只要好好地活着，好好长大就好。吻你们和科列奇卡。

下面这封信也是那个时候写的：

我亲爱的朋友伊利亚，我刚刚给你写完了一封符合我感受的真实的信，但我害怕那信不真实，所以就没寄。我在那封信里说了很多令人不愉快的事，但我没有权利说这些。我并不像我想要和我需要的那样了解你，这是我的错，我想改正。我很了解你身上我不喜欢的地方，但并不是全部。关于你的旅行，我认为，处于你们这种学生时期，并不是你们一个中学，而是所有处在学生年龄的人，最好少瞎忙，可以避免那些毫无益处的日常花销，我认为这些花销是不道德的，要是你考虑考虑，也会这么认为。如果你能来，我将为自己高兴，只是你不能和戈洛温一起。

按你了解的做吧，工作、思考、读书，既要用脑也要用心，就是说要认清什么是真正好的和坏的，甚至那些看上去是好的但其实是坏的。吻你。列夫·托尔斯泰。

下面的三封信写于1887年。

亲爱的朋友伊利亚：
总有什么人或什么事影响我回你那些对我来说既重要又珍贵的信，特别是最近这封。

有时是布图尔林，有时是身体不舒服，失眠，或是刚刚准科夫斯基来了，他是希尔科夫的同事，我在信中提到过。他坐着喝茶，和女士们聊天（他们互相不理解），我走出来想给你写些什么，写些我关于你的想法的一些东西。

假如说，索菲娅·阿列克谢耶夫娜询问了，等等也不是什么坏事。最主要的，一方面，能够坚定你们的看法和信念，有百利而无一害，而离开一岸却不靠向另一岸，那就危险了。

其实，岸给了人们快乐和幸福诚实、美满的生活。但也有不是美满的生活，大家都过着的那种讨巧的生活，如果固守它，就不会发现它并不美满。但如果过着这不美满的生活，良心就会受折磨；如果离开这不美满的生活又不靠向现实之岸，那就要因脱离人群忍受孤独与责骂，心怀愧疚。总之，我要说的是不要指望变得有点善良，在你不会游泳的时候就不要往水里跳，应该诚实并且有变成绝对善良的强烈愿望。你在自己身上感受到这些了吗？我说的这些是引用公爵夫人玛丽娅·阿列克谢耶夫娜关于婚姻的著名观点：年轻人没有充分的条件结婚，很快就有了孩子，贫困随之而来，一两年后开始厌烦对方，十年开始吵架，缺衣少食，简直就是地狱。玛丽娅·阿列克谢耶夫娜公爵夫人在这方面是完全正确的，她预言得很准。只是如果这些结婚的人没有别的玛丽娅所不知道的唯一目的，也不是首要目的，不是为理智所承认的目的，而是能够汇集生活之光，这目的的结果比其他一切都动人心魄。如果你们有这样的目标，好，那你们就马上结婚，玛丽娅说的就是蠢话。如果没有这样的目标，除了不幸之外，你们的婚姻百分之九十九不会得到任何东西。我与你讲的都是心里话，你也得衷心地接受并且斟酌我的话。我对你的爱除了父亲对儿子的爱，还有对如同站在十字路口的人的爱。吻你，列利亚，科列奇卡还有谢廖沙，如果他已回来。我们都生龙活虎而且健健康康。

下面这封信也是那个时候写的：

我们收到了你给塔尼娅的信，亲爱的朋友伊利亚，我看到你走在了那个给你设定的目标的前头，我就这件事的所想给你和她写信（因为你一定是全部跟她说了）。关于这件事我想得很多，高兴和害怕纷至沓来。我是这样想的：如果结婚是为了高兴地生活在一起，这是永远不可能实现的。把婚姻确定为自己主要的、替代其他一切的目标，也就是与心爱的人结合在一起，是个大错误。如果你深入思考，这错误是很明显的。目标就是婚姻。那就结婚，可然后呢？如果在结婚之前没有别的生活目标，那么两人一起也很难或几乎不可能在以后的生活中找到这个目标，甚至有可能，如果在婚前没有共同的目标，那么以后很难在哪方面志趣相投，而总是会分手。婚姻只有在有同一个目标的时候才会给人带来幸福，人们在路上相遇，说道："咱们一起走吧。""好。"并把手交给彼此，而不是当他们从路上转身的时候互相吸引。

第一种情况是这样。

第二种情况也是这样。

所有这一切都是因为很多人认同的错误观点，即生活就是哭嚎的苦难，还有另一个被绝大多数人认同的观点，你被教唆着更倾向于年轻、健康、财富，生活就是欢愉的场所。生活是行使职责的场所，在这里有时不得不承受艰难，但更多的时候会体会到许多欢乐。真正的快乐只有在人们把自己的生活理解为使命，在自身与个人幸福之外拥有一定的生活目标时才会存在。

通常结了婚的人会完全忘记这些。

将面临那么多婚姻的乐事，生孩子，好像这件事构成了生活本身。但这是危险的骗局。如果父母在他们生命中没有目标时过日子并且生育孩子，那么他们就暂时搁置了关于人生目标的问题和对不知为何生存的人施以的惩戒，他们只是暂时搁置，却没法逃避，因为他们必须得教育并引导孩子，却无从引导。那时父母失掉了人性的本能和伴随他们的幸福，成为了育种的牲畜。

所以我要说的就是：那些由于觉得生活是充实的而打算结婚的人们，应该比任何时候都更加思考和弄清楚他们每个人为何而活。为了弄清楚这一点，必须要考虑，周全地考虑你所生存的条件、自己的过去，评价生命中的一切，你认为重要和不重要的东西，弄清楚相信什么，也就是你认为什么是永恒不变的真理和你生活中要遵守的。不用弄清楚那么多，但要在实践中尝试，把了解到的实现，因为你还没有实践你相信的东西，自己也不知道是否相信。我知道你的信仰，这信仰和它在事实中表现出的那些方面比任何时候都需要你在实现时弄清楚。

信仰在于，幸福就是爱别人并成为他们爱的人。

为了达到这一目标，我知道三件事，我常在这三件事上锻炼，但不可能完全锻炼出来，这三件事现在对你尤为需要。

第一，为了能够爱别人并让他们也爱你，要让自己习惯于尽可能少地向他们要求什么，因为如果我要求很多，而得到的却是无尽的苦难，那么我将更倾向于指责而不是爱。这需要做很多工作。

第二，为了达到在行动上爱他人而非在嘴上说说，要教会自己做对他人有益的事。这需要做更多工作，特别是对于处在这个人们特有的学习阶段的你来说。

第三，为了爱别人并让他们也爱你，应该学会平和、谦逊，忍受令人不愉快的人和那些不快的事的艺术，学会总是谁也不伤害地对待人们，任何时候也不贬损任何人，学会选择最少的伤害。这一点需做的工作最多，这是从觉醒到充实的长期工作。这是最愉悦的工作，因为你会日复一日地因为这工作中的成就而快乐，此外，在爱别人这一点上你会收获到一开始不易察觉却令人欣喜的奖励。

所以我建议你以及你们两个尽可能真诚地思考和生活，因为只有用这种方式你们才能明白，你们是否沿着同一条路走，你们彼此相扶是否合适，与此同时如果你们是真诚的，那就为自己的未来做打算吧。

你们的人生目标不该是婚姻的欢愉，而应该是用自己的生活给世界带去更多的爱与真理，婚姻的目的正在于帮助彼此达到这一目的。

性格不同的人反而合得来（原文为法语——译注），最自私、最卑劣的生活便是两个人为了享受生活而走到一起，人们最崇高的使命应该是为上帝服务，带来善良与和平，并以此为目的彼此相依。你别迷糊，不能似是而非。为什么不选择崇高的使命呢，但一旦选择了崇高的使命，必须确保把整个心灵都放在这上面，而不是一点点。一点点什么都做不了。哎，写累了，可还有想说的。

吻你。

在这一时期的另一封信中父亲写到了我的未婚妻:

……两样东西把她同你联系起来:信念——信仰与爱。在我看来,一样就足够。真正的赤诚的联系是人类的爱,是基督教的爱;如果有这份爱并在这爱中萌生出爱和喜欢,那就很美妙也很坚定。如果只有一种爱——喜欢,这倒没那么不好,但也没什么好处,可终究这是可能的。在单纯的本质下并怀有内心极度的抗争才能在仅有的这一种爱的情况下生存。但如果既没有另一种爱,又没有这样的本质,只有这种或那种的表象,那么就很不好。我建议你尽可能严格地对待自己,并知道自己所做的是为了什么。

24

我的婚姻　父亲的信　瓦涅奇卡　他的死

1888年2月我结婚了，带着年轻的妻子去了雅斯纳亚·波良纳，我们在三个底层房间里住了两个月。

快到春天时，我本应搬到亚历山德罗夫斯基农庄，这是位于切尔尼县的尼科利斯科耶庄园的一部分，在那里我打算盖一座房子并住下来。婚后不久我就收到了父亲下面这封信：

我亲爱的孩子们，你们怎么样？还平安吗？精神好吗？你们正处在一段重要的时期，记住，现在的一切都很重要，每一步都很重要；你们的生活正在形成，你们相互关系新的机体——男女共同体正在形成。这一复杂生物同整个其余世界，同玛丽娅·阿法纳西耶夫娜、同科斯秋什卡、同非动物世界、同衣食等等的关系正在形成，一切都是新的。如果想干什么，那现在就干吧。

还有一件主要的事，现在你们一定是有点糊涂的心理状态，你们在对方面前涂上不属于自己本色的颜色，不要相信这，也不要相信不幸的，要再等等，一切都会好起来。

不知索尼娅怎样，伊利亚对此倾心，他必须得小心点。而你，索尼娅，会突然变得无趣，无聊，无所事事，郁郁寡欢。你别信这些，别退让，你得知道这完全不是枯燥烦闷，而是你的心对劳动的简单要求，无论什么工作，体力的或脑力的都一样。

更主要的是要与人为善，不是在远处与人为善，而是近距离地善待他人，如果做到这一点，那么生活就会充实而且幸福。好吧，坚持住！吻你们，我爱你们两个。现在才知道希尔科夫和准科夫斯基妻子的妹妹结婚了，我不认识她。

三月底爸爸自己来到雅斯纳亚和我一起住到我们离开去尼科利斯科耶。

那时只有一个老太太玛丽娅·阿法纳西耶夫娜照顾我们，她很虚弱并且已经退休，但我们没有女仆的照顾也能应付过去，自己做饭、打水、收拾房间。

爸爸尽其所能地帮助我们，但我得承认，在这段时间里我确信了，爸爸对于漂泊的生活根本不在行。

确实，他什么也不要求，认为一切都很美好，但多年形成的众所周知的作息与饮食习惯占了上风，甚至在他才六十岁的时候，所有不规律的作息对他的身体都造成了极大影响。

多少次，从家出门的时候还健健康康的，之后到新的环境，就会病着回来，甚至在那些了解他所有的习惯、像照顾孩子一样悉心照料他的地方也是一样。

四月底我与妻子离开去自己的农庄，从那时起我已不再居住在雅斯纳亚了，只会定期地去那儿，或是有事，或是为了看望父母。

从雅斯纳亚离开，我与妻子收到了爸爸的信：

我亲爱的朋友们，你们回去的旅途如何，没有你们我们很无聊，也很遗憾你们不能同我们在一起。你们收到这封电报，还什么都没做，我认为这不要紧。给我们写信，说说你们安顿得怎么样，有什么计划。现在我的身体已完全健康，我们的戒酒协会取得了巨大的成就，很多人签了字，但只有一个丹尼洛签字后却又喝醉了。对此我没有什么羞愧的，我只是在等你，伊利亚，我特别期待，当你戒掉合乎规律生活之外养成的两个恶习——烟和酒的时候，我会特别为你高兴。生活不是玩笑，特别是此时此刻，对你来说每走一步都是至关重要的。你们有很多优点，最主要的是单纯和爱,这些应该用尽全力去珍惜它,但也有许许多多的东西威胁着你们,你们没有看到,但我看到了,非常担心。好吧,再会吧,吻你们,大家向你们致意。回信,写这封信时在莫斯科,一切都好,很多人急着要来。

列·托尔斯泰

接下来的这封信是父亲在我第一个女儿安娜出生时写的:

亲爱的年轻父母,祝贺你们。不是口头祝贺,而是我自己特别地因孙女而高兴,想要把我的快乐分享并感谢你们,同时对你们的幸福感同身受。我现在看所有的姑娘和女人都带着同情的蔑视。这可如何是好?而安娜却将成为真正的女人。不,我没开玩笑。况且我写的这些真不是说笑,甚至还要很严肃地说的是,我的孙女,也就是你们的女儿,一定要教育好,那些在你们身上犯过的错不要犯,时代的错误。我相信安娜能被教育好,比你们少一些因贵族身份而产生的娇惯与恶习。索尼娅身体怎么样?当想到可能有什么不好的事时写信就会令人害怕。不过,最主要还是祝愿你们一切都好,心里一切都好,才能一切都会好。索菲娅·阿列克谢耶夫娜和你们一起,我是那么高兴,代我吻她并祝贺她。吻你们。

列·托尔斯泰

我婚后的那年春天,妈妈生下她最小的儿子瓦涅奇卡。

这个男孩只活到七岁,1895年夭折了,患猩红热,他是全家人的宠儿。

父亲以父母和老人特有的依恋,全力爱着他,这个最小的孩子。

应该说,父亲很少管我的两个弟弟——安德烈和米哈伊尔的教育。

他们到了上学年龄的时候,父亲对我们所接受的教育形式完全持否定态度,我们曾在这种教育环境中成长,所以他觉得不能按他所希望的自己的信仰引领他们,于是他就完全避开他们,放手不再插手他们的生活与学习。

妈妈一开始让他们去波利瓦诺夫斯基中学,从前我和弟弟列夫在那里上过学,后来他们又转到了卡特科夫法政学校。

我认为，父亲把瓦涅奇卡看做了自己精神的继承者，并梦想以自己的方式教育他，用基督教的爱与善的原则教育他。

我对瓦涅奇卡了解得比其他兄弟姐妹的少，因为他成长时我已经分出去单过了，但我还记得一些。我得承认，这个体弱多病的小孩的特点是有一颗极其敏感、柔弱的心。

当他只有一岁半大的时候，爸爸决定放弃自己的不动产并将全部财产分给我们家的成员。

作为最小儿子的瓦涅奇卡分得了雅斯纳亚·波良纳的一部分房子和庄园。

妈妈得到了这个庄园的另外一部分，稍远一点。

在瓦涅奇卡死后，妈妈跟我讲，一次他们在花园里散步时，她开始向他解释说，这都是他的土地。

"不，妈妈，别说雅斯纳亚·波良纳是我的吧，"他跺着脚说，"雅斯纳亚·波良纳是大家的。"

当我收到他死去的电报，我立即动身去了莫斯科。

妈妈告诉了我，爸爸在瓦涅奇卡死后说过的话："这是我一生中第一次体尝了无尽的痛苦。"

瓦涅奇卡被葬在了离莫斯科不远弗谢赫维亚茨科耶附近的尼科利斯科耶村乡下墓地，我另一个弟弟阿廖沙也葬在那里。

把棺材放进墓穴时，父亲号啕大哭，我勉强才能听清，他非常小声地说道："从大地中来，到大地中去。"

这些话在他写给谢尔盖·尼古拉耶维奇说到他们哥哥尼古拉死的那封信中也提到了。

从那时起瓦涅奇卡的死成为父亲一生中最大的损失。

我常有这样的想法，也许有人知道，如果瓦涅奇卡活着，父亲一生中发生的许多事也许就会是另外的结果，也许这个敏感又富同情心的孩子能把他挽留在家里，他也不会产生从雅斯纳亚·波良纳离开这个挥之不去的想法。

让我产生这种猜想的是父亲在瓦涅奇卡死后一年半写给母亲的信。

我把这封信完整地写下来：

（雅斯纳亚·波良纳，1897年7月8日）

亲爱的索尼娅：

我的生活与我的宗教信仰的不一致已经折磨我很久了，我不能强迫你们改变你们的生活，改变我让你们养成的习惯，到现在为止我也不能离开你们。我想，我不能在孩子们还小的时候夺去那些我能够给他们的即便很小的影响，但我要伤你们的心了，我再也不能继续像我这六十年以来的生活，时而抗争并激怒你们，时而陷于那些我已习惯的并将我包围的那些诱惑中，我再也不想这样了，所以我决定现在就做我早就想做的事——离开。第一，因为伴随着年龄的增长，这种生活对我来说越来越沉重，而我也越来越想独处；第二，因为孩子们都已长大成人，家里已经不那么需要我的影响，而且你们大家都有你们强烈积极的兴趣爱好，这些能使我的离开让你们觉得不那么明显。

主要的是，像印度教教徒在六十岁时走去森林一样，像所有的信仰宗教的老年人想把自己生命最后的几年献给上帝那样，这不是开玩笑，说俏皮话，传谣言，打网球，已经七十多岁的我也一样，想用尽全力让心平静下来，想独处。即使不能够让自己的生活与信仰、与良心完全地和谐，也不能让它们明显地对立。

如果我公开做这件事，那么就会有挽留、指责、争吵、抱怨，那么我就会软弱，可能就履行不了自己的决定，但它必须实现。所以，如果我的行为让你们难过，请原谅我。是真心的，主要的是，你，索尼娅，心甘情愿让我走吧，别找我，别怨我，别骂我。

我离开你并不能说明我对你不满意，我知道，你原来不能，确实不能，将来也一样不能看到并感受到我所看到的和感受到的，所以你无论过去还是将来都不能改变自己的生活，为你意识不到的东西而做出牺牲。因此我不责备你，相反我会带着爱与谢意回忆我们三十五年漫长的生活，特别是前一半的时间，当你用本性使然的母性的牺牲精神，那么充满活力并坚定不移地做了你认为自己该做的一切，你给了我和世界你能够给予的东西，你付出了许多母爱并做出极大的自我牺牲，因为这些也不能不珍视你。但在我们生活的最后时期，在最近的十五年，我们分居了，我不认为这是我的错，因为我懂得我做的改变不是为自己，也不是为别人，因为我别无选择。我也不能责怪你跟我步调不一致，不论现在与将来我都会感谢并带着爱意回忆你所给予我的一切。

再见，亲爱的索尼娅。

爱你的列夫·托尔斯泰

信封上写着：

如果我信中这个特别的决定未能实现，那么在我死后把这信交给索菲娅·安德烈耶夫娜。

母亲是在父亲去世后才拿到这封信的。

后来，我重读这封至关重要的解释了诸多不清楚问题的信，我在这里把它和瓦涅奇卡的死联系起来，因为我觉得在这两件事中间存在着不可置疑的内在联系。

父亲没有在儿子死后还没有想到离家出走，因为那段时间他同母亲一起经历她"极度紧张的精神状态"。对此他写道：

在此刻她那般痛苦之时，我比任何时候都强烈地感觉到"夫妻是不可分的共同体"这句话存在的真理……我特别想告诉她我所拥有的这宗教意识，哪怕只有一部分，虽然我的意识也局限在不高的程度，但毕竟到了能够面对生活的痛苦时用到的程度。因为我知道，只有上帝的思想和对他的传承才创造了生命，我希望这思想不是通过我传给她，而是通过上帝，尽管女人很难学会理解这种意识。

一年半后，当母亲的巨痛渐渐平复，父亲觉得自己的思想更自由些了，就写了上述那封告别信。

救济饥民

莫斯科人口普查后,父亲坚信用钱帮助人们既无益又无德,而他在1891—1898年饥荒期间参与的对人民粮食的救助,显得前后不一致甚至存在内在矛盾。

"当骑马的人骑在马背上,如果发现马正忍受痛苦,他就应当不再骑,干脆从马背上爬下来。"父亲说道,批判那些坐在人民脊背上,享有靠自己特权地位带来的一切财富,并从自己的富余中施舍一点慈善行为。

他不相信这种慈善行为有好处,认为它是自欺欺人的行为,甚至是有害的。这样一来,人们得到了继续自己的无所事事、老爷式生活的道德权利,与此同时,他们的每一步都加重了人民的贫困。

1891年秋,父亲打算写一篇关于饥饿几乎席卷整个俄国的文章。

尽管他已从报纸和饥饿地区来的人的口述中知道了人们受灾的程度,可是,当他的老朋友伊万·伊万诺维奇·拉耶夫斯基顺路来雅斯纳亚·波良纳拜访他并建议他一起去丹科夫县亲自看看农村的情况时,他欣然接受,并同他一道去了他的别吉切夫卡。

到那儿要一两天,父亲看到了那里是多么急需救助,他马上和拉耶夫斯基一起着手帮助农民,拉耶夫斯基已经建了一些农村食堂,一开始规模不大,后来,当大量捐助品从四面八方接踵而来时,规模便开始越来越大了。

这件事以他为此献出了整整两年时间而告终。

不能认为父亲在处理这件事上是自相矛盾的,他没有一刻欺骗过自己,也没认为自己做的事情有多好多重要，但看到人民的疾苦后，他便已经不能平静地在雅斯纳亚和莫斯科生活了，因为在这时不施以帮助对他来说极其艰难。

这有许多不应有的东西，这有索菲娅·安德烈耶夫娜捐赠的钱，这有供养和被供养的关系，这里的罪孽没有尽头，但我始终不能待在家里写作。我感觉到了参与的必要，要做些什么。

他在梁赞省给尼古拉·尼古拉耶维奇·盖的信中写道。

父亲在别吉切夫卡活动之初便经受了巨大的痛苦。

11月，一直为饥民事业不是奔波于地方自治会就是游走于乡村与村落之间的伊万·伊万诺维奇·拉耶夫斯基着凉了，得了极严重的流感后去世了。

我认为他的死把继续他们已经开始的事业并将其进行到底的道德义务加到了父亲身上。

拉耶夫斯基是父亲的老友之一。

他是个公认的大力士，可能与父亲相识于莫斯科，可能那时他们二人都酷爱体育锻炼并上了法国人普阿列的体育学校。

我记得，他很久很久以前，从遥远的童年开始，当从他来到雅斯纳亚·波良纳时，共同的体育爱好——善跑的狗和赛马把他和父亲联系到一起。

这是70年代的事。

后来，当父亲已完全抛弃了过去那些爱好，他与伊万·伊万诺维奇的友谊还保持着，我觉得他们从未像在共同努力抗击民众的灾祸那段不长的时间里那般彼此亲密。

拉耶夫斯基全身心地投入这项事业，他在工作中的踏实肯干与自我牺牲使他成为父亲至关重要的助手与同志。

这年冬天父亲似乎由于身体欠佳不得不离开别吉切夫卡两个月，并让我在这段时间代替他。

我即刻启程，把在切尔尼县供养饥民的事交给妻子，赶往别吉切夫卡。

父亲在那里从事的事业规模极其宏大。

我在那里只碰到了父亲的一位女助手，是美丽、充满激情的姑娘佩尔西瑟斯卡娅，那段时间我与她一起工作。

过了一段时间，我收到了父亲最近的一封信，是他委托一位贵族小姐亲自交给我的。

亲爱的朋友伊留沙：

这封信是韦利奇金娜姑娘带给你的，她善于工作，暂时让她来帮助你们，20号之后我们回来的时候再给她另作安排。非常遗憾，我以前没有给你写信让你先来我这里，给你讲讲所有的事。我非常担心，你会因为不了解所有状况而犯错。我应该给你写一些我没开始并不知做什么和怎么做的那些事。

对你我只有一个请求，那就是尽可能地谨慎，坚持这项事业，别动摇。首要的，关注买来的东西、粮食的运送，及粮食的正确分配，注意别让那些从地方自治机关得到足够帮助的年轻体壮的人来食堂吃饭。另外，也不能把需要帮助的人拒之门外。

当务之急是给最贫困的人送燃料。这很重要也很困难，无论多么不情愿，让需要的人得到总比让不需要的人得不到要好。

从乌索夫运来的干草怎么样？我担心叶尔莫拉耶夫弄得一团糟。他们信中写到散了包，应该马上拾起来运到科洛杰济的列别杰夫那儿。到各地去找土豆，别管哪儿卖，都得买回来，还需要很多。要是不知道怎么弄，就别管登记的事。我就指望你了，竭尽全力做吧。吻你，请转达我对叶莲娜·米哈伊洛夫娜和娜塔莎还有那里的所有人的问候。

列·托尔斯泰

给我带来这封信的"女助手"从车站骑马来，这时我和佩尔西德斯卡娅坐下来吃晚饭。

代替仆人侍奉我们的老木工禀告说："上帝又派来一位贵族小姐。"

一个学生模样的姑娘在腋下夹着一大罐水果糖走了进来，并把父亲的信交给我。

我请她坐下让她一起吃晚饭。桌上放着的是克瓦斯浸的酸白菜和黑面包。

这位不幸的莫斯科姑娘看了看,喝了两勺忧郁地不做声了,充满柔情地望着自己的糖。

从她的脸上可以看出:"落到这么个挨饿的地方,这里只有白菜可吃,要是我没料到,不带这些糖可怎么办。"

当端上来肉饼时,她变得眉开眼笑了。

第二天天刚亮,她就要求"工作"。

我吩咐给她套上马,让她和马车夫一起去加伊村登记所有在食堂吃饭的人。

半小时后,德米特里·伊万诺维奇·拉耶夫斯基(伊万·伊万诺维奇的弟弟)闯进来找我,全身是雪,惊恐万分地对我说:"我看见什么了?外面暴风雪,一个孩子站在雪橇上,她一个人没有方向地飞奔着,马是本地的,那是谁?"

我一阵叹息,原来是马车夫不在,那个姑娘自己不知往哪去了。

不得不打发人去找她,再把她带回家。

另一次我去巡视食堂,委托韦利奇金娜给食堂发木柴。

我们的柴火都是潮的,刚砍的,为了点燃炉子我们从卡卢加省订购了几车厢干桦树木柴。

这些木柴很贵,我们极为珍惜它们,3/4俄丈的柴火我们只分发1/4的干柴,我把这些跟那个女学生说明后就离开了。

当我回来的时候,可怕的是,她把所有的干柴都分了。

"人们都要干柴。"她为自己辩白。

"那我们现在怎么用潮湿的柴火?没有引火柴它们根本烧不了。"

我只得马上找干柴火,多付了贵两倍的钱。

父亲回到别吉切夫卡后我又和他待了一段时间,之后回到自己家。

* * * * * *

还有一次,在1898年我和父亲不得不在切尔尼县和姆岑斯克县一起工作。

在前两年歉收之后，初冬便已经明确了我们的地区将遭遇新一轮饥荒，对人们的救济迫在眉睫。

我向父亲求助。

春天之前，他已成功地筹到了钱，并在 4 月初亲自来到我家。

必须要说，父亲生性节俭，慈善事业又是极度谨慎的，要我说，甚至到了吝啬的地步。如果权衡他在捐助者中间享有的无限的信任和他感到对他们负有的深沉的道德责任感，当然，这都是可以理解的。所以，在着手工作前，他本人必须确认帮助的必要性。

他来的第二天我们套好了两匹马便出发了。很久之前，大概二十年前，曾和他一起训练过快马，那时或走直路，或沿田野走。

我当时完全不关心往哪走，因为我认为，所有周边的村子都一样穷困，而父亲想根据他旧时的记忆亲眼看看离我家九俄里的斯帕斯科耶—卢托维诺沃，这里从屠格涅夫时代后他就没去过。我记得，在路上他给我讲了伊万·谢尔盖耶维奇的母亲，她以异于常人的机智、精力和喜怒无常闻名这一带，我不知道他是否亲眼见过她还是只给我讲听来的传说。

路过屠格涅夫公园时，他顺便提起了他总是和伊万·谢尔盖耶维奇争论斯帕斯克公园和雅斯纳亚·波良纳公园哪个更好，我问他："现在你怎么想？"

"还是雅斯纳亚·波良纳公园好一些，尽管这个也很好。"

在村子里我们去了村长家和两三个农舍，这里没闹饥荒。

分到整块的好份地并有挣钱做保障的农民基本不贫困。

确实，一些农舍显得差一点，但那挨饿的极度窘境是没有的。

我甚至还记得，当我对此没有足够根据的时候，就发警报，父亲因此有些责怪我，我在他面前一度觉得害羞得难为情。

当然，在与每一位农民的谈话中父亲都问他们，是否记得伊万·谢尔盖耶维奇，并如饥似渴地捕捉对于他的一切回忆，几个老头记得他并带着深深的爱意品评他。

我们从斯帕斯科耶出来后继续走。

在离那儿两俄里的半路上，我们看到了田野里寸草不生荒芜的小村——波吉别尔卡。

我们顺道去看看。

看上去农民靠着"贫瘠"的份地过日子，有的地方土地不宜耕种已弃之不管。快到春天的时候，人们已经到了八户人家只有一头牛和两匹马的地步，剩余的牲畜都卖了，大人小孩靠"乞讨"为生。

下一个村子——大古巴列夫卡也一样。

继续走，更差。

我们立刻决定，马上开食堂，工作便紧张开展起来。

最难的工作是划分每户农民家庭用餐的人数，父亲几乎在各地亲自承担这项工作，所以他整天地往返于各村庄之间，经常忙到深夜。分发食物与准备工作由我妻子负责，又来了一些助手。一周过后，我们已经在姆岑斯克县和切尔尼县各开了近十二家食堂。

我们没有条件无差别地供养所有人，主要让孩子、老人和病人进食堂就餐。我记得父亲喜欢在用餐时间去村子里，他发现，来就餐的人那种对食物的恭敬，几乎是祷告的态度，自己十分感动。

遗憾的是，没有行政的干预，这件事就不能顺利进行下去。

事情是由从莫斯科来掌控我们一个最大的食堂的两个贵族小姐开始的，她们驱赶人们并以关闭食堂相威胁，随后区警察局长来找我，让我出示省长签署的开办食堂许可证。

我开始说服他，不可能有禁止慈善行为的法律。

当然，都是徒劳。

这时父亲走进房间，和区警察局长之间展开了友好的谈话，一个人说不可能禁止人们吃饭，而另一个人则请求考虑那些因上级的命令不得已而为之的人的处境。

"您如何吩咐，大人？"

"很简单：别在违背自己良心的地方做事。"

这之后，为了保护这项事业我仍然得去见奥廖尔省长和图拉省长，最后只能给内务大臣发去电报请求，"清除地方政权给法律并未禁止的私人慈善事业带去的障碍"。

这样一来,我们成功地挽救了我们现存的食堂,但不允许再开办新的了。

父亲从我这里离开,去了切尔尼县的东部,他想去那里看看庄稼播种的情况,但在路上病了,在我的朋友列维茨基家躺了几天。

这是父亲离开后写给我妻子和我的信:

亲爱的朋友索尼娅和伊利亚:

请继续咱们已经开始的事业,如有必要甚至可以扩大规模。我还能寄去三百卢布,一千五百卢布我留下,因为我给捐助者写了这件事,两千卢布还没收到。我把自己的文章与关于三千多卢布的报告寄了出去,那儿的花销大概有两千五百卢布。伊留沙,请给我寄来详细的余款清单,那样就能够寄给报社。

在你们那儿逗留给我留下了美好的印象,我更近地了解你们,理解你们,喜爱你们。

我的身体已经好些了,但不能说已经痊愈,还是有些虚弱。

列·托尔斯泰

吻我的孙子孙女们和安东奇卡,他们中的谁和奶奶在一起?

26

父亲在克里米亚生病　对死亡的态度
向往受苦　母亲的病

1901年秋天父亲得了久治不愈的寒热病,医生建议他冬天去克里米亚。

伯爵夫人帕尼娜热情地为他提供了自己位于"科列伊扎"附近的别墅"加斯普拉",他在那儿度过了整个冬天。

父亲在去的途中着凉,连续得了两种病——肺炎和伤寒。

曾有一度他的状况糟到医生几乎都确信他再也起不来了。

尽管他的体温有时升得很高,但他一直保持清醒,几乎每天都口述一些想法并有意识地为死亡做准备。

全家都到齐了,我们大家轮流照顾他。

我欣喜地回忆着那为数不多的夜晚,我需要守在他身边,坐在阳台敞开的门边,倾听他的呼吸,倾听他房间的每一缕余音。

我作为家里最强壮的,主要任务就是在换父亲身下床单的时候抬起他并抱住他。

他们重新铺床的时候,我得用长长的胳膊抱着父亲,像抱孩子一样。

我记得,有一次由于用力我的肌肉颤抖起来。

他看见了吃惊地问我:"难道很沉吗?不是小事一桩吗?"

那时我回想起童年的一件事,他在扎谢卡林带骑快马折磨我,还问:"累不累?"

他这次生病期间还有一次,他想让我抱着他走螺旋楼梯下楼。

"像抱孩子那样抱住我。"

他一点也不害怕我会失足把他摔死。

我好不容易坚持着把父亲抱到三人圈椅上。

父亲是否害怕死亡？

这个问题不是一两句话能够回答的。

父亲有不屈不挠的性格，体魄强壮，他总是本能地不但与死亡斗争，并且与衰老斗争。

即使最后一年他也依旧如此，不曾屈服，自己做一切事情，甚至骑马。

因此，我们认为，他决不会没有那种对死亡的本能恐惧。

他有这种恐惧，而且很严重，但他经常地与这种畏惧做斗争。

他是否战胜了这种畏惧。

我会明确地给予回答：是。

他在生病期间关于死亡说了很多，并坚定地、有意识地准备死亡。

意识到自己的虚弱后，他想要与所有人道别，按顺序把我们每个人叫到他跟前，对每个人说了临别赠言。

他那么虚弱，说话都近似耳语。同一个道别完，他都要休息一会儿以恢复体力。

当轮到我时，他对我说的大致内容如下：

"你还年轻力壮，爱意气用事，所以你还没来得及思考生命的主要问题，但我相信这个时候会来临，那时你该知道，要在福音教义中找到真理。我即将平静地死去，就是因为我了解这教义并笃信它，但愿上帝保佑你尽快理解这些，永别吧！"

我吻了他的手，悄悄地从房间里走了出来。

我不知不觉走到台阶，飞快地跑到孤零零的石塔楼，在黑暗中像孩子一样号啕大哭⋯⋯

当我环顾四周，看到了旁边楼梯上有一个人坐在那，也在哭。

我就是这样在父亲去世九年前与他告别的，这份回忆对我来说很珍贵，因为我知道，就算我能在他去世前在阿斯塔波沃与他相见，他也会说同样一番话。

回到关于死亡的问题，我觉得父亲不害怕死亡，不怕，在最后的时间他甚至经常企盼它，更准确地说，他更像是对死亡感兴趣，这"最伟大的圣礼"使他感兴趣到了接近爱的程度。

他是那样地认真聆听他的熟人去世的故事：屠格涅夫、盖、列斯科夫、热姆丘日尼科夫和其他人。

他打听一切的细枝末节，那些乍看无足轻重的细节他都感兴趣，对他来说都很重要。

在《阅读园地》中，11月7日还有其他几天是专门写关于死亡的思考的。

"生活就是梦，死亡就是梦醒。"他期待着觉醒，写于如命中注定般跟他去世日子一致的日期。

"如果我们不知道死后有什么等待着我们，那就意味着我们不应该知道这些。"他说。

顺便说一句，提到《阅读园地》，我就不得不说一个姐姐讲到的典型的事情。

当父亲打算编辑一本贤人思想文集时，他取名叫《阅读园地》，他把这件事告诉了他的一位朋友。

过了几天，这位"朋友"又一次来找父亲，对他说的第一句话就是他妻子和他仔细考虑过他的新书计划后，得出了结论，这本集子不应该叫《阅读园地》，而应该叫《每一天》。

父亲对此的回应是，他很喜欢《阅读园地》这个书名，因为"园地"这个词能让人想象不间断地读书，他想用这个书名表达这个观点。

半小时后，"朋友"又去找父亲并一字不差地重复了那番话。

这一次父亲沉默了。

晚上，当这位"朋友"准备离开时，他与父亲告别并把父亲的手握在自己手里，又一次说"列夫·尼古拉耶维奇，我还是应该对你说，我妻子和我考虑过……"等，还是那番话。

"不，要死啦，还是死了好！"把"朋友"送走后，父亲呻吟着。事实上，无论《阅读园地》还是《每一天》都无所谓吗，不是的，该死了，不应该这么活下去了。

后来怎么办呢？贤人思想的出版物之一仍被称作《每一天》，而不是《阅读园地》。

"哎，亲爱的，自从出现了这个先生，我真不知道列夫·尼古拉耶维奇在他的文章里写了什么，也不知道先生写了什么。"已过世的心直口快但善良的玛丽娅·亚历山德罗夫娜·施密特满怀惆怅地说。

这种对父亲创作活动的侵犯在所谓朋友的话语中被冠以谨慎的名称——"假定的修改"，显然，玛丽娅·亚历山德罗夫娜是正确的，因为永远没有人会知道父亲所写的东西在哪里结束，他那固执的"假定修改"般的让步又从何开始，何况有远见的策划者已与我父亲商定好，就是为了让父亲回信时一并归还他所有的信的原件。这样一来，这位先生计划的成果就会预计性地永远消失了。

* * * * * *

在父亲生命的最后几年里，在他流露出自杀想法的同时，还有一个他真诚追求蕴藏内心的理想 ——这就是为自己的信仰而受折磨的愿望。

首先促使父亲产生这些想法的，是因为他活着的时候很多朋友和同事都受到了当局的迫害。

当他得知，由于宣传他的作品有人入狱或被流放，他确实焦急不安以至于开始抱怨自己。

我记得一件事，那是在尼·尼·古谢夫被捕后没几天、我到达雅斯纳亚·波良纳之后发生的。

我和父亲一起住了两天，他给我讲的全是关于古谢夫的事。

世界如此之大，可不让这个人寄身。老实说，尽管我本人也为当时被关在克拉皮温斯基监狱的古谢夫感到惋惜，但我产生了不好的委屈感，父亲对我和周围所有人关心太少，他想的只是尼古拉·尼古拉耶维奇的想法。

我情愿承认，我有这种天真的感情是不对的，要是我能想象到父亲当时所经历的，我就可以感受到他当时的心情了。

还在1896年的时候，由于女医生霍列文斯卡娅在图拉被捕，父亲给司法大臣穆拉维约夫写了一封长信，信中他提到了政府采取的这些措施是不合理、有害和残忍的，这些手段针对的是那些传播他被禁作品的人，同时，他请求所有惩罚、恐吓和除恶的措施应用来对付那些认为他有罪的人。

> 我尤其要提前声明，在我死之前，我至死将一直做那些政府认为是罪恶的事，可我认为这是对上帝负责的神圣义务。

当然，不论是这次还是以后，父亲的这种类似的呼吁没有任何结果，对他亲近的人被流放与逮捕没有停止过。

父亲认为，面对这些人自己有道义上的责任。渐渐地，他的良心背负上了一个又一个负担。

在1908年自己生日之前，父亲给阿·马·波将斯基写了封信：

> 的确，没有什么能够让我满足并带给我由衷的喜悦，除了把我投进监狱，一所好的真正的监狱，那种气味难闻的、寒冷的、挨饿的监狱……

这种行为"在我的晚年，临死之前，像是给了我真正的快乐，同时也把我从可预见的准备生日的全部痛苦中拯救出来"。

这就是他写的。1862年法院侦查员在雅斯纳亚·波良纳对他进行了搜查，后来又带走了父亲签署不离境的字据（1872年一头公牛顶死了我们的牧人），他极为恼火，甚至两次都想移居国外。

* * * * * *

1906年秋，在母亲病重的这段时间里，我的父亲每一分钟都在忍受着煎熬。

得知了母亲的病情，我们所有的孩子们，都聚集到雅斯纳亚·波良纳。

妈妈卧病在床已经好几天了，被难以忍受的腹痛折磨着。

我们请来了弗·费·斯涅吉廖夫教授，他确诊母亲得的是扩散性体内肿瘤，并提议做手术。

为使诊断更准确和便于咨询,他请彼得堡的尼·尼·费诺梅诺夫教授来共同会诊。然而母亲的病情却迅速恶化,第三天清晨,斯涅吉廖夫教授叫醒我们所有人,告诉我们他决定不等费诺梅诺夫了,因为如果现在不做手术的话,妈妈就会死。

医生去找父亲,同样也这么说。

爸爸完全不相信手术有效,他觉得妈妈快不行了,并祈祷着为她的死亡做准备。

他认为,死亡这一伟大而庄重的时刻已经来临,应听命于上帝的意愿,任何医生的干预都会破坏死亡这一伟大行为的庄严和隆重。

当医生确切询问他是否同意做手术时,他回答说让母亲自己和孩子们决定,他选择回避,不说赞成或反对。

手术期间他去了切佩什,一个人去那儿踱步祈祷。

"如果手术成功,就向我敲两下钟,如果不成功,那就……不,最好别敲,我自己回来。"反复思考后他说,然后静静地走向树林。

半小时后手术结束了,我和玛莎妹妹跑着去找爸爸。

他迎面走来,不知所措,面色苍白。

"成功了!一切顺利!"我们看到他在树林边,从远处就喊道。

"太好了!走,现在就去看看!"他由于激动压低了声音说道,再次转向了树林。

过了一段时间,母亲从麻醉中苏醒了过来,父亲走上前去,之后又沮丧气愤地走出了她的房间。

"上帝啊!这太可怕了!竟不让人安静地离去!让女人剖腹绑在床上,没有枕头……比手术前的呻吟更厉害,这是什么样的折磨啊!"

直到过了几天,母亲完全恢复健康,父亲才平静下来,不再由于医生手术干预而斥责医生。

27 玛莎之死　日记　昏迷　虚弱

该着手写父亲一生的最后阶段了,我需再次提前说明,我所写的只是根据印象,而且也只是根据我定期来到雅斯纳亚·波良纳所留下的印象。

很遗憾的是,我没有古谢夫、布尔加科夫,尤其是杜尚·彼得洛维奇·马科维茨基掌握的供我的回忆录使用的丰富的速记材料。

1906年11月我妹妹玛莎由于患肺炎去世了。奇怪的是,她就这样悄无声息地离开了,就如她活着时那样。

可能,这就是所有拥有纯真心灵的人的命运吧!

她的死也没有使任何人感到特别惊讶。

我还记得收到电报时,我并不惊讶,觉得好像就该是这样的。

玛莎嫁给了奥博连斯基公爵。他是我们家的一位亲戚,住在离我们有三十五俄里远的自己的皮罗戈沃庄园里,但有一半的日子他和玛莎都是在雅斯纳亚·波良纳度过的。

玛莎身体虚弱,常常生病。

在她去世的第二天,我回到了雅斯纳亚·波良纳,那时我就感觉到某种强烈的全家人都有的令人怜悯的心情,也许就是那时,我第一次意识到死亡的伟大与美丽。

我清晰地感觉到,玛莎不仅没有因为死与我们分别,而正相反,和我们所有人永远亲近并紧密联系在一起,这是她活着时从来没有的感觉。

这就是我所看到的父亲的心境。他走起路来是那么沉默，那么可怜，鼓足全身气力克制自己内心的悲痛，但我没听到他的一句怨言和一句牢骚，听到的只是感动的话。

当棺材被抬到教堂后，他穿好衣服去送行。

在石柱旁他让我们停下，与逝者告别后他就沿着大路回家了。我目送父亲离去，他迈着老年人细碎的步子走在融化的湿漉漉的雪水里，像往常一样猛地翻了一下短袜，一次也没有回头。

玛莎妹妹对于父亲和全家人的生活而言，有着重要意义。

在最后几年里，父亲不知多少次回忆起她，悲伤地说："要是玛莎还活着……""要是玛莎还没死……"

为了说清楚玛莎对父亲的态度，我不得不再追忆到很早之前。

也许是因为父亲成长过程中没有母亲的陪伴，也许是天生的，在他的性格中，乍一看有一种奇怪的特点——流露柔情是完全不符合他的本性的。

我说的"温柔"不同于"热忱"，他是有热忱的，而且很强烈。

就这一点而言，父亲在描写尼古拉·尼古拉耶维奇伯父的去世时表现得很典型。在给谢尔盖·尼古拉耶维奇的信中，父亲在描述哥哥生命的最后一天的事的时候，讲述了自己是怎样帮他脱衣服的。

……他很听话，变成了另外一个人，温和，善良，这一天他没有呻吟；与谁谈话都夸奖对方，还对我说："谢谢你，我的朋友。"你可知道，这在我们之间意味着什么。我对他说，早上听到他咳得很厉害，但由于虚假的惭愧没有进来。"没有必要，这是对我的安慰。"

原来，在托尔斯泰兄弟们的语言中"我的朋友"一词是那么的温柔，想不出比这更好的词了。

从即将逝去的兄弟口中说出的这个词也使父亲感到震惊。

我一生中从未见过他流露出温情。

他不喜欢亲吻孩子们，即使在问候时也只是出于责任才这么做。

这也就明白了，为什么就对待自己的态度而言，他不会调动温柔，他内心的亲切从来也不会外露。

比如，我无论如何也不会想到要去靠近父亲并亲吻他，或者去抚摸他的手。

我总是仰望他，这在某种程度上阻碍了我亲近他，他的精神力量和伟大阻碍我把他看成一个普通人，有时看成是可怜疲惫甚至虚弱的老人，需要温情和宁静的老人。

能给予父亲这种温情的只有玛莎一个人。

有时候，玛莎走到他跟前，抚摸着他的手，亲昵地说些亲密的话。你就会发现，这样他很愉快，很幸福，并且自己也这样回应她。

的确，和她在一起，父亲就成了另一个人。

为什么玛莎能这么做，而其他任何人却不敢尝试呢？

要是我们所有人这样流露就是不自然的，而她就是很平常并且真心的。

我不想说，其他亲人爱父亲不如玛莎爱得多，不是的。但的确没有人像她那样表现出如此温暖的爱，同时还能那样自然。

随着玛莎的去世，父亲失去了这种温暖的唯一源泉，在晚年，对他而言，越来越需要这种温情。

玛莎还有另一种强大的力量——这就是她与众不同的敏锐的怜悯之心。

对父亲来说，她的这一特点比亲昵更加珍贵。

玛莎能化解各种误会，她总是庇护受到某种责难的人，不论这些责难是否公正，反正都一样。

玛莎擅长这一切，包括安抚大家。

当我一得知父亲10月28日离家后，我首先想到的就是：要是玛莎还在的话……

* * * * * *

最后这一年，父亲的身体明显变得虚弱了。

有好几次，他不明原因地就出现了突发性昏迷，昏迷后第二天才恢复，但还是会暂时地完全丧失记忆。

这段时间弟弟安德烈的孩子住在雅斯纳亚·波良纳，当父亲在大厅里看见他们时，竟惊讶地问："这是谁的孩子？"他见到我妻子时，对她说："你别生气，我知道自己是非常爱你的，但就是忘了你是谁。"一次这样的昏迷过后，他走进大厅，吃惊地环顾四周，然后问："弟弟米坚卡在哪？"（米沙在十五年前就夭折了。）

第二天，疼痛消失得无影无踪。

在一次昏迷中，哥哥谢尔盖在给父亲脱衣服的时候，在他身上发现了一个小记事本。

他把本子藏了起来，第二天去看父亲时交还给他，并告诉父亲自己没有看。

"嗯，有可能你没看。"父亲说着从他那儿拿回了本子。

父亲在这本日记里记录了自己内心隐秘的想法和祷告，他规定这本日记只是"写给自己的"，没有给任何人看过。

父亲过世后我看到了这个本子，每次读它都是泪水涟涟。

尽管我对这本临终前的札记有强烈的兴趣，但我不会引用其中的内容。

关于父亲只是"写给自己"的这一点，我不太愿意提起。

这本日记存在的这一事实已足够为自己说明了。

它是"真正的日记"。

说它是"真正的"，因为父亲在其他所有的日记里都记录了自己抽象的（不是个人的）思想和感受，这些日记没有整理，就公开放在他的桌子上。

谁想读就读，不仅仅是读，一些所谓的朋友甚至还带走或抄写。

由此，私下里在我母亲和这些"朋友"之间产生了无声的严重的斗争，最终以父亲开始写这本新的"为自己写的日记"而结束。

他需要有自己最宝贵的任谁也不能侵犯的东西，他把这本"为自己写的日记"藏在自己的靴筒里。

* * * * * *

  我最后一次去雅斯纳亚·波良纳是在初秋。

  父亲像平常一样温和亲切地迎接了我。

  当我们这些儿子中有人来到雅斯纳亚·波良纳时，他总是高兴地迎接我们，并致以愉快的问候。

  他要么说不久前在梦里梦见我，要么说他正在等我，因为其他人之前都来过。一句话，总是这样，此刻的到来正是时候。

  尽管我多少已经适应了父亲欠佳的身体状况，但这一次我一眼就注意到了他的虚弱。

  并不是那种身体上的虚弱，而是某种专注，对整个外部世界的疏远。

  这一次的见面留给我的是非常凄凉的回忆。

  似乎父亲在回避交谈，又似乎我做了对不起他的事。

  同时，他记忆力的衰退着实令我震惊。

  我在农民银行已经任职五年了，父亲对于此事也是很清楚的，尽管甚至他在目前写的作品中还用到了我告诉他的一些实际工作中的故事，但这次他竟忘记了这事，还问我在哪工作，做些什么。

  总之，他精神恍惚，还有些孤独。

  奇怪的是，父亲突然出现的记忆急剧衰退只是针对着一些人和事。

  在他作为作家的创作中并没有这种现象，他去世前最后几天所写的东西，都以充满他独特的逻辑性和说服力而著称。

  也许，忘了生活中的小事是因为他过于专注在自己抽象的工作中。

* * * * * *

  十月份的时候我妻子去了雅斯纳亚·波良纳，从那儿回来后她告诉我说，那里发生了不好的事："母亲神经紧张，父亲沉默不语，情绪低落。"

  我当时工作繁忙，但还是决定一有空就去看望父母。

我去的时候父亲已经不在雅斯纳亚·波良纳了。

1910年10月28日我去了莫斯科，傍晚我从哥哥谢尔盖打来的电话得知，他收到雅斯纳亚·波良纳发来的加急电报，要他立刻回去。我们晚上十二点出发，清早就到了科兹洛夫卡-扎谢卡车站。

我们从车夫阿德里安·巴甫洛维奇那里得知，父亲是前一天早上乘火车离开的，谁也不知道他现在在哪儿，甚至不知道他去了哪个方向，是北方还是南方。因为早上六点的时候他去了亚先基车站，同时有开往不同方向的火车。

这个消息对我来说太意外了，我记得这个奇怪的巧合，当时的确吓到了我。这个巧合看上去似乎无关紧要，但实际上这件事对我意义重大。

父亲是28日从雅斯纳亚·波良纳离开的，又是这个命中注定不祥的数字，与他生命中所有的重大事件相吻合。

这就意味着，在他生命中发生了具有决定性的重要事件，意味着他不会回来了。父亲不相信任何迷信，也不怕是坐在桌旁的第十三个人，还常常嘲笑各种迷信说法，但他却认为"28"是他的数字，很喜欢这个数字。

他生于28年，8月28日，他的第一本书《童年与少年》出版于28日，第一个儿子生于28日，儿子的第一个婚礼举行于28日。最终，他自己28日离开了家，就是为了不再回来。

回到雅斯纳亚·波良纳，我们遇到了妹妹亚历山德拉和弟弟安德烈、米哈伊尔。

妈妈在前厅迎接了我们，她号啕大哭，不知所措，痛苦不堪。整整这一天我们所有人三五成群地聚集在空荡荡的房子里，一遍遍地听发生的事，猜测爸爸现在可能在哪儿，他是否会回来，并讨论我们该怎么办。

我们的当务之急就是关心母亲，她的状况令我们很担忧。我们从图拉请来的心理医生建议不要让母亲单独一个人呆着，要让善良的妹妹照料她。当时我们就决定我们中的两个人先留在雅斯纳亚·波良纳。

10月29日妹妹萨莎准备去找父亲，但尽力瞒着我们她要去哪儿，什么时候出发。

有病的父亲身体与精神都疲惫不堪，无目的地出行，没有提前预计的方向，只是为了躲避到什么地方并摆脱他不能忍受的精神折磨。

"爸爸是否考虑过,妈妈也许不能承受离别之苦。"我问妹妹萨莎。

"是的,他考虑过这一点,但依旧决定离开,因为他觉得不会再有比现在更糟糕的状况了。"她回答我。

傍晚我们给父亲写了信并转交给萨莎,我们口头上嘱咐她转告父亲,让他别担心母亲,我们会爱护她,也让她关心他,照顾他。

当晚我离开,回到卡卢加。

并没有人告诉我父亲去了哪儿,但我确信他就在沙马尔吉诺的玛莎姑母家。第二天我就去拜访了卡卢加省省长戈尔恰科夫公爵,并请他采取措施以防科泽利斯克警察局找我父亲的麻烦,因为他身上没带任何证件。

沙马尔吉诺离卡卢加有五十俄里。

我在卡卢加的时候碰巧停了辆三套马车,妻子再三建议我该坐轻便马车去找玛丽娅·尼古拉耶夫娜,但由于害怕惊动了父亲,我没那么做。

如果我知道他在哪儿,他会不高兴的。

后来弄清楚了,我乘火车从扎谢卡车站去卡卢加坐的那节车厢,也是我妹妹萨莎走时乘坐的。

我若是听从妻子的建议,就能和萨莎同时到达沙马尔吉诺,甚至比她还早到,因为她坐车走的是环形路线,途径吉洪诺瓦小修道院和苏希尼奇,而我不用停留直接到达。

现在我后悔没那么做。

两天后我收到电报,父亲在阿斯塔波沃病了。

我立即动身赶往阿斯塔波沃。

在那儿,我几乎看见了从雅斯纳亚·波良纳乘特快列车赶来的全家人,他们被安顿在备用线的头等车厢,父亲躺在一间红色的小侧屋里,那是车站站长的房间。

父亲身边一直有值班的医生,还有姐姐塔吉雅娜、妹妹亚历山德拉、哥哥谢尔盖,还有几个助手。

回想起来很难过,我不得不放弃了在父亲生病期间最后一次见他的机会。

我到来的时候，他已经虚弱到说话都很吃力，几乎所有时间都处于半昏迷状态。

在阿斯塔波沃我没有去看他是有原因的。我没去沙马尔吉诺，是因为我觉得，如果父亲看到我，他就会认为大家也知道他在哪儿了。在他临终前剥夺他实现自己愿望并隐藏起来的幻想，我会感到很痛苦。

在父亲生病期间我们面临最沉重的问题，也是最重要的问题，坦白说也是我至今还未解决的问题，那就是——该不该让母亲去看父亲。

从第一天到最后一天，这些天我们所有人都千方百计地一直在讨论这个问题，其结果依然是：只有在临终前当父亲弥留之际昏迷时，让母亲走近病危的父亲房间，才勉强可以看见他。很多人认为，父亲周围的人不会允许我母亲去看他。

这是不对的。

在哥哥谢尔盖和父亲交谈时，父亲口述了一封给母亲的电报，电报中他请求母亲不要来看他，因为他感觉自己很虚弱，与母亲见面对他来说可能是"致命的"。

哥哥把这封电报拿到我们车厢转交给了母亲。

这之后又该怎么去看他呢？

另一次，姐姐塔吉雅娜和他说到了妈妈，一提起妈妈，父亲极度激动，而当塔尼娅开始安慰他时，他又说，这是"重要的"，现在是"最重要的"。

塔尼娅问他那是否想见母亲，他却避而不答。

这段时间有六位医生陪着父亲，其中五位都是我们家的老朋友。

作为医生和密友，他们的一致意见是：对列夫·尼古拉耶维奇而言，情绪激动是非常危险的，甚至可能是致命的。

现在还有挽救他的希望，应该使他避免任何情绪波动，索菲娅·安德烈耶夫娜也只能在他自己想见她的情况下进去看他。

我们认为这样的决定太残酷了，但又不能不服从。

我们所有人都清楚这一点。

我母亲为此痛苦不堪，但什么也做不了。

不论白天黑夜，每隔一个小时，甚至更频繁，我们车厢中就有人跑去红色小屋，敲敲看护人待得房间的气窗，之后带着病情进展的消息返回。

不知多少次我扶着母亲和她一起走近这间小屋，久久地站在窗前，陪着她一起忍受煎熬痛苦的时刻。

回想过去，我有时觉得我们犯了一个错误：也许应该在父亲刚一生病的时候就告诉他，妈妈就在身边，在阿斯塔波沃。

意识的减弱，可能使他伤心，因为这就夺去了他逃避的幻想，但也许这样会好一些。

说这样好一些，因为这是事实，现在我认为我们没有权力向一个即将离去的人隐瞒事实。

如果他没有让她从雅斯纳亚来是出于怜惜她，怕她担心呢？

也许他甚至想到她病了，不能来。

很难说当时该怎么做。

毫无疑问的是，怎么做对父亲好一些，就该怎么做。

我的母亲毫无怨言地服从了医生的建议，以她的角度而言这是沉重的赎罪的牺牲，但这一意义不该由我们来评判。

姑母玛莎·托尔斯泰娅

玛莎·托尔斯泰娅姑母是我父亲唯一的妹妹，比他小一岁半。

据说，我祖母玛丽娅·尼古拉耶夫娜是由于生她而过世的。

我记得，童年时，当我得知玛莎姑母是她母亲去世的罪魁祸首，我怎么也不能理解她的过错在哪儿。我没有特意向谁问起过这件事，但在我内心深处对她隐藏着某种自己也不能克服的敌意，尽管玛莎姑母是我的教母。

从我记事时起，玛丽娅·尼古拉耶夫娜已经是寡妇了，她差不多每年都要来雅斯纳亚·波良纳。早年在女儿还没出嫁前，她和孩子们一起来，后来就只是一个人了。

她嫁给了一位与自己同姓的远亲——瓦列里安·彼得罗维奇·托尔斯泰伯爵。

她丈夫的波克罗夫斯科耶庄园位于切尔尼县，距离屠格涅夫的斯帕斯科耶－卢托维诺沃只有几俄里，这片庄园后来属于玛丽娅·尼古拉耶夫娜的女儿——伊·瓦·奥博连斯卡娅公爵夫人。在那儿，玛丽娅·尼古拉耶夫娜见到了伊万·谢尔盖维奇，与自己的哥哥尼古拉和列夫一起，她加入了活泼有趣的一个由邻居组成的小圈子，这些邻居都是文艺理论家和猎人，阿法纳西·阿法纳西耶维奇·费特在自己的回忆录中也生动地讲到了这一点。

据说，有段时间屠格涅夫曾迷恋过玛丽娅·尼古拉耶夫娜。

甚至还有传言，他在自己的作品《浮士德》中描写了她。

他对她的纯洁和直率还以骑士风度的敬意。

直至生命尽头，玛莎姑母都保存着对屠格涅夫富有诗意的回忆，丝毫未被污染的愉快、鲜明的回忆。

看得出，玛丽娅·尼古拉耶夫娜的夫妻生活是不幸福的。在她丈夫去世前不久，他们就分居了，她搬去了自己在克拉皮温斯基县的皮罗戈沃庄园，她在距谢尔盖·尼古拉耶维奇伯父的庄园三俄里远的地方有一个不大的农庄和房子，在那里断断续续生活了几年，直到1889年结识了奥普塔修道院的长老阿姆夫罗西，并去了他创立的沙马尔吉诺女子修道院。在我父亲去世一年半以后的1912年，她就在这个修道院里去世了。

令人费解的是，我父亲和玛丽娅·尼古拉耶夫娜生命中的宗教危机几乎是同时发生的。

他们两人身上鲜明地体现了对自己的严格要求，坚定不移、充满热情地追求真理，而且是那么坦诚，不允许任何生活上的妥协和敷衍。

有一段时间，父亲完全脱离了东正教，那时玛莎姑母还未落发为修女，但想着要去修道院，我记得在她和父亲之间还有过激烈的原则性的争吵。

这是很早之前的事了，当时两人都表现出了强硬的偏执。

这就造成了他们的争执。

但为时不长。

我记得，已经跟阿姆夫罗西修行的玛莎姑母有一次对父亲说过，她想请求长老许可获得一张彩票。

当父亲告诉她，这不是出家人应做的事，也不能向长老提这样的问题，她非常生气地离开了房间。

后来，她和我父亲之间的争论越来越少，在他们生命的最后几年我再也没有听到过。

他们两个的年纪越大，相互之间的关系也使他们越亲切，也更加尊重对方的信仰。

这也不奇怪，强烈地寻找上帝的这份共同事业把他们联系在一起，父亲完全否定一整套的宗教仪式，姑母是严格遵守仪式，但他们同样热爱上帝，按自己的方式尽力祷告，他们两人也敏锐地倾听对方的心声。

我还记得一件感人的事，发生在雅斯纳亚·波良纳，与玛莎姑母有关。我并不是想把这件事当做笑话来讲，而是作为她和我父亲共同阐释的真实的生活真理。

一次，玛莎姑母来我们这儿，住的房间就是父亲一生中最后几年住的卧室。这段时间父亲不住在那儿，这个房间是空着的。

已经是秋天了，屋子的角落里、天花板下到处是一群群的苍蝇，苍蝇个头很大。玛莎姑母知道房间的右角历来摆着放圣像的架子，但由于自己近视，她把那群苍蝇当成了圣像，还每天对着它们祷告。

有一天傍晚，她突然进了房间，看到原来她以为摆着圣像的地方什么也没有，就叫来打扫卫生的女工阿夫多季娅·瓦西里耶夫娜，问她为什么把圣像画拿走了。

"玛丽娅·尼古拉耶夫娜，那儿没有圣像，圣像被搬到伯爵夫人的卧室了，那儿是苍蝇，我今天把它们清理了。"

玛莎姑母当着我的面把这件事告诉了父亲，他们坦诚地惊叹，父亲还安慰了她。要知道她对着苍蝇祷告了三天，这不能算是违背教规，因为她本人并不知情。

另一件反映玛莎姑母对父亲态度的典型事件就是，她给父亲绣了个小枕头，他总是把这个枕头放在自己身边，直到1910年10月28日离开这个房间，至今还放在他房间的床上。

当父亲第一次去姑母在沙马尔吉诺修道院的居室看她时，她给父亲讲了修女是怎样严格遵守自己的职责的，别说是走一步，甚至是最不起眼的小事，没有长老的建议和赞许，她们也没人敢做。

父亲气愤的是修女们不能按自己的想法去生活，他半开玩笑地说："因此你们这里有六百个笨蛋，都按照别人的意愿生活，你们中唯一智慧的人就是你们的院长。"（这时候修道院的院长是个失明的老太太叶夫罗西尼娅修女，父亲很喜欢她的真诚和智慧的头脑。）

玛莎姑母牢记着列夫·尼古拉耶维奇的这些话，并在自己下一次去雅斯纳亚的时候送给了他这个在十字布上绣花的枕头——"六百个沙马尔吉诺傻瓜修女中的一个赠送"。

父亲当时已经忘了这个笑话,当玛莎姑母提醒他这件事时,他难为情地说:"当时我糊涂才那么说的,我才是傻瓜呢,你们都是聪明人。"

父亲非常喜欢玛莎姑母,总是凝神聆听她的内心。

随着暮年的临近,友情转为深厚的温情,它充溢在写给姑母的一些信里。

"越老越爱你的哥哥列夫。"这是1909年父亲最后一些写给她的信上的落款。

"我差点被你的信感动哭了,信中充满了你的爱和真挚的宗教情感。"读完姑母写给德·彼·马科维茨基的信,他给她在另一个地方写道。

这很明显,当父亲决定永远离开雅斯纳亚·波良纳,远离"尘世的生活,以追求在生命的最后几天过上孤独安静的生活",他就不能不去找玛莎姑母。只有姑母一个人能理解他经历了什么,能陪他一起哭,稍许地安慰他。

在1911年4月22日写给我母亲的信中,玛莎姑母这样描述了与哥哥的最后一次见面:

愿上帝保佑!

亲爱的索尼娅,非常高兴收到你的来信。我觉得,在经历了万般的痛苦和绝望后,你顾不上我了,这使我感到悲伤。除此之外,我相信,除了担心,失去了如此重要的一个人你也无比痛苦。你问我从所有发生的事中能得出什么结论,我怎么知道这些从不同的人,从你们的亲戚那儿听来的事,哪些是真的,哪些是假的呢?但我认为,常言道:无风不起浪,也许是发生什么不好的事了吧?

当列沃奇卡来到我这儿时,他起初非常苦恼。当他开始讲,你是怎样跳入水塘的时候,他抽抽搭搭地大哭起来。望着他,我泪流满面,但关于你,他什么也没对我说,只说来这里长住一段时间,想从农夫那儿租间木屋住下来。我觉得他想要一份宁静:雅斯纳亚·波良纳的生活和所有违背自己信仰的局面成为他的负担(这是我上次在你们那儿时,他告诉我的)。他只是想按照自己的喜好来生活,住在一个没有人打扰的安静的地方。我是这样理解他的话的。在萨莎来之前,他没打算去哪儿,只打算去一趟奥普塔小修道院，想和长老谈一谈。但第二天萨莎的到来使这一切都颠倒了，这天傍晚，他离开后住在旅店里，他也没想着走，只是对我说："再见，明天见！"第二天早上五点（天还黑着）我被叫醒，得知他离开的时候，我是多么惊讶和绝望啊！我立刻起床穿好衣服，叫了马车赶往旅店，但他已经离开，我也没有见着他。

不知道你们之间发生了什么，也许多半是切尔特科夫的错，但一定有什么特别的事发生，否则列夫·尼古拉耶维奇这么大年纪，不会突然那么决定，在夜晚，而且是在很糟糕的天气里立即动身离开雅斯纳亚·波良纳。

亲爱的索尼娅，我相信你很难过，但依然不要过分自责，当然，发生的这一切都是上帝的旨意。他的日子屈指可数，上帝希望通过他自己最亲近和最重要的人来赋予他最后的考验。

看吧，亲爱的索尼娅，我从所有这些令人震惊和可怕的事情中得出了什么样的结论！他是那样一个非比寻常的人，自己的结局也是与众不同的。我希望，他是为了按着像福音书上说的那样活着，为了他对上帝的爱和对自己的完善。仁慈如他，不会背离上帝。

亲爱的索尼娅，别生我的气，我坦诚地给你写信，说了我想到的和感受到的。我也不会欺骗你，无论如何，你依旧是我非常亲密和亲切的人，我将永远爱你。要知道他，我亲爱的列沃奇卡，是爱你的。

我不知道，夏天我还能不能去列沃奇卡的墓地，他过世之后我就身体虚弱，真的哪儿也去不了，只能去教堂，这是我唯一的安慰。来我们这儿斋戒吧，向神父敞开心扉，他会明白一切并且安慰你，上帝会宽恕一切，用自己的爱包容一切。向他哭诉，你会看到自己内心拥有怎样一个世界：你会发现自己是那么糊涂！这全是魔鬼做的事！再见了，愿你健康平安！

爱你的妹妹玛申卡

附：我与一个几乎从未见过面的修女住在一起，她服从一切安排。

索尼娅，你自己住在哪儿，下一步有什么计划？你打算住在哪儿，写给你的信该寄到哪儿。你的儿子们（除了廖瓦和米沙）都曾到我这儿来过，我很开心。但难过的是再也见不到他们了。索尼娅·伊留申娜也来过，我们俩很亲近。

这封信充满了诚挚真实的宗教信仰，我真想就此结束自己的回忆录。

对父亲生活中最后这些事持有这样的态度，不会再有比这更好的了。

父亲安葬后一个月，我得以拜访玛莎姑母。

她刚从一个女仆那儿得知我的到来，就安排我住进了修道院的旅馆。我们两人都渴望与对方见面：她是为了从我这儿获得父亲生病和过世的详细情况，而我则是为了听她讲一讲父亲在沙马尔吉诺逗留期间的事。

我在她舒适的小屋里待了几个小时，很久没有拥有过这样有趣、愉悦的时光了。她的讲述不可能写在纸上，在讲述中流露出那般真诚与精神的纯真，还有她失去最爱的哥哥后巨大的痛苦，因此一个眼神或一滴眼泪远比完整的一句话包含的情感还多。

"就是在这张你现在坐的椅子上，他曾坐在那儿，告诉了我一切，特别是当萨莎给他带来雅斯纳亚·波良纳的你们写的信时，他哭了。

"萨莎和自己的女友来的时候，她们开始看俄罗斯地图，考虑去高加索的路线。列沃奇卡忧郁地坐着，若有所思的样子。

"'爸爸，没什么，一切都会好的。'萨莎试着让他打起精神来。

"'哎呀，你们这些妇道人家，妇道人家，好什么呀！'他痛苦地反驳。

"我多么希望他能住得习惯，那样的话他的情况可能会好些。

"要知道，他的房子租了三周，我怎么也没想到，傍晚和他分别后就再也见不到他了。相反，他甚至还对我说：'这下好了，我们现在可以常见面了！'他从我这儿走的时候还开玩笑呢。

"应该告诉你，在这之前不久，这里发生了一件事，我也告诉他了。一天夜里门开了，开始有人在走廊里走来走去，还用拐杖敲墙。当然，我和女仆都很害怕，我们就把内间的门锁好，整夜这种敲击声都没有停止。早上女仆出去时却发现一切完好，外面的门也是锁上的，我们就认为这是'魔鬼'干的。当列沃奇卡准备从我这儿离开时，他在门口迷路了，好长时间都没找到出口。女仆给他照了亮，他才转过身对我说：'你看我，就像魔鬼，在你的门口迷路了。'

这就是他最后的一句话，夜间他就突然离开了。"

玛丽娅·尼古拉耶夫娜的客厅里挂满了与她好友的画像，其中就有几位修士和长老。

"这是长老约瑟夫的画像，列沃奇卡也注意过他，还说：'多么面善的人啊！'遗憾的是他和这位长老没有见过面，假如约瑟夫能和他谈一谈多好哇，他会凭自己的善良使父亲折服。这不是什么瓦尔索诺菲，事实上，列沃奇卡和长老约瑟夫见过面。不过这是在很久以前了，大约二十年前，那是我安排的。他们交谈了很久，约瑟夫说他有特别令人骄傲的智慧，只要他一直相信自己的才能，他再也不能回归教会了。从那时起列沃奇卡变得更温和了。

"上帝保佑，但愿所有人都像他一样如此坚信。"

当玛莎姑母听到她修行的地方的长老约瑟夫说，不准为已故的被开除教籍的哥哥祷告时，她忍受着极大的痛苦。

她那率真的心不能容忍教会的冷酷偏执，这段时间她真的很气愤。

玛莎姑母向另一位神父问了同样的问题，他同样给了她否定的回答。

玛丽娅·尼古拉耶夫娜不敢不听从接受忏悔的神父的话，同时又觉得自己不能履行他们的禁令，因而她仍然在祷告，如果不能用语言，那就是用感情在祈祷。

假若深刻理解她精神痛苦的神父不允许她为哥哥祈祷，那么她内心的痛苦该如何了结呢！为了不使其他人受到诱惑，她就在独居的房间里单独一人默默祷告。

父亲的遗嘱

我还记得,尼古拉·谢苗诺维奇·列斯科夫去世后,父亲给我们高声读了他关于最低调葬礼的死后安排、关于在他墓地上不要有演讲等,就这样,他第一次想到了要写下自己的遗嘱。

1895年3月27日他在日记中写下了他的第一份遗嘱。

这份遗嘱完整地刊登在《1912年托尔斯泰年鉴》上,所以这里我只是摘录。

前两项是关于葬礼和讣告。

第三项是针对他死后手稿的整理和出版问题。第四项是我主要想讲的,其中包括要求继承人把他作品的出版权交给社会,也就是放弃版权:

我只请求这个,无论如何我也不会留下遗产。你们这么做,当然很好,这么做对你们也不错,要是不这样做——这是你们的事了,这就意味着,你们做不到这一点。近十年来,出售我的作品是我一生中最沉重的事。

这份遗嘱一式三份,分别保存在我已故的妹妹玛莎、弟弟谢尔盖和切尔特科夫那里。

我知道这份遗嘱的存在,但在父亲去世前我没看过,也没有向谁问起过。

我了解父亲对文学作品所有权的看法,对我来说,这份遗嘱不用再补充什么新的内容了。

我同样知道，这份遗嘱在法律上没有生效，我自己也为此很高兴，因为我从中看到了父亲对家庭的绝对信任。

没什么可说的，我坚信父亲的遗愿将会实现。

关于此事妹妹玛莎也是这么看的，我和她有过一次谈话。

但父亲精神上的儿子们，即所谓"朋友们"想的是另一回事，他们还劝说他使自己的遗愿具有法律效力，切尔特科夫通过几封长信，再三向他证明该措施的必要性。

与切尔特科夫的秘密通信是瞒着索菲娅·安德烈耶夫娜的，切尔特科夫为此安排了特别的防范措施。在切尔特科夫这些信件的影响下，列夫·尼古拉耶维奇对自己孩子们渐渐失去了信任。他面临两难的选择，难以决择，痛苦不断加深。不留下任何合法的遗嘱就意味着死后精神财富的处理方式由孩子们支配，这使"朋友们"很伤心。如果孩子们不愿意满足他的要求并拒绝放弃他作品的版权，朋友们就无力与他们斗争。除此之外，父亲还希望切尔特科夫能整理他所有的日记和信件，并且最好由他编辑出版。孩子们会阻止这么做的。因为他们七个人，第八个是母亲，他们中大多数人都不赞同他的想法。这该怎么办？把孩子们召集来告诉他们自己的意愿，并指望他们承诺完成遗愿吗？对，这是唯一正确的办法，他会满意的，他相信孩子们为人正派，但这却不能使他的"朋友们"满意。

还有另一个办法：这就是寻求国家法律的保护，书写正式的法律遗嘱。他很难做出这种决定。他意识到这种行为与自己否定国家政权的信仰是背道而驰的，他不能处于国家政权的保护下。他知道，这么做会使自己的妻子伤心，也反对使其成为一个秘密，对自己的家人进行防范使他很难过。他犹豫了好长时间，好几次改变自己的决定，最终让步了。

我确信，如果不是切尔特科夫固执地怂恿这件事那么做的话，父亲永远也不会犯下这种不可弥补的错误。我甚至肯定，如果不是身体虚弱常常昏迷致使他意志薄弱，他永远也不会写下这份遗嘱。

1909年父亲在克列克希诺的切尔特科夫伯爵家做客，就是在那儿第一次写下了正式遗嘱，附有证明人的签字。他通过这份遗嘱把自己的版权转让给了所有人，其中还没有提到把版权转给女儿亚历山德拉。

这份遗嘱是怎样写成的，我不知道，也不会再说这件事了。

后来才知道，原来这份遗嘱并不具有足够的法律效力，1909年10月他不得不重写一份遗嘱。

费·阿·斯特拉霍夫的文章详细叙述了新的遗嘱是怎么写成的，该文刊登在1911年11月6日的《彼得堡报》上。

费·阿·斯特拉霍夫夜里动身离开了莫斯科，根据他的推测，索菲娅·安德烈耶夫娜应该是待在莫斯科的，"对这件事来说，她是最不被希望出现在雅斯纳亚·波良纳的"。

在弗·格·切尔特科夫和尼·卡·穆拉维约夫律师初步商定后已经弄明白了，事情是这样的：由于列夫·尼古拉耶维奇年事已高，所以必须通过稳固的法律文件来保证他遗愿的实现。

斯特拉霍夫把带来的遗嘱草案放在列夫·尼古拉耶维奇面前。

看完后他立即在正文下面签了字，表示同意上面陈述的内容。之后，他想了想说："整件事使我很难过，采取不同的方式来保障我这些思想得到传播，也没有必要这么做……如果它说的是真理，如果说这些话的人对其真实性深信不疑，那么这些话就不会消失，而这些外在的保障措施来源于我们对自己所说的持不相信的态度。"

说完这些后，列夫·尼古拉耶维奇离开了书房。

在这之后斯特拉霍夫开始考虑他下一步该做什么，一无所得还是反对。

他决定反对，开始向父亲证明，在列夫·尼古拉耶维奇去世后他的朋友们听到这样的指责将会多么痛心，尽管自己为了实现自己的遗愿什么也没做，还以此促使把自己的文学作品所有权交给了自家人。

列夫·尼古拉耶维奇答应想一想，就又离开了。

午饭后，索菲娅·安德烈耶夫娜说："看起来，我已经不怎么被怀疑了。"

但当列夫·尼古拉耶维奇不在的时候，她就问斯特拉霍夫伯爵为什么来。

因为除了"前面提到的"事，斯特拉霍夫还有别的事情，他"轻松地"和她说这说那，当然，避开了主要目的。

接下来，斯特拉霍夫讲述了他第二次来到雅斯纳亚·波良纳的情形，当时已经准备好了修正过的新遗嘱文本。

当他来的时候，"伯爵夫人还没出来"。

"我松了一口气。"

做完自己的事，"和索菲娅·安德烈耶夫娜告别的时候，我注视着她的脸：面对即将离开的客人，她的脸上显现出绝对的平静和真诚，我丝毫也不怀疑她对此事一无所知"。

"我走了，愉快地意识到，我认真完成的事所具有的历史影响是无可争辩的，只是我体内有只小虫爬来爬去：由于我们行为的隐秘性我感到不安，受到了良心的谴责。"

但在这份遗嘱的文本里，父亲的"朋友和策划者"看不出可以定稿，就又加以重新修改，1910年7月的这一次修改是定稿。

父亲完成最后一份遗嘱，是在离家三俄里的利莫曼诺夫森林里，距切尔特科夫庄园不远。

注定会产生"历史影响"的悲惨事件就是这样。

"这件事是没有必要的，让我难过。"父亲说着在塞给他的纸上签下了字。

这就是他对自己这份遗嘱的到临终也没改变的真正态度。

难道这还需要证明吗？

我觉得，为了不怀疑这一点，只要稍许了解他的信念就足够了。

难道列夫·尼古拉耶维奇·托尔斯泰能寻求法院和法律的保护吗？

难道他能向妻儿隐瞒自己的行为吗？

如果说在局外人或在斯特拉霍夫体内有这么一只小虫子在蠕动，由于他行为的隐秘性而良心受着折磨，那么列夫·尼古拉耶维奇自己会体会到些什么呢？

要知道他确实是处于绝境的。

把一切都告诉妻子——不行，因为这么做会让朋友们伤心；销毁遗嘱——更糟糕，要知道朋友们因为他的信仰而备受折磨——精神上和一些物质上的，已经被驱逐出俄罗斯了，面对他们，他感到自己是负有责任的。

这里还有昏迷、日益加剧的健忘、对死亡临近的清晰意识和妻子加重了的神经过敏。她的内心感受到的丈夫某种不正常的孤立，丈夫不理解她。

如果她问他：他向她隐瞒了什么？什么也不说还是说实话？

要知道这是不可能的。

该怎么办？

那么，他很早就怀有离开雅斯纳亚·波良纳的想法实际上是唯一的出路。

离家出走　母亲

以上几章是我在父亲去世后不久就写的,当时我母亲还健在,因此很多事必须回避。

我不想在那种时候激起争论,以免她难受。

现在情况有所变化,母亲已经过世很久。她在世时,我尽力保护她,使她不受到毒药的伤害——这种毒药是我父亲那些不请自来的所谓"保卫者"和"朋友"留在她的记忆中的。

我可以想象,如果父亲能预见他的"学生们"通过污蔑他妻子的记忆来为他的回忆增光,他该有多么伤心啊。

难道苏格拉底的伟大名气是由于克桑蒂帕的存在才提高的吗?或者克桑蒂帕是由那些人为理解正面效果而从反面背景陪衬下虚构出来的吗?

我会尽量公正、诚实地解释父亲的离家出走。

因为意识到自己的责任和问题的复杂性,我小心翼翼地谈论这个话题,内心忐忑。要知道生活和人类的行为是由不计其数的原因构成的,而计算这合力指向哪儿是完全不可能的,特别是在分析具有强大力量和纯洁宗教良心的人的行为的时候,就如我父亲这样的人,那是不可能的。

这就是为什么他们要残忍并荒唐地把所有过错推给索菲娅·安德烈耶夫娜的原因,她可是一个可怜的、失去一半理智的七十岁老人。

在父亲生命中的最后一个夏天,母亲变得失去了自制力,遗憾的是这是事实。后来她自己也不否认，当然，这件事是列夫·尼古拉耶维奇亲自所见所知的。整个问题在于她为什么会变成这样，为什么已经与她一起生活了四十八年的丈夫在他八十三岁的时候忽然不能忍受了，想摆脱她。

为了回答这一问题，我会尽量说明两位老人的精神状态，并单独说明每个人的情况。

父亲八十二岁，他度过了漫长的一生，充满各种痛苦、诱惑、与自己斗争了一生，他已经获得了只有死者才能为自己造就的盛名，他就这样向死神走去。

他只剩下一个愿望，唯一的心中夙愿——好好地死去。

他怀着敬仰的心情准备着死亡，我甚至可以说他是带着爱意的。他没有叫来死神，"他还想告诉人们更多"，他已经克服了自己的恐惧并顺从地等待着死亡。

毫无疑问，在父亲生命的最后三十年间，离家出走的想法一直就困扰着他。

这从以前我摘引的他的信件，还有从他那些日记大量的纪事中，和他与朋友们通信的一些地方，都可以看得出。

三十年来这一夙愿一直萦绕在他的脑海中，由于认为自己没有权利去实现这一愿望，三十年来他也一直想撇开这一想法。

"心灵的完善需要磨难。"他这样对自己说，并且在这些苦难中寻找快乐。

对他来说离开雅斯纳亚·波良纳并彻底断绝关系似乎比留下来更轻松、更愉快，因此他没留下来。他在家里的生活越艰难，内心抵抗诱惑的想法就越强烈，而且他真正为了自己的亲人们付出了全部心血。

当不怀好意的人指责他的言行不一，指责他宣传"平民化"的同时自己却住在"豪宅"里的时候，他把这个称作"心灵的洗浴"，并且谦卑地忍受着这些谴责，他心里知道，"折磨人的那些素材正是你有责任研究的，这些材料越珍贵，时间越是难熬"。他明白，什么是主要的，什么是他需要的，即无为和大爱。

毫无疑问，雅斯纳亚·波良纳的生活使他很难过。他内心受到折磨，不仅仅是为自己。他还为其他人、为生活在劳动和贫困中的农夫担忧，为跟随那些农民去长期私砍树林的妻子而担忧，也为憎恨和诽谤他的那些人担忧，他让自己去爱所有人。

"对，去爱那些对我们行恶的人，是你说的，喂，感受一下吧。我试了，但不大好。"他在 1909 年 7 月 22 日的日记中这样写道。

"如果只是爱那些爱你的人，那么这不是爱，而是要去爱'敌人'，去爱那些恨你的人。"他回忆起了福音书上的话。

"坏人是智者的财富，因为如果没有坏人，那么智者的爱又体现在哪呢。"父亲引用了自己喜爱的中国思想家老子的名言。

我还记得有一次父亲如何使我相信，他非常喜欢一个人，而这个人对他却十分粗鲁和刻薄。

"我最爱的就是他。"他让我信服了。

开始时我感到惊讶，因为我知道这个人对他来说是多么难以相处，只是到后来才明白这种感情的真正高度。

在离开雅斯纳亚之前的几天，父亲曾到过住在奥夫相尼科沃的玛丽娅·亚历山德罗夫娜·施密特那里，并且对她承认：他想离家出走。

那老女人惊讶地双手一拍，恐惧地说："上帝啊，亲爱的列夫·尼古拉耶维奇，你是被虚弱打倒了，这一切都会过去的。"

父亲回答说："对，就是虚弱，也许一切都会过去的。"

在给谢廖沙和塔尼娅的倒数第二封信中有这样的落款："沙马尔吉诺，1910 年 10 月 31 日早上 4 点。"他写道：

十分感谢你们，我亲爱的朋友，我真正的朋友——谢廖沙和塔尼娅，感谢你们分担我的痛苦，感谢你们的来信。谢廖沙，你的信尤其令我开心：简短，明了，充实，主要是善良。我害怕一切，也不能逃避自己的责任，但却控制不了按另一种方式做事。

这就是为什么不能把父亲的出走完全归罪于索菲娅·安德烈耶夫娜的原因：尽管她令他痛苦，尽管她是他背负的十字架，但他爱自己的十字架。他善于在自己的苦难中寻求安慰，如果他痛苦的原因不在于此的话，那他就永远不会抛开自己的十字架。

这个隐秘的原因就摆在他和妻子之间，在四十八年的共同生活中这是第一次。想到父亲的离家出走，常在我脑中浮现他最爱的一句谚语："爪子被夹住了，整个鸟儿也就完蛋了。"

"切尔特科夫把我卷进了斗争，这种我非常厌恶的沉重的斗争。"父亲在以"写给自己"开头的日记中这样写道，"我非常清楚自己的错误，当时应该把所有的继承人都召集来，告知自己的愿望，而不是秘密地进行。"

现在我试着从母亲的角度来看待这个问题，并尽量解释清楚她当时所处的混乱状态的原因。

我姨母塔吉雅娜·安德烈耶夫娜·库兹明斯卡娅在自己精彩的回忆录中，把我母亲描写成了少女。她说索尼娅总爱幻想，并且善于在任何事情中发现其戏剧性的一面。她甚至嫉妒自己的妹妹，因为她善于寻找乐趣，并为"所有存在的东西"感到高兴，而索尼娅就没有这种能力。

我们这些孩子还达不到那种剖析的深度，但我们知道"妈妈不懂笑话"，如果我们觉得有什么好笑的，从她那儿是找不到同感的。

但这绝不是说她性格忧郁，正相反，大部分时候她是和蔼可亲的，她善于交谈，给所有认识她的人都留下了美好的印象。

如果要让我用几个词来形容一下我的母亲，我会说：对于所有普通人而言，她都是一位美丽的女性，理想的母亲和完美的妻子，但除了像我父亲这样的巨人。

阿法纳西·阿法纳西耶维奇·费特很了解我家的情况，也喜欢我们家，他说索菲娅·安德烈耶夫娜一生都行走在刀刃上。

不要忘了索菲娅·安德烈耶夫娜的身份，她是宫廷御医的女儿，接受的是尼古拉一世时期的传统贵族教育，拥有老一代所有贵族的奇思怪想。

十八岁，她还完全是个纯洁的孩子就嫁人了，并在雅斯纳亚·波良纳永久定居下来。在这个地方，在姑母塔吉雅娜·亚历山德罗夫娜及众多仆人的身上充分体现了那些老习俗。

起初列夫·尼古拉耶维奇是很高兴的，他年轻的妻子努力并成功地扮演着女主人的角色。他生活得太幸福了。索菲娅·安德烈耶夫娜从一个年轻的女主人成长为年轻的母亲，家庭在扩大，她不仅能胜任主人和母亲的责任，还承担了抄写员的任务。当时了解我们家的人没有不钦佩这位年轻美丽的女性的，她为照顾家庭和丈夫勇敢地自我牺牲地献出了自己的一切。

如果她在 80 年代初就去世了的话，大家对她的记忆将永远是俄罗斯女性的典范。提到她，人们就会说，"要是没有索菲娅·安德烈耶夫娜，托尔斯泰永远也不会创作出《战争与和平》《安娜·卡列尼娜》"，确实如此。因为只有在家庭幸福的条件下，也就是父亲结婚后前十五年的生活充满了幸福，他紧张的创作工作才有可能实现。

她生的十三个孩子中有十一个都是自己哺乳的。结婚后生活的前三十年中她怀孕的时间达一百一十七个月，相当于十年，她亲自哺乳了十三年多。同时她还料理着一大家子繁杂的事务，还亲自抄写了八到十遍《战争与和平》《安娜·卡列尼娜》及其他作品，有的甚至是抄二十遍。有段时间她已经到了父亲不得不带她去看医生的地步，扎哈林医生发现她精神过度疲劳，并和蔼地责备父亲对自己的妻子不够疼爱。

当父亲发生精神宗教转变的时候，她没有丢下他，相反是父亲抛弃了她。她还是以前那个慈爱的妻子和完美的母亲。若不是她的孩子们，她可能就追随父亲而去了，要知道在 80 年代初她有七个孩子，之后就是九个，她不能打碎一家人的生活，让自己和孩子们遭受贫穷。

在整个动物世界中雌性动物就是巢穴的保护者，她天性里就有守护家庭根基的保守因素。

雌性动物的这种因素在我母亲性格中体现得尤为明显。

那朵未完全绽放的鲜花以纯真的光芒吸引了三十五岁的列夫·尼古拉耶维奇，他满腔热情地迷恋她。

在他眼中这个花蕾已经绽开了，十五年来他为这绚丽的色彩和清新的芳香而快乐。在与索菲娅·安德烈耶夫娜生活了十五年后，她的丈夫成了伟大的智者和苦行僧，她有过错吗？

难道在这世上还可以找出这样一个能轻松地忍受家庭毁灭的灾难并建功立业的女性吗？这个家还是她在有理智的生活期间悉心营造的。

和任何普通女性一样，我母亲把心灵的需求摆在第二层面上，她借助于适度妥协解决了宗教问题，而这种妥协是凭借宗教教会和社会舆论的推动而建立的。

如果还有像费特和屠格涅夫这样的人，把她看做夺走了世上伟大作家的古怪女人，难道还能责怪索菲娅·安德烈耶夫娜不赞同自己丈夫的宗教哲学信仰吗？

与丈夫在精神上的分歧使我母亲十分痛苦。

我永远也不会忘记那个夜晚，妹妹亚历山德拉出生前几个小时，而父亲和母亲吵了一架就离开了家。尽管她已经开始出现临产宫缩，但她还是绝望地跑向了花园。我在幽暗的椴树林荫道上徘徊了好久，最后才在花园深处找到了她，她坐在木凳上。我花了很大工夫才说服她回到房间，她也只是在我说会用力搀扶她之后才听了我的话。

父亲精神转变的前几年，他常常忧心忡忡，有时还相当严厉。作为一个直率的人，他丝毫不缓和对家庭生活方式的否定态度，母亲不断地感受到了他对自己的责备，这一点无疑会影响她的心理状态。

不要忘了，不论怎样，她一生都爱着他，一生都如女性般的，有时甚至是可能有些荒唐地关心着他。

若不是我母亲对他时时刻刻的照顾，父亲也不会活到高龄。

每天母亲都为他准备专门的食物，敏感地留意他身体上的轻微不适。"列沃奇卡喜欢在睡前吃点水果"，每天晚上他的睡床旁的小桌上都摆着苹果、梨或是桃子。"列沃奇卡需要一些特殊的燕麦粥、蘑菇，还有从城里买来的花椰菜和洋蓟"，为了让他吃到这些食物，还得天真地向他隐瞒这些食物的价格。

世界都敬仰着托尔斯泰的伟大，人们崇拜他，解读他，但谁该照顾托尔斯泰的饮食，谁该为他缝织衣裤，当他生病的时候又是谁来照看他？

这份无需回报的工作只有忠实可靠的妻子才能承担，这个人就是索菲娅·安德烈耶夫娜。

母亲害怕他离家出走的其中一个原因就是，如果他走了，他的身体不能适应新的生活环境。遗憾的是，在这一点上她是正确的。

最小的儿子瓦涅奇卡的去世对我父母都是沉重的打击，作为幼子，他是父母的宠儿，他的夭折深刻影响了我母亲。

七年来她最关心这个小男孩，她所有的牵挂都集中在他一个人身上，随着他的夭折，她感受到无法填补的空虚，从那一刻起她就永远失去了平衡。

她开始寻找外界的消遣,有段时间她在音乐中找到了。

五十三岁的时候她开始重新研究音阶和做基本练习,像女学生那样去莫斯科听音乐会,迷恋霍夫曼、塔涅耶夫和其他音乐家。

而对父亲来说这些都很痛苦,但他明白这种爱好对母亲而言就像是溺水者抓住的救命稻草,他也就小心翼翼地对待她。

其实父母间的隔阂开始于 80 年代,之后渐渐地加深了。

父亲沿着他选择的那条路继续前行,到达了无法企及的高度。由于失去了生活的动力,母亲不但没有成长,反而倒退了。

父亲和母亲,他们两个各自都在抱怨那种十足的孤独。父亲,在巨大的高度上孤单地翱翔;母亲,无力地追随他的脚步,还在地面摸索。他已经战胜了"自我",把他从自己和妻子那儿夺走了,而她还在被"自我"所折磨,没找到适合他的方法。

这种折磨越来越频繁地引起她的恼火,她就把这种情绪发泄到她最亲近的人身上。

就如所有生活在一起的亲密的人们一样,他们之间产生了冲突。他——一声不响地忍受,她——责备不休,怨言琐碎。她所做的,正是从她自己利益的角度来说不该做的。她固守着他前三十卷作品的著作权,指责对它们的各种细小的破坏,她甚至威胁他,她不会履行他那不合法的遗嘱上的要求。

还有一个使父亲伤心并引起争执的原因,就是母亲为了保护雅斯纳亚·波良纳的森林进行的斗争。

近些年亚先基农民开始加大了对森林的采伐。

林场巡查员抓住这些采伐者,把他们带到了庄园。索菲娅·安德烈耶夫娜以控告威吓他们,而他们就去找列夫·尼古拉耶维奇,还请求他的庇护。

甚至还有一回,这些农民在国家扎谢卡林带私自采伐,就在我们森林的边界上被抓到。当时他们请求列夫·尼古拉耶维奇去说,是他允许他们在我们的林子里砍伐树木的。

母亲对这些私砍树木的行为非常头疼。

最令她伤心的是他们砍掉了列夫·尼古拉耶维奇亲手栽种的松树和云杉。

"想想吧，"她几乎哭着对我说，"他满怀爱心地栽下这些树，现在却被那些农民无情地糟蹋了。"

但母亲所有的威胁大多都无济于事。

"索菲娅·安德烈耶夫娜常说些傻话，但做起事来她倒不错。"父亲常这么说过她，确实如此。我母亲本性是善良的女人，不会故意伤害任何人。

毫无疑问，要不是局外人特别是切尔特科夫对家庭生活的干涉，所有这些细小的给父亲带来了巨大伤痛的分歧都会不了了之。

对父亲来说，志同道合的人弥足珍贵，他把他们看作在他之后这份事业的继承人，他生命最后的三十年都致力于这项事业；对母亲而言，这些局外人夺去了丈夫留给她最后的东西。

母亲害怕他们的影响，简直是嫉妒他们，她知道，这些所谓的朋友在很大程度上都对她持否定态度，她不会采用什么阴谋手段，也就和他们公开地进行斗争。

母亲有理由不信任切尔特科夫，以下事实就可以证明。

由于不愿意留下关于自己不好的印象，母亲劝说父亲从他的日记中删去所有他在不同时期描写她负面的内容。父亲同意了，他把这项工作委托给了切尔特科夫。切尔特科夫也这么做了，但他把所有删去的地方都照了照片，这不愧是有好运的人的先见之明。

切尔特科夫住在自己的捷利亚金科庄园，离雅斯纳亚·波良纳三俄里远，他几乎每天都来找父亲。令母亲尤为讨厌他的一个原因就是他拿走了父亲所有的手稿，母亲一生都尽力保护着他的手稿，而局外人这种对她的领域的干涉使她很不舒服。但这一切与当她感觉到在父亲和切尔特科夫之间有某种秘密时所充斥的恐惧和愤怒比起来都不算什么。

在自己简短的自传中她是这样描述自己的感受的：

> 很早的时候，局外人对他的影响就逐渐产生了，在列夫·尼古拉耶维奇生命的最后到了可怕的程度。

谈到父亲的最终遗嘱和切尔特科夫对他的影响,她是这样写的:

很明显,他身上产生的压力折磨着他。他的一位叫巴维尔·伊万诺维奇·比留科夫的朋友持这样的意见:不要秘密地写遗嘱,他把这个也告诉了列夫·尼古拉耶维奇。起初他同意了这位真正朋友的意见,但这个朋友走了,列夫·尼古拉耶维奇就又受了别人的影响,虽然是短时间的,但看得出来他很苦恼。我没有能力把他从这种影响中拯救出来,我和列夫·尼古拉耶维奇之间艰难斗争的可怕时期来到了,为此我病得更重。痛苦的、热烈的、内心的折磨蒙蔽了我的理智,而在列夫·尼古拉耶维奇的朋友们方面,多年精心策划并且细致入微的研究工作是建立在对老人衰退的意识和精力之上的。在我爱的人周围形成了某种阴谋的氛围,这种阴谋就是秘密阅读收到和回复的信件及文章,为了完善事情在树林里秘密会面,而这种活动在实质上是列夫·尼古拉耶维奇所厌恶的。由于做了这些,列夫·尼古拉耶维奇已经不能平静地注视着我和孩子们,因为他以前从不向我们隐瞒什么。这是我们生活中的第一个秘密,也是他不能忍受的。当我感觉到这个秘密存在的时候,我问他是否写了遗嘱,为什么要瞒着我,而回答我的只有否认或是沉默。我相信了,这就是说还有一个我不知道的秘密。我常常感受到一种绝望,这使我丈夫很反感,我感觉到恐惧且不幸的结局在等着我们。列夫·尼古拉耶维奇越来越频繁地以离家出走来威胁我们,这种威胁使我更加痛苦,并且加重了我病态的神经紧张状态。

的确如此,应该说母亲的神经过敏曾一度使她失去行为能力。

比如,不知怎么地她就感冒了,我们的家庭医生杜尚·彼得罗维奇·马科维茨基(德行很高的人)给她开了些药,突然她就跳起来,还把大家都召集来,并让大家相信马科维茨基给她下了毒。

她买了把玩具手枪,常在夜里没有任何正当理由地从气窗往外射击。她的疑心已到了病态的程度,就像所有怀着萦绕不去的念头的病人一样,她还开始窥视和偷听自己丈夫。由于担心他发生频繁反复的昏迷,母亲大部分时间都跟着他，有时她还偷看了丈夫的日记和信件，这应该是导致父亲离家的最后推动力。10月28凌晨两点，当他看见母亲翻看他手稿的时候，他最终决定收拾东西，离开。

我尽可能公平公正地说明事实，如果哪一方有错，也不该由我们来评判，父母各自都意识到了自己的错误。

"没完没了的隐瞒并为她担心，都很让人压抑。" 1910年8月6日他在自己的私人日记中这样写道。后来，8月10日他又写道："感到自己有罪是好的，我可以感受到。"后面还写道："一切都令人难受，真希望就死了。"

去世前的三天他对我姐姐塔尼娅说："很多事都落在索尼娅肩上，我们这样做不好。"确实是这样，我们很难想象她所承受的精神折磨，特别是在父亲离开之后。

不允许她去看即将去世的丈夫是很残忍的，当时是按照他的意愿和医生的建议这么做的。但我现在觉得这是个错误，要是她能在父亲还有意识的时候进去看看他该多好啊，无论对父亲，还是对母亲都会更好吧。

父亲辞世后母亲活了九年，然后就和父亲一样患肺炎去世了，同样也是在十一月初。

最后这几些年她有了很大变化，变得更平静、安宁，也越来越接近父亲的世界观。

临死之前她动情地请求所有亲人原谅，然后就平静地走了。

在母亲生病的最后时期，姐姐塔尼娅问她，她是否常常想到父亲，她回答说："常常……常常……"她还说："塔尼娅，与他一起痛苦的生活在折磨着我。但塔尼娅，临死前我可以告诉你，除了他，我从来，从来也没有爱过任何人。"

可以相信，在发生的所有事情中被指责的人要比有错的人多。

也许，如果在父亲生命最后几年，那些与他亲近的人知道他们做了些什么，也许会是另一番境地。

译后记

本书原名为《我的回忆》,作者伊利亚·里沃维奇·托尔斯泰(1866—1933)是伟大作家列夫·托尔斯泰的次子,原书最早于一百多年前(1913)出版于柏林。

伊利亚儿时学习并不努力,六岁时父亲认为他"学习不好","总是自己想主意玩"。成人后在军队中服过役,在政府中任过职,也在银行里当过职员。第一次世界大战时曾在红十字会中工作,那时他想成为一个新闻工作者,1918年创办《新俄罗斯报》,所以,后来托尔斯泰承认他在孩子们中间最具文学才华。1916年移居美国。

伊利亚作为托尔斯泰继承人之一,曾分到了应有的产业——图拉省的格里尼奥夫卡庄园,但他觉得面对农奴十分羞愧,他也想极力走平民化的道路。19世纪90年代初,他曾积极参加过救助灾民的社会活动,卖掉庄园后过起到处漂泊的并不富裕的生活。所以,他对父亲一生追求平民化的心灵历程非常理解。

移居美国后,他发现这里的人们对列夫·托尔斯泰知道得并不多,充其量不过是读过《安娜·卡列尼娜》而已。因而他曾把父亲一些著作译成英文,也向听众讲解过托尔斯泰的生平与创作,1927年甚至参加了《安娜·卡列尼娜》电影的拍摄工作。但其中的故事情节改编成了安娜幸福地嫁给了沃隆斯基,这使俄罗斯著名导演聂米洛维奇-丹钦科极为恼火。

在父亲辞世后,伊利亚就开始撰写自己的回忆录,对此母亲给了他极大的帮助,她允许儿子使用自己写的《我的一生》中的资料。最近俄罗斯再版的这部辉煌巨著《我的一生》有两大卷,译成汉语也会有一百五十万字。

伊利亚在自己的回忆录中怀着强烈的亲情回忆了自己的父亲，此外对于母亲、哥哥、姨母库兹明斯卡娅也都有着深情的追忆，特别是对于父亲几部世界名著创作的过程提供了许多鲜为人知的翔实资料。托尔斯泰亲人朋友所写的回忆录可以说是不计其数，而这本《我的回忆》对于父亲一生最后三十年的精神追求及至最终父亲出走的过程记叙得尤为详尽，对于他所至爱的双亲晚年的争执、反目分析得极为透彻，也不失公允，所有这些都使这部回忆录成为我们研究列夫·托尔斯泰不可多得的重要著作。

执笔本书翻译的是大连外国语大学俄语系老师梁小楠，以及五位硕士研究生姜雪华、王康康、王小溪、张文君和梁欣。辛守魁老师负责全部译稿的修改和校对工作。由于我们的文学修养和俄语文学翻译能力有限，译文中的疏漏和错误在所难免，敬请国内专家、学者、同行和广大读者批评、指正。

大连外国语大学
托尔斯泰研究（资料）中心
2015年1月10日